AS SEREIAS DE TITÃ

KURT VONNEGUT JR.

AS SEREIAS DE TITÃ

2ª edição

TRADUÇÃO
Livia Koeppl

Aleph

As sereias de Titã

TÍTULO ORIGINAL:
The Sirens of Titan

COPIDESQUE:
Tássia Carvalho

REVISÃO:
Emanoelle Veloso

PROJETO GRÁFICO E DIAGRAMAÇÃO:
IO Design

ILUSTRAÇÃO:
Guilherme Manzi

CAPA:
Pedro Fracchetta

DADOS INTERNACIONAIS DE CATALOGAÇÃO NA PUBLICAÇÃO (CIP)
DE ACORDO COM ISBD

V947s Vonnegut Jr., Kurt
As sereias de Titã / Kurt Vonnegut Jr.; traduzido por Livia Koeppl. - 2. ed. - São Paulo: Aleph, 2025.
312 p. ; 14cm x 21cm.

Tradução de: The sirens of Titan
ISBN: 978-85-7657-691-4

1. Literatura americana. 2. Ficção científica. I. Koeppl, Livia. II. Título.

2024-3442 CDD 813.0876
CDU 821.111(73)-3

ELABORADO POR ODILIO HILARIO MOREIRA JUNIOR - CRB-8/9949

ÍNDICES PARA CATÁLOGO SISTEMÁTICO:
1. Literatura americana: Ficção científica 813.0876
2. Literatura americana: Ficção científica 821.111(73)-3

Aleph

Rua Bento Freitas, 306 - Conj. 71 - São Paulo/SP
CEP 01220-000 • TEL 11 3743-3202
www.editoraaleph.com.br

@editoraaleph

@editora_aleph

Para Alex Vonnegut,
agente especial, com amor...

"A cada hora que passa, o Sistema Solar fica 69 mil quilômetros mais perto do Agrupamento Globular M13, em Hércules, e ainda assim alguns lunáticos insistem em dizer que não existe essa coisa chamada progresso."

— Ransom K. Fern

As pessoas, os lugares e os eventos deste livro são reais. No entanto, determinados discursos e pensamentos são, inevitavelmente, criações do autor. Nenhum nome foi alterado para proteger os inocentes, afinal, Deus Todo-Poderoso já protege os inocentes por uma questão de rotina celestial.

1

Entre tímido e Timbuctu

> "Acho que alguém lá em cima gosta de mim."
>
> — Malachi Constant

Hoje em dia, todo mundo sabe como encontrar o sentido da vida dentro de si.

Mas a humanidade nem sempre teve tanta sorte. Há menos de um século, homens e mulheres não tinham fácil acesso às caixas de segredos dentro deles.

Nem ao menos conseguiam citar um dos 53 portais para a alma.

Religiões picaretas eram um ótimo negócio.

Sem conhecer as verdades adormecidas dentro de cada ser humano, a humanidade olhava para fora — sempre se aventurava lá fora. Em suas aventuras rumo ao desconhecido, a humanidade esperava descobrir o responsável por toda a criação, e qual era o sentido desta.

A humanidade sempre enviou seus batedores para o desconhecido, para longe, cada vez mais longe. Até que por fim arremessou esses agentes ao espaço, ao insípido mar sem cor, sem gravidade, infinitamente desconhecido.

Arremessou-os como se fossem pedras.

Assim, esses infelizes agentes descobriram algo que já havia em abundância na Terra: um interminável e absurdo pesadelo. As recompensas que receberam pela jornada ao espaço, a esse infinito desconhecido, foram três: heroísmo vazio, comédia barata e morte inútil.

O desconhecido perdeu, por fim, o encanto.

Somente o espírito permaneceu inexplorado.

Somente a alma humana permaneceu *terra incognita*.*

Esse foi só o começo de uma época de bondade e sabedoria.

Como eram as pessoas nos velhos tempos, quando suas almas ainda não haviam sido exploradas?

O que conto a seguir é uma história verdadeira da Era do Pesadelo, ocorrida aproximadamente entre a Segunda Guerra Mundial e a Terceira Grande Depressão.

Havia uma multidão.

A multidão estava reunida porque haveria uma materialização. Um homem e seu cachorro se materializariam, brotariam em pleno ar — primeiro em partes, depois se tornando tão palpáveis quanto um homem e um cachorro de verdade.

A multidão, no entanto, não veria a materialização. Este era um assunto estritamente particular, ocorrendo dentro de uma propriedade particular, e a multidão foi enfaticamente não convidada a se banquetear com essa visão.

---

* Do latim, "terra desconhecida". O termo é utilizado em cartografia para indicar áreas nunca mapeadas ou documentadas. [N. de E.]

Assim como em um civilizado enforcamento moderno, a materialização ocorreria no interior de uma alta muralha branca, muito bem protegida. A multidão do lado externo se parecia exatamente com uma multidão que desejava ver um enforcamento, mas estava do lado de fora da muralha.

A multidão sabia que não era possível ver nada, no entanto os presentes encontravam prazer em estar pelo menos por perto, em olhar para os muros brancos e imaginar o que acontecia lá dentro. Os mistérios da materialização, assim como os de um enforcamento, haviam sido ampliados pela muralha; tinham se tornado pornográficos graças à projeção mágica das lanternas de imaginações mórbidas — à projeção mágica das lanternas lançada pela multidão na muralha branca de pedra.

A cidade era Newport, Rhode Island, EUA, Terra, Sistema Solar, Via Láctea. A muralha era a da propriedade dos Rumfoord.

Dez minutos antes de ocorrer a materialização, policiais espalharam um boato de que ela já havia acontecido do lado de fora da muralha, e que o homem e o cachorro podiam ser vistos, claros como o dia, a dois quarteirões dali. A multidão galopou para ver o milagre na esquina.

A multidão era doida por milagres.

Bem atrás da multidão havia uma mulher que pesava uns 130 quilos. Ela tinha bócio, estava com uma maçã do amor e uma menininha triste de 6 anos de idade. Segurava a mão da menininha e a jogava para lá e para cá como um bilboquê.

— Wanda June — ela disse —, se não se comportar, nunca mais levo você pra uma materialização.

As materializações já aconteciam havia nove anos, a cada 59 dias. Os homens mais instruídos e confiáveis do mundo já tinham implorado com sofreguidão pelo privilégio de ver uma. No entanto, independentemente de como os excelentes homens expressavam seu pedido, eram repelidos com frieza. A recusa era sempre a mesma, escrita à mão pela secretária da sra. Rumfoord:

> *A sra. Winston Niles Rumfoord pede para informá-lo de que é incapaz de atender a seu pedido. Ela tem certeza de que o senhor vai compreender seus sentimentos a respeito dessa questão: ela acredita que o fenômeno que você deseja observar, um trágico assunto familiar, pode não ser considerado um assunto adequado ao escrutínio de estranhos, independentemente de quão nobres sejam a sua curiosidade e as suas motivações.*

A sra. Rumfoord e os empregados não respondiam a nenhuma das dezenas de milhares de perguntas sobre as materializações. Na verdade, a sra. Rumfoord achava que não devia nada ao mundo em termos de informação. Ela se livrava dessa obrigação incalculavelmente pequena emitindo um relatório 24 horas após cada materialização. O relatório nunca excedia cem palavras. Seu mordomo o colocava numa caixa de vidro aparafusada na muralha, perto da única entrada da propriedade, uma porta no estilo Alice no País das Maravilhas, localizada na ala oeste da propriedade. A porta, com pouco mais de um metro de altura, era feita de ferro e mantida trancada por um grande cadeado.

Os vastos portões da propriedade haviam sido fechados com tijolos.

Os relatórios que apareciam na caixa de vidro ao lado da porta de ferro eram sempre desanimadores e rabugentos. As informações que passavam serviam apenas para deprimir qualquer pessoa com o mínimo de curiosidade. Informavam o momento exato em que Winston, marido da sra. Rumfoord, e seu cachorro, Kazak, se materializavam, e o momento exato em que se desmaterializavam. O estado de saúde do homem e do cachorro era sempre descrito como *bom*. Os relatórios deixavam subentendido que o marido da sra. Rumfoord podia ver perfeitamente o futuro e o passado, mas omitiam exemplos dessas visões.

A multidão havia sido enganada e atraída para longe da propriedade a fim de que uma limusine alugada chegasse sem dissabores na frente da pequena porta de ferro da ala oeste. Um homem esguio vestido como um dândi eduardiano, usando óculos escuros e uma barba postiça como disfarce, saiu do automóvel e mostrou um papel ao policial de guarda na porta.

O policial assentiu e o homem destrancou a porta com uma chave retirada do bolso. Então se agachou e entrou, batendo a porta com estrépito.

A limusine foi embora.

Cuidado com o cão!, dizia um cartaz sobre a pequena porta de ferro. Os últimos raios de sol daquela tarde de verão reluziram entre os cacos e as pontas de vidro quebrado, colados com concreto no topo da muralha.

O homem que entrou, a primeira pessoa convidada pela sra. Rumfoord a uma materialização, não era um grande cientista. Nem ao menos era instruído. Fora expulso da Universidade de Virgínia quando calouro, no meio do primeiro ano. Era Malachi Constant, de Hollywood, Califórnia, o americano mais rico do mundo — e um notório libertino.

Cuidado com o cão!, dissera o cartaz lá fora, embaixo da pequena porta de ferro. Mas, no lado de dentro, havia apenas um esqueleto de cachorro, o qual usava uma cruel coleira de pregos presa por uma corrente na parede. Era o esqueleto de um cão enorme, um mastim. Seus grandes dentes estavam encaixados. O crânio e a mandíbula, unidos habilmente pelas articulações, formavam um eficaz, porém inofensivo modelo de máquina devoradora de gente. A mandíbula fechava assim — clack. Lá houvera algum dia olhos brilhantes, orelhas atentas, narinas que fremiam, desconfiadas, e um cérebro de animal carnívoro. Tiras de músculos se ligavam aqui e ali, fazendo os dentes se unirem quando mordiam a carne — clack.

O esqueleto era simbólico, um acessório, uma peça decorativa instalada por uma mulher que raramente falava com alguém. Nenhum cachorro havia morrido em seu posto na muralha. A sra. Rumfoord tinha conseguido a ossada com um veterinário, mandara branquear os ossos, envernizá-los e prendê-los com arame. O esqueleto constituía uma das muitas respostas amargas e nebulosas da sra. Rumfoord às peças maldosas que seu marido e o tempo haviam lhe pregado.

A sra. Winston Niles Rumfoord possuía 17 milhões de dólares. A sra. Winston Niles Rumfoord ocupava a mais alta posição social atingível nos Estados Unidos da América. A sra. Winston Niles Rumfoord era saudável, bonita e também talentosa.

Seu talento era a poesia. Havia publicado de forma anônima um pequeno volume de poemas chamado *Entre tímido e Timbuctu*. O livro fora razoavelmente bem recebido pela crítica.

O título vinha do fato de, em dicionários de língua inglesa muito pequenos, todas as palavras encontradas entre os verbetes *tímido* e *Timbuctu* serem relacionadas à palavra *tempo*.

Contudo, por mais bem dotada que fosse, a sra. Rumfoord ainda fazia coisas perturbadoras, como acorrentar um esqueleto de cachorro à muralha, fechar com tijolos os portões da propriedade, deixar seus famosos e elegantes jardins virarem um matagal.

A moral da história é: dinheiro, posição social, saúde, beleza e talento não são tudo na vida.

Malachi Constant, o americano mais rico do mundo, trancou atrás de si a porta no estilo Alice no País das Maravilhas. Então, pendurou os óculos escuros e a barba postiça na trepadeira do muro. Passou rapidamente pelo esqueleto de cachorro, enquanto olhava para seu relógio movido a energia solar. Em sete minutos, um mastim de verdade chamado Kazak iria se materializar e correr por ali.

"Kazak morde", dissera a sra. Rumfoord no convite. "Então, por favor, seja pontual."

Constant sorriu ao pensar no aviso para ser pontual. Ser pontual significava não apenas existir de determinada maneira, como também chegar na hora em determinado lugar. Constant existia de determinada maneira — não imaginava como seria existir de outra.

Era uma das coisas que ele descobriria: como existir de outra maneira. O marido da sra. Rumfoord existia de outra maneira.

Winston Niles Rumfoord havia pilotado sua própria nave espacial até o coração de um infundíbulo cronossinclástico desconhecido, a dois dias de Marte. Somente seu cão o acompanhara. E agora Winston Niles Rumfoord e seu cachorro Kazak existiam em um fenômeno de onda — aparentemente vibrando em uma espiral distorcida com sua origem no Sol e seu fim em Betelgeuse.

A Terra estava prestes a interceptar essa espiral.

É quase certo que uma explicação sucinta do infundíbulo cronossinclástico ofenda os especialistas da área. Seja como for, a melhor explicação sucinta de um infundíbulo cronossinclástico é a fornecida pelo dr. Cyril Hall na 14ª edição da *Enciclopédia infantil de maravilhas e atividades para fazer*. O artigo é reproduzido aqui na íntegra, com a generosa permissão da editora:

INFUNDÍBULO CRONOSSINCLÁSTICO: *Imagine que o papai é o homem mais esperto do planeta Terra, que ele sabe tudo que há para saber, que ele tem a resposta certa para tudo e que inclusive pode provar que está certo a respeito de tudo. Agora imagine que existe outra criança que vive em um mundo muito legal a milhões de anos-luz daqui, e que o papai dessa criança é o homem mais esperto que vive nesse mundo tão legal e tão longe. Imagine que ele é tão esperto e tão sabido quanto o seu papai. Que os dois papais são espertos e os dois papais estão sempre certos a respeito de tudo.*

O problema é que, se os dois papais se encontrassem, eles começariam a discutir e brigar, pois um não concordaria com o outro. Bem, você pode dizer que seu pai está certo e que o pai da outra criança está errado, mas a verdade é que o Universo é um lugar danado de grande. Há bastante espaço para todas as pessoas estarem certas sobre tudo e ainda assim não concordarem umas com as outras.

A razão pela qual os dois papais podem estar certos e ainda assim discutirem entre si é porque existem muitas maneiras de se estar certo a respeito de algo. No entanto, existem alguns lugares no Universo onde cada um desses papais pode finalmente compreender o argumento do outro. Nesses lugares, todos os tipos de verdade se encaixam tão bem quanto as peças do relógio solar do seu pai. Chamamos esses lugares de infundíbulos cronossinclásticos.

Aparentemente, o Sistema Solar está cheio desses infundíbulos cronossinclásticos. Sabemos com toda a certeza que existe um grandão entre a Terra e Marte. Sabemos disso porque um homem terráqueo e seu cachorro terráqueo acabaram entrando em um.

Você pode imaginar que deve ser legal entrar em um infundíbulo cronossinclástico e conseguir ver todas as maneiras de estar absolutamente certo a respeito de tudo, mas a verdade é que isso é muito perigoso. O pobre homem e seu pobre cachorro estão espalhados por toda parte, não só pelo espaço como pelo tempo também.

Crono (cro-no) significa tempo. Sinclástico (sin-clás-ti-co) significa estar curvado no mesmo lado em todas as direções, como a casca de uma laranja. Infundíbulo (in-fun-dí-bu-lo) é a forma como os antigos romanos, Júlio César e Nero, por exemplo, chamavam um funil. Se você não sabe o que é um funil, peça à mamãe que lhe mostre um.

A chave para a porta no estilo Alice no País das Maravilhas tinha vindo junto com o convite. Malachi Constant colocou-a no bolso forrado de lã de sua calça e seguiu o único caminho que se abriu a sua frente. Apesar de andar sob a sombra das árvores, raios foscos da luz do entardecer se infiltravam entre os galhos mais altos, produzindo uma luminosidade ao modo de Maxfield Parrish.*

Conforme ia andando, Constant sacudia o convite, esperando ser questionado por alguém a qualquer momento. A tinta usada no convite era violeta. A sra. Rumfoord tinha apenas 34 anos, mas já escrevia como uma anciã — com uma caligrafia pontuda e excêntrica. Ela evidentemente detestava Constant, a quem nunca encontrara em pessoa. No mínimo, o convite passava uma ideia de relutância, como se ela o tivesse escrito num lenço sujo.

"Na última materialização do meu marido", ela escreveu no convite, "ele insistiu que você estivesse presente na próxima. Fui incapaz de dissuadi-lo dessa ideia, apesar dos muitos e óbvios empecilhos que esse desejo vai trazer. Ele insistiu em dizer que o conhece bem, tendo-o encontrado em Titã, que, segundo fui informada, é uma lua do planeta Saturno."

---

* Maxfield Parrish (1870-1966) foi um famoso pintor do romantismo americano. [N. de E.]

Quase todas as frases do convite continham o verbo "insistir". O marido da sra. Rumfoord lhe insistira que fizesse algo a que se opunha fortemente, e ela, por sua vez, insistira em solicitar a Malachi Constant que fizesse o possível para se comportar como o cavalheiro que ele não era.

Malachi Constant jamais estivera em Titã. Até onde sabia, nunca havia deixado o invólucro gasoso que revestia seu planeta nativo, a Terra. Aparentemente, estava prestes a descobrir o contrário.

As curvas no caminho eram muitas, e a visibilidade, escassa. Constant seguia uma trilha verde e úmida com a largura de um cortador de grama — a qual, de fato, fora feita por um cortador de grama. Erguendo-se de ambos os lados da trilha, duas paredes verdes de mato haviam tomado o lugar do antigo jardim.

A faixa feita pelo cortador de grama rodeava uma fonte seca. O homem responsável pelo aparelho tinha sido criativo a ponto de fazer uma bifurcação no caminho. Constant podia escolher por qual lado da fonte preferia seguir. Ele parou na bifurcação e olhou para cima. A fonte era maravilhosamente engenhosa; um cone formado por diversas tigelas de pedra de diâmetros decrescentes. As tigelas constituíam o colarinho de uma coluna cilíndrica de uns 12 metros de altura.

Impulsivamente, Constant não escolheu nenhum dos caminhos indicados pela bifurcação, e, em vez disso, subiu na fonte. Foi escalando as tigelas a fim de chegar ao topo e ver de onde tinha vindo e para onde deveria ir.

Então, de pé no ponto mais alto, na menor tigela barroca da fonte, pisando nas ruínas de antigos ninhos de passarinhos, Malachi Constant contemplou a propriedade, além de uma boa parte de Newport e da baía de Narragansett. Em seguida, ergueu o relógio para a luz, permitindo que o objeto bebesse os raios de sol, algo que para os relógios solares era tão importante quanto o dinheiro para os terráqueos.

A refrescante brisa marítima desmanchou o cabelo preto-azulado de Constant. Ele era um homem bem-apessoado — um peso meio-pesado de pele bronzeada, com lábios de poeta e suaves olhos castanhos sob as cavernas profundas da sua testa alta de Cro-Magnon. Tinha 31 anos.

Possuía 3 bilhões de dólares, muitos dos quais haviam sido herdados.

Seu nome significava *fiel mensageiro.*

Era um especulador, especialmente de ações corporativas.

Nos momentos de depressão, que geralmente vinham após noitadas de álcool, drogas e mulheres, Constant ansiava por apenas isto: receber uma única mensagem digna e importante o bastante para merecer que ele a levasse humildemente de um lugar para outro.

O lema do brasão que Constant criara para si dizia apenas:

O mensageiro aguarda.

Ao que tudo indicava, Constant tinha em mente uma mensagem de primeira classe, vinda de Deus e destinada a alguém também distinto.

Olhou de novo para o relógio solar. Tinha dois minutos para descer e chegar à casa: dois minutos antes que Kazak se materializasse e procurasse estranhos para morder. Constant riu sozinho, pensando no quão deliciada ficaria a sra. Rumfoord se o vulgar sr. Constant, de Hollywood, Califórnia, um alpinista social, passasse a visita inteira trepado na fonte, acossado por um cão de pedigree. Provavelmente a sra. Rumfoord mandaria derrubar a fonte.

Era possível que ela estivesse observando Constant. A mansão ficava a um minuto de caminhada da fonte — era separada da selva por uma faixa de cortador de grama três vezes maior que a do caminho.

A mansão Rumfoord fora construída em mármore como réplica do Salão de Banquetes do Palácio de Whitehall, em Londres. Como a maioria das grandes mansões de Newport, era parente distante dos prédios de correios e tribunais federais espalhados pela cidade.

A mansão Rumfoord era uma demonstração impressionante e cômica do seguinte conceito: gente abastada. Ela certamente constituía um dos grandes ensaios sobre densidade desde a Grande Pirâmide de Khufu. De certa forma, era um ensaio melhor sobre permanência do que a Grande Pirâmide, já que esta ia se afunilando conforme se aproximava do céu. Nada na mansão Rumfoord diminuía conforme ela se aproximava do céu. Se a virassem de cabeça para baixo, pareceria exatamente a mesma.

A densidade e a permanência da mansão eram, é claro, uma irônica variação do fato de que o conceito de antiguidade da casa, exceto por uma hora a cada 59 dias, era tão substancial quanto a luz da lua.

Constant desceu da fonte, pisando na beira das tigelas de tamanhos decrescentes. Quando chegou ao chão, sentiu um forte desejo de ver a fonte funcionando. Pensou na multidão que se reunira do lado de fora da casa, em como ela também adoraria ver a fonte funcionando. Ficaria encantada em ver as minúsculas tigelinhas lá de cima se encherem até transbordar para a próxima tigelinha... e a próxima tigelinha transbordando para a tigelinha seguinte... e a próxima tigelinha transbordando para a tigelinha seguinte... e assim por diante, uma rapsódia de transbordamento, todas as tigelas cantando sua feliz canção com o fluir da água. E parecendo enorme embaixo de todas essas tigelas estava a maior de todas as tigelas, de cabeça para baixo... A senhora de todas, a Belzebu das tigelas, totalmente seca e insaciável... esperando, esperando, esperando pela primeira e doce gota.

Constant ficou absorto, imaginando que a fonte estava em funcionamento. Ela era como uma alucinação — e alucinações, geralmente induzidas por drogas, eram praticamente a única coisa que podia surpreender e entreter Constant.

O tempo passou rapidamente. Constant não se moveu.

Em algum lugar dentro da propriedade, um mastim latiu. O latido soou como um golpe de marreta num grande gongo de bronze.

Constant despertou da contemplação da fonte. O latido só poderia vir de Kazak, o cão de caça espacial. Kazak já havia se materializado. Kazak farejara o cheiro de um alpinista social.

Constant correu a distância restante até a casa.

Um velho mordomo de culotes abriu a porta para Malachi Constant, de Hollywood. O homem chorava de alegria e apontou para uma sala que Constant não podia ver. O mordomo estava tentando descrever o que o deixara tão feliz e cheio de lágrimas, mas não conseguiu falar. Seu maxilar estava paralisado, e tudo que disse a Constant foi:

— Puttt putt... Puttt putt putt.

O piso do saguão era um mosaico que mostrava os signos do zodíaco em volta de um sol dourado.

Winston Niles Rumfoord, que se materializara apenas um minuto antes, foi até o saguão e parou bem em cima do sol. Ele era muito mais alto e forte do que Malachi Constant — e também a primeira pessoa a fazer Malachi Constant pensar que realmente poderia haver alguém superior a ele. Winston Niles Rumfoord estendeu a mão delicada, saudando Constant de forma íntima, quase cantando sua saudação em uma glotal voz de tenor.

— Encantado, encantado, encantado, sr. Constant — disse Rumfoord. — Que bom que veeeeio.

— O prazer é todo meu — declarou Constant.

— Me disseram que provavelmente você é o homem mais sortudo do mundo.

— Isso é forçar um pouco a barra — observou Constant.

— Você não pode negar que tem uma tremenda sorte com as finanças — disse Rumfoord.

Constant balançou a cabeça.

— Não. Isso não posso negar — concordou.

— E a que você atribui essa sua maravilhosa sorte? — perguntou Rumfoord.

Constant deu de ombros.

— Como vou saber? — ele disse. — Acho que alguém lá em cima gosta de mim — completou.

Rumfoord olhou para o teto.

— Que ideia encantadora... Alguém lá em cima gostar de você.

Constant, que durante toda essa conversa continuava segurando a mão de Rumfoord, subitamente pensou em quão pequena e adunca era a própria mão em comparação à dele.

A pele da mão de Rumfoord era dura, mas não calejada como a de alguém condenado a desempenhar um único ofício por toda a vida. Os calos, perfeitamente uniformes, pareciam produzidos por milhares de atividades felizes, desempenhadas por alguém que se dedicava ativamente ao lazer inerente à sua classe social.

Por um momento, Constant se esqueceu de que o homem cuja mão apertava era simplesmente um aspecto, um nó do fenômeno de onda que se estendia do Sol a Betelgeuse.

O aperto de mão lembrou a Constant o que ele tocava: sua mão sentiu o formigamento de um pequeno, porém inconfundível, choque elétrico.

Constant não fora levado a se sentir inferior pelo tom que a sra. Rumfoord usou em seu convite para a materialização. Constant era homem e a sra. Rumfoord, mulher, e ele imaginou que tinha os meios de demonstrar, caso houvesse a oportunidade, sua inquestionável superioridade.

Winston Niles Rumfoord era superior a ele: moralmente, espacialmente, socialmente, sexualmente e eletricamente. O sorriso e o aperto de mão de Winston Niles Rumfoord desmontaram a alta opinião que Constant tinha de si mesmo com tanta eficácia quanto funcionários de um parque de diversões desmontariam uma roda gigante.

Constant, que havia oferecido seus serviços de mensageiro a Deus, agora entrava em pânico ao deparar com a grandeza bastante comedida de Rumfoord. Então fuçou a memória, procurando antigas evidências da própria grandeza. Fuçou a memória como um ladrão ávido fuçaria a carteira de alguém. E encontrou sua memória repleta de retratos amassados e explícitos de todas as mulheres com quem havia dormido, repleta de referências absurdas que testemunhavam sua posse de empreendimentos ainda mais absurdos, com referências que lhe atribuíam virtudes e pontos fortes que apenas 3 bilhões de dólares podiam conferir. Havia até mesmo uma medalha de prata presa em um laço vermelho, um prêmio por Constant ter chegado em segundo lugar na corrida de curta distância realizada na pista de corrida da Universidade de Virgínia.

Rumfoord continuava sorrindo.

Vamos seguir a analogia do ladrão que fuça a carteira de alguém: Constant rasgou as costuras da própria memória, tentando encontrar um compartimento secreto com algo de valor, mas não havia nenhum — nada de valor. Tudo o que sobrara para Constant era o exterior de sua memória: coisas flácidas, descosturadas.

O velho mordomo, olhando com adoração para Rumfoord, começou a se curvar em espasmos bajuladores, como uma mulher horrorosa que fosse posar de Madona para uma pintura.

— O patrão — ele baliu. — O patrãozinho.

— Eu posso ler sua mente, sabe? — disse Rumfoord.

— Pode? — perguntou Constant humildemente.

— É a coisa mais fácil do mundo — respondeu Rumfoord. Seus olhos cintilavam. — Você não é de todo mal, sabe? — ele disse. — Especialmente quando se esquece de quem é.

Então tocou de leve o braço de Constant. Era um gesto de político: um gesto simples, de pessoas simples, feito por um homem que no próprio ambiente e entre os da própria classe social se encolhia quando precisava tocar em alguém.

— Se for realmente tão importante para você, nesta altura do nosso relacionamento, se sentir superior a mim de alguma forma — ele disse para Constant, de forma gentil —, pense assim: você pode se reproduzir e eu não.

Nesse momento, ele se virou, mostrando a Constant as costas largas, e guiando-o por uma série de amplos cômodos.

Então parou na frente de um e insistiu que Constant admirasse a enorme pintura a óleo de uma garotinha segurando as rédeas de um pônei imaculadamente branco. A garotinha usava uma boina branca, um vestido engomado branco, luvas brancas, meias brancas e sapatos brancos.

Era a garotinha mais asseada e gélida que Malachi Constant já vira na vida. Tinha uma estranha expressão no rosto, como de alguém preocupado com uma possível sujeirinha.

— Belo quadro — disse Constant.

— Não seria uma pena se ela caísse numa poça de lama? — perguntou Rumfoord.

Constant sorriu, incerto.

— Minha esposa quando criança — disse Rumfoord abruptamente, e guiou o outro para fora do cômodo.

Eles voltaram pelo corredor e entraram numa sala minúscula, pouco maior que um armário de vassouras. Tinha 3 metros de comprimento, quase dois de largura e um teto de 6 metros de altura, alto como os outros cômodos na mansão. A sala parecia uma chaminé. Havia duas *bergères* nela.

— Um acidente arquitetônico — disse Rumfoord, fechando a porta e olhando para o teto.

— Como? — perguntou Constant.

— Este cômodo — respondeu Rumfoord, fazendo com a mão direita o gesto mágico de escada em espiral. — Este quartinho era uma das poucas coisas que eu queria de verdade quando criança, com todo meu coração.

Ele apontou para as prateleiras que cobriam as paredes ajaneladas até o teto de 6 metros de altura. As prateleiras eram muito bem-feitas. Em cima delas, havia uma tábua de madeira flutuante com a seguinte inscrição em tinta azul: MUSEU DO SKIP.

Este era um museu de restos mortais — endoesqueletos e exoesqueletos —, de conchas, corais, ossos, cartilagens e quítons, um museu de cinzas e lascas, resíduos de almas que há muito tempo haviam partido. A maioria dos espécimes era do tipo que uma criança — possivelmente Skip — encontraria facilmente nas praias e florestas de Newport. Alguns eram claramente presentes caríssimos dados a uma criança com extraordinário interesse em ciência e biologia.

Reinando sobre todos os presentes, havia o esqueleto completo de um adulto do sexo masculino.

Também havia a couraça vazia de um tatu, um dodô empalhado e a longa presa espiralada de um narval, a qual trazia uma etiqueta brincalhona de Skip que dizia: CHIFRE DE UNICÓRNIO.

— Quem é Skip? — perguntou Constant.

— Eu sou Skip — respondeu Rumfoord. — Era, pelo menos.

— Eu não sabia disso — disse Constant.

— Um apelido de família, é claro — falou Rumfoord.

— Hm — disse Constant.

Rumfoord se sentou em uma das *bergères* e, com um gesto, indicou a outra a Constant.

— Os anjos também não podem, sabe? — disse Rumfoord.

— Não podem o quê? — perguntou Constant.

— Se reproduzir — respondeu Rumfoord. Então ofereceu um cigarro a Constant, pegou um para si mesmo e o encaixou numa longa cigarrilha esculpida em osso. — Sinto muito por minha esposa estar indisposta para descer até aqui e cumprimentá-lo — disse ele. — Não é você que ela está evitando, sou eu.

— Você? — perguntou Constant.

— Sim. Ela não me vê desde minha primeira materialização — disse Rumfoord. Em seguida, deu uma risadinha triste. — Uma vez já foi suficiente.

— De... desculpe — disse Constant. — Não estou entendendo.

— Ela não gosta das minhas previsões — esclareceu Rumfoord. — Ela achou muito inquietante o pouco que lhe contei sobre seu futuro. Não quer mais ouvir uma só palavra. — Ele se reclinou na *bergère*, suspirando pesadamente. — Vou lhe contar uma coisa, sr. Constant — ele disse, com gentileza. — É uma tarefa ingrata dizer às pessoas o quão difícil é viver neste Universo.

— Ela disse que você pediu a ela que me convidasse — disse Constant.

— Ela recebeu essa mensagem pelo mordomo — observou Rumfoord. — Eu a desafiei a convidá-lo. Caso contrário, ela não teria feito isso. Precisa ter isto em mente: a única forma de convencê-la a fazer algo é dizendo que ela não tem coragem de fazer. É claro que não é uma técnica infalível. Eu poderia lhe mandar uma mensagem neste exato momento dizendo que ela não tem coragem de enfrentar o futuro e ela me responderia dizendo que tenho razão.

—Você... Você realmente pode ver o futuro? — perguntou Constant. Sentia a pele do rosto dura e ressecada. As palmas da mão suavam.

— Sim, de forma pontual — respondeu Rumfoord. — Quando entrei com minha nave num infundíbulo cronossinclástico, vi num só instante que tudo que um dia já foi alguma coisa para sempre o será, e que tudo que um dia será alguma coisa sempre o foi.

Ele riu de novo.

— Saber disso certamente tira o charme da adivinhação, torna essa arte a coisa mais simples e banal possível.

—Você contou à sua esposa tudo que vai acontecer com ela? — quis saber Constant. Era uma pergunta oblíqua. Constant não tinha nenhum interesse no que aconteceria com a esposa de Rumfoord. Ele estava sedento por notícias sobre si mesmo. Ao perguntar sobre a esposa de Rumfoord, estava apenas sendo modesto.

— Bem, nem tudo — respondeu Rumfoord. — Ela não me deixou contar tudo. O pouco que eu disse arruinou seu apetite.

— Sei — disse Constant, não sabendo nada.

— Sim — disse Rumfoord, amável. — Eu disse a ela que vocês dois seriam casados em Marte. — Ele deu de ombros.

— Não exatamente casados — ele disse. — Mas colocados para procriar pelos marcianos... como animais de fazenda.

Winston Niles Rumfoord era um verdadeiro membro da mais pura linhagem americana. A linhagem era pura, pois seus limites tinham sido claramente definidos por pelo menos dois séculos — claramente definidos para alguém com uma queda por definições. Da seleta classe de Rumfoord havia surgido um décimo dos presidentes americanos, um quarto dos exploradores americanos, um terço dos governadores da costa leste, metade dos ornitologistas em tempo integral, três quartos de iatistas famosos e praticamente todos aqueles que podiam bancar o sucesso e o fracasso de grandes espetáculos. Era uma classe excepcionalmente livre de charlatões, com a notável exceção dos charlatões políticos. A charlatanice política constituía uma forma de ganhar cargos — e nunca era levada para o âmbito familiar. Uma vez que se conseguisse um cargo, os membros dessa classe se tornavam, quase sem exceção, magnificamente responsáveis.

Se Rumfoord acusava os marcianos de colocar pessoas para procriar como se fossem animais de fazenda, ele acusava os marcianos de fazer algo que sua própria classe social já fizera. A força da sua classe dependia, de certo modo, de uma sólida gestão financeira, mas dependia muito mais de casamentos cínicos, baseados no tipo de filhos que esses relacionamentos iriam gerar.

O desejável era obter crianças saudáveis, encantadoras e inteligentes.

A análise mais competente, porém desprovida de humor, sobre a classe social de Rumfoord é, sem dúvidas, a de Waltham Kittredge, no livro *Os reis filósofos americanos*. Foi Kittredge quem provou que a classe era, na verdade, uma família, e que suas raízes remontavam, simplesmente, a um núcleo de consanguinidade obtido pelo intermédio de casamentos entre primos. Rumfoord e a esposa, por exemplo, eram primos de terceiro grau, e se detestavam.

Quando a classe de Rumfoord foi diagramada por Kittredge, ela lembrou o famoso nó duro de marinheiro, semelhante a uma bola, conhecido como *punho de macaco*.

Waltham Kittredge se atrapalhou bastante em seu *Os reis filósofos americanos* para traduzir em palavras a atmosfera da classe social de Rumfoord. Como o professor universitário que era, Kittredge procurou apenas palavras difíceis, e, não encontrando nenhuma adequada ao que queria dizer, cunhou um monte de novas e intraduzíveis.

De todos os jargões de Kittredge, apenas um conseguiu vingar e ser usado em conversas. O termo é *coragem aneurótica*.

Foi esse tipo de coragem, é claro, que fez Winston Niles Rumfoord viajar pelo espaço. Foi pura coragem: não somente livre de cobiça por fama e dinheiro, mas também livre dos estímulos que acendem aquela chama nos malucos e excêntricos.

Por acaso há duas fortes e simples palavras que serviriam maravilhosamente bem, qualquer uma delas, se colocadas no lugar dos jargões de Kittredge. As palavras são *estilo* e *bravura*.

Quando Rumfoord se tornou a primeira pessoa a possuir a própria nave espacial, desembolsando para esse propósito 58 milhões de dólares — isso era ter *estilo*.

Quando os governantes da Terra suspenderam a exploração espacial por causa do infundíbulo cronossinclástico e Rumfoord anunciou que iria para Marte — isso era ter *estilo*.

Quando Rumfoord anunciou que levaria consigo um cachorrão enorme, como se a nave espacial não passasse de um sofisticado carro esportivo, e como se a viagem para Marte fosse pouco mais que uma voltinha pela principal rodovia de Connecticut — isso era ter *estilo*.

Quando ninguém sabia o que poderia acontecer se uma nave espacial entrasse num infundíbulo cronossinclástico e Rumfoord definiu um trajeto que o levava diretamente para o coração de um — isso, sem dúvida, era *bravura*.

Comparando Malachi Constant, de Hollywood, com Winston Niles Rumfoord, de Newport e da Eternidade:

Tudo que Rumfoord fazia era *com estilo*, e desse modo a humanidade inteira parecia boa.

Tudo que Constant fazia era *com um estilo* — agressivo, barulhento, infantil, esbanjador —, e desse modo ele mesmo e a humanidade inteira pareciam maus.

Constant se encheu de coragem — mas não de uma coragem aneurótica. Tudo de corajoso que ele já fizera tinha sido motivado por maldade e por traumas de infância que faziam o medo parecer, na verdade, uma fraqueza.

Depois de ouvir que iria acasalar com a esposa de Rumfoord em Marte, Constant desviou o olhar de Rumfoord e contemplou o museu de restos mortais enfileirado na parede. Suas mãos estavam entrelaçadas, se apertando convulsivamente.

Ele limpou a garganta várias vezes. Depois emitiu um som baixo, um leve assobio, sem encostar a língua no céu da boca. Comportava-se como um homem que esperava que um terrível sofrimento acabasse. Então fechou os olhos e sugou o ar que sobrara entre os dentes.

— Uau, sr. Rumfoord — disse, baixinho. Abriu os olhos. — Marte? — perguntou.

— Marte — confirmou Rumfoord. — É claro que esse não é seu destino final, tampouco Mercúrio.

— Mercúrio? — perguntou Constant, soltando um involuntário e nada agradável grasnido ao som desse bonito nome.

— Seu destino é Titã — respondeu Rumfoord. — Mas você vai visitar Marte, Mercúrio e a Terra novamente antes de ir para lá.

É crucial saber em que ponto estava a exploração espacial no momento em que Malachi Constant recebeu a notícia da sua futura visita a Marte, Mercúrio, Terra e Titã. O estado de espírito da Terra com relação à exploração espacial era semelhante ao estado de espírito da Europa com relação à exploração do oceano Atlântico na época de Cristóvão Colombo.

Havia, contudo, algumas diferenças importantes: os monstros que surgiam entre os exploradores espaciais e seus objetivos não eram imaginários, mas numerosos, hediondos e igualmente cataclísmicos; bastava o custo de uma única expedição para arruinar a maioria das nações, e era quase certo que nenhuma expedição aumentaria a riqueza dos seus patrocinadores.

Resumindo, levando em conta o bom senso e algumas informações científicas atualizadas, não havia nada de agradável a ser dito sobre a exploração espacial.

Já fazia um bom tempo que não se considerava uma nação mais gloriosa do que outra por lançar algum objeto pesado em direção ao nada. De fato, a Espaçonaves Galácticas, empresa controlada por Malachi Constant, tinha recebido a derradeira encomenda de nave espacial, um foguete de 90 metros de altura e 10 metros de diâmetro. Ele já havia sido construído, mas a ordem de lançá-lo ao espaço nunca viera.

A nave foi chamada simplesmente de *A Baleia*, e equipada com acomodações adequadas para cinco passageiros.

No entanto, a descoberta dos infundíbulos cronossinclásticos fez tudo parar de forma abrupta. Tais infundíbulos foram descobertos matematicamente, com base nos bizarros padrões de voos de naves não tripuladas que supostamente tinham sido enviadas antes dos tripulantes.

Com efeito, a descoberta dos infundíbulos cronossinclásticos parecia perguntar à humanidade: *Acham que vão a algum lugar?*

Era uma situação perfeita para os pastores fundamentalistas americanos. Eles foram mais rápidos do que qualquer historiador ou filósofo em discorrer sobre a brevíssima Era do Espaço. Duas horas depois de cancelarem definitivamente o lançamento d'*A Baleia* ao espaço, o reverendo Bobby Denton gritou na Cruzada do Amor, sua igreja em Wheeling, Virgínia Ocidental:

— E o Senhor desceu para ver a cidade e a torre que os filhos do homem haviam construído. E o Senhor disse: "Eis que há um só povo e que todos falam uma só língua; e eis que começam a construção; agora nada poderá detê-los, poderão fazer tudo que desejarem. Desçamos e confundamos suas línguas, para que não entendam o que o outro diz". E então o Senhor os espalhou por toda a Terra e eles pararam de construir a cidade. Logo, o nome da cidade é Babel; porque foi lá que o Senhor confundiu a língua de todos: e desde então o Senhor os espalhou pela face da Terra.

Bobby Denton derramou um olhar radiante e amoroso sobre o público, e o colocou para cozinhar no fogo brando da própria iniquidade:

— E por acaso não vivemos como na época da Bíblia? — perguntou ele — Não construímos com ferro e orgulho uma abominação muito maior do que a Torre de Babel dos velhos tempos? E não tivemos, como aqueles construtores de antigamente, a pretensão de chegar aos céus com ela? Não ouvimos tantas vezes dizerem que a língua dos cientistas é internacional? Todos eles falam a mesma linguagem, usam palavras gregas e latinas para falar das coisas, e falam a linguagem dos números. — Isso parecia uma prova mais do que concreta para Denton, e os Cruzados do Amor concordaram sombriamente, sem saber ao certo por quê.

— Então por que devemos ficar surpresos e sofrer quando Deus nos diz exatamente o que Ele disse ao povo que construiu a Torre de Babel? Ele disse: "Não! Saiam daqui! Vocês não vão para o céu nem para lugar algum nessa geringonça! Espalhem-se, ouviram? Parem de falar a linguagem da ciência uns com os outros! Se continuarem falando a linguagem da ciência, terei que detê-los, terei que impedi-los de concretizarem seus desejos, e não quero fazer isso! Eu, o seu Senhor nas Alturas, quero que fiquem longe de determinadas coisas, então parem de pensar em torres malucas e foguetes lançados para o céu, e comecem a pensar em como ser um vizinho melhor, um marido melhor, uma esposa melhor, uma viúva melhor e um filho melhor! Não procurem a salvação nos foguetes, mas dentro de seus lares e da sua igreja!".

A voz de Bobby Denton começou a ficar rouca e ele fez uma pausa. Depois continuou:

— Quer viajar para o espaço? Deus já lhe deu a nave espacial mais maravilhosa de toda a criação! Sim! Velocidade? Quer velocidade? A nave que Deus lhe deu já faz 30 mil quilômetros por segundo, e vai continuar assim por toda a eternidade, se for a vontade de Deus. Quer uma nave espacial com todo o conforto do mundo? Você já tem uma! Nela não cabem apenas um homem e seu cachorro, ou cinco ou dez pessoas. Não! Deus não é pão-duro! Na nave que Ele lhe deu cabem milhões de homens, mulheres e crianças! Sim! E eles não precisam ficar amarrados em cadeiras ou colocar aquários na cabeça. Não mesmo! Não na nave espacial de Deus. As pessoas que viajam na nave espacial de Deus podem nadar, tomar sol, jogar beisebol, patinar no gelo, passear de carro com a família aos domingos após o culto e, depois de tudo isso, ainda jantar um belo frango assado em casa!

Bobby Denton acenou com a cabeça.

— Sim! E se alguém achar que seu Deus é mau por colocar aquelas coisas no espaço e impedir que voemos até lá, lembre-se de que Deus já nos deu uma nave espacial. E não precisamos comprar gasolina para ela, nem nos preocupar ou ficar desesperados pensando em que tipo de combustível colocar nela. Não! Deus cuida de tudo isso. Deus nos disse o que *nós* devemos fazer com essa maravilhosa nave espacial. Criou regras tão simples que qualquer um consegue entender. Você não precisa ser um físico, um grande químico ou um Albert Einstein para entendê-las. Não! E, além de tudo, ele não criou um milhão de regras. Disseram que, se fossem lançar *A Baleia*, teriam que fazer uns 11 mil testes antes de terem certeza de que ela estava pronta para partir: essa válvula está aberta? Essa válvula está fechada? Esse cabo está bem apertado? O tanque está cheio? E assim por diante... assim por diante e assim por diante, 11 mil coisas para verificar. Na nave espacial de Deus, só há dez coisas para checar antes de partir, e essa viagem não será uma viagenzinha qualquer àquelas pedras enormes, mortíferas e venenosas do espaço, mas para o Reino dos Céus! Pensem nisso! Onde vocês preferem estar amanhã? Em Marte ou no Reino dos Céus? Querem saber a lista de itens a serem verificados para a nave espacial verde e redonda de Deus? Tenho que lembrar vocês? Querem ouvir a contagem regressiva de Deus?

Os Cruzados do Amor responderam, também gritando, que queriam.

— Dez! — disse Bobby Denton. — Por acaso você cobiça a casa do vizinho, ou o servo do vizinho, ou a serva do vizinho, ou o boi do vizinho, ou o jumento do vizinho, ou qualquer coisa do seu vizinho?

— Não! — gritaram os Cruzados do Amor.

— Nove! — gritou Bobby Denton. —Você dá falso testemunho contra seu vizinho?

— Não! — gritaram os Cruzados do Amor.

— Oito! — gritou Bobby Denton. —Você rouba?

— Não! — gritaram os Cruzados do Amor.

— Sete! — gritou Bobby Denton. —Você comete adultério?

— Não! — gritaram os Cruzados do Amor.

— Seis! — gritou Bobby Denton. —Você mata?

— Não! — gritaram os Cruzados do Amor.

— Cinco! — gritou Bobby Denton. —Você honra seu pai e sua mãe?

— Sim! — gritaram os Cruzados do Amor.

— Quatro! — gritou Bobby Denton. —Você guarda o sábado como dia sagrado?

— Sim! — gritaram os Cruzados do Amor.

— Três! — gritou Bobby Denton. —Você diz o nome do Senhor em vão?

— Não! — gritaram os Cruzados do Amor.

— Dois! — gritou Bobby Denton. —Você idolatra falsas imagens?

— Não! — gritaram os Cruzados do Amor.

— Um! — gritou Bobby Denton. —Você põe algum deus na frente do único e verdadeiro Deus, nosso Senhor?

— Não! — gritaram os Cruzados do Amor.

— Hora do lançamento, podem lançar o foguete! — berrou Bobby Denton, alegremente. — Paraíso, aí vamos nós! Podem lançar o foguete, crianças, e amém!

— Bem... — disse Malachi Constant no cômodo em formato de chaminé embaixo da escadaria em Newport. — Parece que finalmente o mensageiro será utilizado.

— Como? — perguntou Rumfoord.

— Meu nome... significa *fiel mensageiro* — respondeu Constant. — Qual é a mensagem?

— Desculpe — disse Rumfoord. — Não sei de nenhuma mensagem. — Ele inclinou a cabeça, interrogativamente. — Alguém lhe disse algo sobre uma mensagem?

Constant virou para cima as palmas das mãos.

— Quer dizer... Por que eu teria todo esse trabalho para chegar até Tritão?

— Titã — corrigiu Rumfoord.

— Titã, Tritão — disse Constant. — Macacos me mordam, por que eu iria para lá? — "Macacos me mordam" era uma expressão boba e certinha demais para Constant, do tipo que escoteiros usavam, e ele só percebeu que a dissera depois de um momento. "Macacos me mordam" era o tipo de coisa que os cadetes do espaço da televisão diziam quando um meteorito atingia a torre de controle ou um navegante se revelava um pirata do espaço do planeta Zircão. Então se levantou. — Por que diabos eu iria para lá?

— Você vai, eu juro que vai — afirmou Rumfoord.

Constant andou até a janela, sentindo a arrogância voltar com força.

— Pois eu lhe digo neste exato momento que não vou.

— Sinto muito por ouvir isso — disse Rumfoord.

— Terei que fazer algo para você quando chegar lá? — perguntou Constant.

— Não — respondeu Rumfoord.

— Então por que você sente muito? — perguntou Constant. — O que isso tem a ver com você?

— Nada — disse Rumfoord. — Eu só sinto muito por você. Se não fosse, estaria perdendo algo muito interessante.

— Como o quê? — quis saber Constant.

— Bem, para começar, o clima mais agradável possível — disse Rumfoord.

— Clima! — exclamou Constant, com desprezo. — Tenho casas em Hollywood, no Vale de Kashmir, Acapulco, Manitoba, Taiti, Paris, Bermudas, Roma, Nova York e Cidade do Cabo. Por que eu sairia da Terra em busca de climas melhores?

— Titã tem muito mais a oferecer do que um clima agradável — disse Rumfoord. — As mulheres, por exemplo, são as mais belas criaturas entre o Sol e Betelgeuse.

Constant deu uma gargalhada amarga.

— Mulheres! — ele repetiu. — Você acha que tenho problemas para arranjar mulheres bonitas? Acha que estou tão sedento de amor que a única forma de chegar perto de mulheres bonitas seria subir num foguete com destino a uma das luas de Saturno? Está de brincadeira? Já tive mulheres tão lindas que qualquer um entre o Sol e Betelgeuse cairia de joelhos chorando se recebesse um simples "olá" delas!

Em seguida, tirou a carteira e puxou de lá uma fotografia de sua mais recente conquista. Não havia dúvidas: a garota na fotografia era espantosamente linda. Ela era a Miss Zona do Canal, ganhara o segundo lugar no Concurso de Miss Universo — e na verdade era mil vezes mais bonita que a vencedora do concurso. Sua beleza havia assustado os juízes.

Constant entregou a fotografia a Rumfoord.

— Tem algo parecido em Titã? — ele perguntou.

Rumfoord analisou a fotografia respeitosamente, e depois a devolveu.

— Não — respondeu. — Não há nada parecido em Titã.

— Certo — disse Constant, se sentindo novamente em pleno controle do seu destino. — Um clima agradável, mulheres bonitas, e o que mais?

— Nada mais — disse Rumfoord, com benevolência. Então deu de ombros. — Oh, também há obras de arte, se você for um apreciador.

— Tenho a maior coleção particular de arte do mundo — afirmou Constant.

Constant herdara essa famosa coleção de arte. Ela fora reunida por seu pai, ou melhor, pelos empregados do seu pai. Estava espalhada em museus de toda parte do mundo, cada peça assinalada como parte da Coleção Constant, que fora iniciada e depois aumentada dessa forma por recomendação do diretor de Relações Públicas da Magnum Opus Incorporated, uma corporação cujo único objetivo era cuidar dos negócios de Constant.

O propósito da coleção era mostrar quão generoso, útil e sensível um bilionário podia ser. Além disso, a coleção se provou também um excelente investimento.

— Isso é que é gostar de arte — disse Rumfoord.

Constant ia guardar a fotografia da Miss Zona do Canal na carteira quando percebeu que segurava não apenas uma fotografia, mas duas. Havia outra foto atrás daquela da Miss Zona do Canal. Ele imaginou que fosse a fotografia da predecessora da Miss Zona do Canal, e pensou em mostrá-la a Rumfoord também — a fim de que o outro visse as mulheres maravilhosas e angelicais que ele estava acostumado a mandar passear.

— Tem... Tem outra foto aqui — disse Constant, entregando a segunda fotografia a Rumfoord.

Este, porém, não fez um único movimento para pegar a fotografia. Nem ao menos olhou para ela. Pelo contrário, encarou Constant e sorriu com malícia.

Constant olhou para a fotografia ignorada. Descobriu, então, que não era a fotografia da predecessora da Miss Zona do Canal, mas uma fotografia que Rumfoord entregara junto com a outra. Não era uma fotografia comum, embora a superfície fosse brilhante, e as margens, brancas.

Dentro das margens brilhavam abismos cintilantes. O efeito era mais ou menos como uma janela retangular de vidro na superfície de uma baía rasa de corais, cheia de água cristalina. No meio dessa baía de corais havia três mulheres: uma branca, uma dourada e uma marrom. Elas olhavam para Constant implorando que ele fosse até elas, que fizesse amor com elas.

A beleza das três estava para a beleza da Miss Zona do Canal como o Sol estava para um vaga-lume.

Constant afundou de novo na *bergère*. Precisou desviar o olhar de toda aquela beleza para não romper em lágrimas.

— Pode ficar com a fotografia, se quiser — disse Rumfoord. — Cabe direitinho na carteira.

Constant não conseguiu dizer nada.

— Minha esposa ainda estará com você quando chegar em Titã — informou Rumfoord. — Mas ela não vai interferir se quiser se divertir com essas três jovens. Seu filho também estará com você, mas será tão mente aberta quanto Beatrice.

— Filho? — perguntou Constant. Ele não tinha filho.

— Sim, um excelente garoto chamado Crono — respondeu Rumfoord.

— Crono? — repetiu Constant.

— Um nome marciano — disse Rumfoord. — Nascido em Marte, filho seu e de Beatrice.

— Beatrice? — perguntou Constant.

— Minha esposa — esclareceu Rumfoord. Então começou a ficar transparente. Sua voz se tornou metálica também, como se saísse de um rádio barato. — As coisas vão e vêm, meu rapaz — ele disse —, com ou sem mensagens. É o caos, não se trata de um erro, afinal, o Universo acabou de nascer. É a grande transformação que cria a luz, o calor e o movimento, e joga você de um lado para o outro.

— Previsões, previsões, previsões — disse Rumfoord, meditativo. — Tem algo mais que preciso lhe dizer? Aaaah, sim, sim, sim... Esse filho seu, esse menino chamado Crono...

Ele continuou:

— Crono vai pegar um pequeno pedaço de metal em Marte... e vai chamá-lo de seu "talismã da sorte". Fique de olho nesse talismã da sorte, sr. Constant. Isso é de suma importância.

Winston Niles Rumfoord começou a desaparecer devagar. Primeiro os cantos dos dedos sumiram, depois tudo foi sumindo até sobrar apenas o sorriso, que ainda ficou pairando um tempo depois de o corpo desaparecer.

— Vejo você em Titã — disse o sorriso. E então sumiu.

— Já acabou, Moncrief? — a sra. Winston Niles Rumfoord gritou para o mordomo, do topo da escada em espiral.

— Sim, madame. Ele já foi — respondeu o mordomo. — E o cachorro também.

— E aquele sr. Constant? — perguntou a sra. Rumfoord. Ela se comportava como uma inválida, cambaleando, piscando sem parar. Sua voz assemelhava-se ao vento assobiando entre os galhos de árvores. Vestia um longo roupão branco cujas dobras macias formavam uma espiral no sentido anti-horário, combinando com a escadaria branca. A cauda do roupão cascateava, descendo do degrau mais alto da escada, fazendo com que Beatrice parecesse uma extensão da arquitetura da casa.

Nesse espetáculo, sua figura alta e ereta era o que mais se destacava. Os detalhes do seu rosto não tinham importância. Mesmo se substituíssem a cabeça por uma bola de canhão, sua figura se adequaria à composição geral.

Mas Beatrice possuía um rosto — e ele era muito atraente. Poderiam dizer que ela parecia um daqueles bravos guerreiros índios com dentes salientes. Mas qualquer um que fizesse essa comparação seria obrigado a acrescentar, rapidamente, que ela era maravilhosa. Seu rosto, inigualável, assim como o de Malachi Constant, era formado por uma surpreendente variação nos monótonos traços familiares — variação que faria um observador pensar: *Sim, não seria nada mal ter essa aparência*. Na verdade, o que Beatrice havia feito com o próprio rosto era o que qualquer mulher faria. Ela o soterrara com dignidade, sofrimento e uma boa pitada de arrogância, para dar uma apimentada nas coisas.

— Sim — disse Constant, lá de baixo. — Aquele sr. Constant ainda está aqui. — Ele estava bem à vista, recostado contra a coluna que levava ao saguão. Contudo, era tão pequeno em comparação ao resto, tão ínfimo em comparação aos detalhes arquitetônicos, que quase parecia invisível.

— Oh — disse Beatrice. — Como vai você? — Era um cumprimento dos mais secos.

— Como vai *você*? — retrucou Constant.

— Só posso apelar ao seu instinto de cavalheiro — disse Beatrice — e pedir que não espalhe pelos quatro cantos a história do seu encontro com meu marido. Compreendo bem quão incrivelmente tentador isso deve ser.

— Ah, sim — concordou Constant. — Poderia vender minha história por uma montanha de dinheiro, pagar a hipoteca de casa e me tornar uma figura internacionalmente famosa. Poderia também me enturmar com vários figurões e candidatos a figurões, e ser apresentado a todas as cabeças coroadas da Europa.

— Me perdoe — disse Beatrice — se não consigo apreciar o sarcasmo e as brilhantes tiradas da sua certamente famosa sagacidade, sr. Constant. As visitas do meu marido me deixam doente.

— Você nunca mais o viu, não é mesmo? — perguntou Constant.

— Eu o vi somente em sua primeira materialização — respondeu Beatrice. — Foi o bastante para me deixar doente pelo resto dos meus dias.

— Gostei muito dele — disse Constant.

— O louco, por vezes, tem um certo charme — observou Beatrice.

— Louco? — perguntou Constant.

— Sendo o homem mundano que é, sr. Constant — respondeu Beatrice —, você não diria que uma pessoa que faz profecias complicadas e altamente improváveis é louca?

— Bem — disse Constant —, é loucura demais dizer a um homem com acesso à maior espaçonave já construída que ele viajará para o espaço?

A informação deixou Beatrice perplexa. Ela ficou tão perplexa com o fato de ele ter acesso a uma espaçonave que deu um passo para trás, se separando do espiral crescente da escadaria. Esse pequeno passo para trás a transformou no que ela era de fato: uma mulher solitária e assustada numa casa enorme.

— Você tem uma espaçonave? — perguntou.

— Uma empresa que controlo tem a custódia de uma — disse Constant. — Já ouviu falar d'*A Baleia*?

— Sim — respondeu Beatrice.

— Minha empresa a vendeu para o governo — confessou Constant. — Acho que eles ficariam encantados se alguém a comprasse de volta nem que fosse por 5 centavos.

— Desejo-lhe boa sorte em sua expedição — disse Beatrice.

Constant se curvou.

— Boa sorte para você na *sua* — ele retrucou.

Então saiu sem dizer mais nada. Ao cruzar o brilhante zodíaco do piso do saguão, sentiu que a espiral da escadaria corria agora para baixo em vez de para cima. Constant se tornou o ponto central no turbilhão do destino. Quando passou pela porta, ficou agradavelmente ciente de levar consigo toda a autoconfiança que havia na mansão Rumfoord.

Já que fora predestinado que ele e Beatrice se encontrariam novamente e iriam gerar um filho de nome Crono, Constant não se preocupou em procurá-la e cortejá-la, nem em mandar ao menos um cartão desejando melhoras. Podia cuidar da sua vida tranquilamente, pensou, a arrogante Beatrice é que teria que correr atrás dele — como uma vagabunda qualquer.

Ele estava rindo quando colocou a barba postiça e os óculos escuros, e saiu pela pequena porta de ferro na parede.

A limusine estava de volta, e também a multidão.

A polícia tinha conseguido abrir uma estreita passagem até a porta da limusine. Constant passou correndo até chegar ao automóvel. A passagem se fechou como o Mar Vermelho atrás dos Filhos de Israel. Os gritos da multidão, ouvidos em conjunto, eram um grito coletivo de sofrimento e indignação. A multidão, a quem nada prometeram, se sentiu enganada, após nada receber.

Então homens e rapazes começaram a balançar a limusine de Constant.

O chofer engatou a marcha e o carro começou a se mover a passo de tartaruga em meio ao mar de humanos enfurecidos.

Um homem careca atentou contra a vida de Constant com um cachorro-quente, esfaqueando com ele o vidro da janela, esmagando o pão, despedaçando a salsicha — deixando uma mancha doentia de mostarda e satisfação.

— Aaaah, aaaah, aaaah! — gritou uma mulher jovem e bonita, mostrando a Constant o que provavelmente nunca mostrara a homem algum: que seus dois dentes superiores frontais eram falsos. Ambos caíram quando ela gritou. A mulher guinchou como uma bruxa.

Um rapaz subiu no capô do carro, bloqueando a visão do chofer. Então arrancou o limpador de para-brisas e o jogou para a massa de pessoas. O chofer levou 45 minutos para transpor a barreira da multidão. E nessa barreira não estavam os verdadeiros lunáticos, mas, sim, os quase sãos.

Apenas na barreira os gritos faziam algum sentido.

— Queremos saber! — berrou um homem que não parecia enraivecido, mas apenas cansado.

— Temos direito de saber! — gritou uma mulher. Ela mostrou os dois filhos, duas lindas crianças, a Constant.

Outra disse a Constant o que a multidão julgava ter o direito de saber:

— Temos direito de saber o que está acontecendo! — gritou.

Dessa forma, o tumulto representava um exercício de ciência e teologia — humanos em busca de pistas sobre o sentido da vida.

O chofer, vendo por fim o caminho livre, pisou fundo no acelerador. A limusine foi embora, zunindo.

No percurso, passou por um imenso outdoor que dizia: VAMOS LEVAR UM AMIGO PARA A IGREJA DE NOSSA ESCOLHA NO DOMINGO!

2

Cadeias nos estorques

"Às vezes acho que é um grande erro sermos compostos de uma matéria capaz de pensar e sentir. É tanta reclamação. Do mesmo modo, porém, imagino que as rochas, montanhas e luas possam ser acusadas de serem um pouco fleumáticas demais."

— Winston Niles Rumfoord

A limusine saiu zunindo de Newport, em direção ao norte, entrou numa estrada de terra e por fim encontrou um helicóptero que a aguardava em um pasto.

O propósito de Malachi Constant, ao trocar a limusine por um helicóptero, era impedir que alguém o seguisse, impedir que descobrissem quem era o homem barbado de óculos que visitara a propriedade dos Rumfoord.

Ninguém sabia onde Constant estava.

Nem o chofer nem o piloto conheciam a verdadeira identidade do seu passageiro. Para ambos, Constant era Jonah K. Rowley.

— Seu Rowley?... — chamou o chofer, quando Constant saiu da limusine.

— Sim? — respondeu Constant.

— Você não ficou com medo, seu Rowley? — perguntou o chofer.

— Medo? — retrucou Constant, sinceramente confuso com a pergunta. — Do quê?

— Do quê? — repetiu o chofer, incrédulo. — Puxa, de toda aquela gente maluca querendo linchar a gente.

Constant sorriu e balançou a cabeça. Nem por um momento, durante a situação violenta que viveram, ele sentiu medo de ser ferido.

— Entrar em pânico dificilmente ajudaria, não acha? — ele disse. Nas próprias palavras, reconheceu o fraseado de Rumfoord, até mesmo um pouco daquele jeito meio cantado de falar, traço aristocrático do homem.

— Cara... Você deve ter algum tipo de anjo da guarda... Imagina só, ficar frio que nem um pepino, não importa o que aconteça — disse o chofer, com admiração.

Esse comentário interessou a Constant, pois descreveu bem sua atitude em meio ao tumulto. Primeiro, ele pensou no comentário como uma analogia — uma poética descrição do seu estado de espírito. Um homem com um anjo da guarda certamente se sentiria como Constant se sentiu.

— Sim, senhor! — afirmou o chofer. — Com certeza alguém está cuidando de *você*!

E então Constant ficou abalado: *era exatamente isso*.

Até aquele momento de revelação, Constant havia apreciado sua aventura em Newport como mais uma alucinação causada pelas drogas — mais uma distração fornecida pelo peiote —, algo novo, vívido, divertido, sem nenhuma consequência real.

A pequena porta fora um toque a mais nesse sonho... A fonte seca, outro... E também a enorme pintura da garotinha toda de branco e cheia de não-me-toques com o pônei imaculadamente branco... E o quarto que parecia uma chaminé, embaixo da escada em espiral... E a fotografia das três sereias de Titã... E as profecias de Rumfoord... E o desapontamento de Beatrice no alto da escada...

Malachi Constant sentiu um suor frio brotar na testa. Os joelhos ameaçaram ceder, as pálpebras ficaram enlouquecidas. Ele finalmente entendeu que cada detalhe da história era real! Havia ficado calmo no meio do tumulto porque sabia que não morreria na Terra.

Era verdade, tinha alguém cuidando dele.

E, quem quer que fosse, estava salvando sua pele para...

Constant estremeceu enquanto contava nos dedos os pontos de interesse no itinerário que Rumfoord lhe prometera.

Marte.

Então Mercúrio.

Depois Terra de novo.

Então Titã.

Como o itinerário terminava em Titã, provavelmente era lá que Malachi Constant morreria. Ele morreria *lá*!

Por que Rumfoord sentira-se tão animado com isso?

Constant andou arrastando os pés até o helicóptero. O grande pássaro caindo aos pedaços balançou violentamente quando ele subiu.

— Você é o Rowley? — perguntou o piloto.

— Isso mesmo — respondeu Constant.

— Você tem um nome bem incomum, sr. Rowley — disse o piloto.

— Perdão? — perguntou Constant, nauseado. Ele olhava através da cúpula de plástico que revestia a cabine — olhava para o céu crepuscular. Perguntava-se se haveria olhos lá em cima, olhos capazes de ver tudo que ele fazia. E, se houvesse olhos lá em cima, e esses olhos quisessem que ele fizesse determinadas ações e fosse a determinados lugares — como o obrigariam a fazer isso?

Oh, Deus. Mas eles pareciam tão apagados e frios lá de cima!

— Eu disse que você tem um primeiro nome incomum — repetiu o piloto.

— E que nome seria esse? — quis saber Constant, que esquecera que nome havia escolhido para seu disfarce.

— Jonah — disse o piloto.

Cinquenta e nove dias depois, Winston Niles Rumfoord e seu leal cão Kazak se materializaram novamente. Muita coisa tinha acontecido desde a última visita.

Por um lado, Malachi Constant vendera todas as suas ações da Espaçonaves Galácticas, a corporação em posse do grande foguete chamado *A Baleia*. Ao fazer isso, pretendia destruir qualquer ligação entre ele e a única forma conhecida de chegar até Marte. O lucro da venda foi aplicado na empresa Cigarros Bruma Lunar.

Do outro lado, Beatrice Rumfoord liquidara seu variado portfólio de ações e aplicara o lucro na Espaçonaves Galácticas, pretendendo, dessa forma, conseguir uma voz forte quando decidissem o que fazer com *A Baleia*.

Por um lado novamente, Malachi Constant passara a escrever cartas ofensivas a Beatrice Rumfoord, a fim de mantê-la longe — a fim de que ela o achasse uma pessoa absoluta e permanentemente intolerável. Todas as cartas eram iguais. A mais recente havia sido escrita no papel timbrado da Magnum Opus, Inc., a corporação cujo único objetivo era administrar as questões financeiras de Malachi Constant, e dizia o seguinte:

> *Saudações da ensolarada Califórnia, gatinha do espaço! Nossa, não vejo a hora de traçar uma dama classuda como você sob as luas gêmeas de Marte. Você é o único tipo de mulher que eu nunca tracei, e aposto que as classudas são as melhores. Só para ir aquecendo, receba todo o meu amor e beijos. Mal.*

Do outro lado, Beatrice comprara uma cápsula de cianeto — com certeza, algo muito mais mortal que a víbora de Cleópatra. Beatrice pretendia engolir o veneno caso fosse obrigada a dividir até mesmo um fuso horário com Malachi Constant.

Ainda deste lado, houve uma quebra no mercado de ações, o que arruinou financeiramente Beatrice e outros. Ela comprara as ações da Espaçonaves Galácticas a preços que variavam de 151,5 a 169. As ações tinham caído a 6 em dez sessões de negociações, e agora não passavam de trêmulos pontos fracionários. Já que Beatrice havia comprado com margem e em dinheiro vivo, perdera tudo que possuía, incluindo a casa em Newport. Ela não tinha nada além das próprias roupas, de um bom nome e do diploma da escola de etiqueta para moças.

Por um lado, Malachi Constant dera uma festa dois dias após seu retorno a Hollywood — e só agora, 56 dias depois, ela havia acabado.

Por um lado, um jovem genuinamente barbudo de nome Martin Koradubian havia assumido a identidade do misterioso estranho de barba convidado a assistir à materialização na propriedade Rumfoord. Ele consertava relógios solares em Boston, e era um adorável mentiroso.

Uma revista comprou sua história por 3 mil dólares.

Sentado em sua *bergère* no Museu do Skip, embaixo da escada em espiral, Winston Niles Rumfoord lia a matéria da revista com prazer e admiração. Koradubian alegava na história que Rumfoord lhe contara tudo sobre o ano 10 milhões d.C.

Segundo Koradubian, nesse ano haveria uma tremenda faxina. Todos os registros relativos ao período compreendido entre a morte de Cristo e o ano 1 milhão d.C. seriam jogados na lixeira e incinerados. Isso porque, segundo Koradubian, os museus e arquivos estariam tão cheios que quase não haveria lugar para as pessoas viverem na Terra.

Segundo Koradubian, esse período com duração de 1 milhão de anos que iriam jogar no lixo e depois incinerar seria resumido nos livros de história em uma só frase: *Após a morte de Jesus Cristo, houve um período de reajuste que durou aproximadamente 1 milhão de anos.*

Winston Niles Rumfoord riu e pôs de lado a revista com o artigo de Koradubian. Rumfoord simplesmente amava um bom e formidável impostor.

— "Ano 10 milhões d.C." — ele citou em voz alta —, "um ótimo ano para fogos de artifício, desfiles e feiras mundiais. Uma boa época para derrubar pilares e desenterrar cápsulas do tempo."

Rumfoord não estava falando sozinho. Havia mais alguém com ele no Museu do Skip.

A outra pessoa era Beatrice, sua esposa.

Ela estava sentada na *bergère* em frente à dele. Havia descido para pedir a ajuda do marido em um momento de grande necessidade.

Rumfoord mudara delicadamente de assunto.

Beatrice, que já parecia um pouco fantasmagórica com seu penhoar branco, ficou com o rosto cinzento.

— Que animal otimista é o homem! — disse Rumfoord, animado. — Imagine só, esperar que sua espécie viva mais 10 milhões de anos! Como se o corpo das pessoas fosse tão bem projetado quanto o das tartarugas! — Ele deu de ombros. — Bem, quem saberá dizer? Talvez os seres humanos vivam todo esse tempo por pura maldade. Qual é seu palpite?

— O quê? — perguntou Beatrice.

— Quanto tempo você acha que a raça humana vai viver? — disse Rumfoord.

Os dentes cerrados de Beatrice deixaram escapar uma nota contínua, débil e aguda, tão alta que quase parecia fora de alcance dos ouvidos humanos. O som trazia uma promessa tão sinistra quanto o zunido de bombas caindo.

Então veio a explosão. Beatrice se levantou, virou a poltrona de ponta-cabeça, atacou o esqueleto e o atirou num canto. Varreu com as mãos as prateleiras do Museu do Skip, derrubando os espécimes no chão e pisoteando-os.

Rumfoord ficou boquiaberto.

— Meu bom Deus... — ele disse. — O que deu em você?

— Você não sabe de tudo? — Beatrice berrou histericamente. — Por acaso alguém precisa lhe dizer alguma coisa? Leia minha mente!

Rumfoord levou as palmas das mãos às têmporas, com os olhos arregalados.

— Estática — ele disse. — Eu só ouço estática.

— E o que *mais* haveria além de estática? — gritou Beatrice. — Serei jogada na rua, sem um centavo no bolso, e meu marido dá risada e quer que eu brinque de adivinhação!

— Não era um jogo de adivinhação *comum* — retrucou Rumfoord. — Perguntei quanto tempo a raça humana iria durar. Pensei que talvez isso lhe desse mais perspectiva com relação aos próprios problemas.

— Que se dane a raça humana! — disse Beatrice.

— Sabe, você faz parte dela — ele observou.

— Então eu gostaria de virar um chimpanzé! — declarou Beatrice. — Nenhum marido chimpanzé ficaria de braços cruzados enquanto a esposa perde todos os seus cocos. Nenhum marido chimpanzé tentaria transformar a esposa na vagabunda espacial de Malachi Constant, de Hollywood, Califórnia!

Depois de dizer essas coisas horríveis, Beatrice sentiu-se um pouco mais calma. Então sacudiu a cabeça, cansada.

— Quanto tempo a raça humana vai durar, mestre?

— Eu não sei — respondeu Rumfoord.

— Pensei que soubesse tudo — disse Beatrice. — Veja no futuro.

— Eu vi o futuro — retrucou Rumfoord. — E descobri que não estarei no Sistema Solar quando a raça humana acabar. Portanto, seu fim é um mistério tão grande para mim quanto para você.

Em Hollywood, Califórnia, o telefone azul da cabine telefônica de *strass* que havia ao lado da piscina de Malachi Constant tocou.

É sempre lamentável quando o ser humano chega a uma condição, em termos de respeitabilidade, pior que a de um bicho. E é ainda mais lamentável quando a pessoa em questão teve todas as oportunidades!

Malachi Constant jazia na vasta canaleta da sua piscina em formato de rim, dormindo o sono dos bêbados. Havia um centímetro de água morna na canaleta. Constant encontrava-se completamente vestido, com sua bermuda de gala verde-azulada e um smoking de brocado dourado, ambos encharcados.

Ele estava completamente sozinho.

No início, a piscina fora envolta num cobertor ondulante de gardênias. Porém, uma insistente brisa matutina movera as flores para um canto da piscina como um cobertor jogado ao pé da cama. Dobrando o cobertor, a brisa revelava que o fundo da piscina fora pavimentado com vidro quebrado, cerejas, pedacinhos de casca de limão, botões de peiote, fatias de laranja, azeitonas recheadas, cebolinhas em conserva, uma televisão, uma seringa hipodérmica e as ruínas de um grande piano branco. Bitucas de charuto e de cigarro, alguns deles de *marijuana*, boiavam na água.

A piscina parecia mais uma tigela de ponche vinda diretamente do inferno do que uma instalação com fins esportivos.

Um dos braços de Constant estava dentro da água. Do pulso submerso, vinha o brilho do seu relógio solar. O relógio havia parado.

O telefone continuava tocando.

Constant resmungou, mas não se mexeu.

O telefone parou. Então, depois de uns vinte segundos, começou a tocar de novo.

Constant gemeu, sentou-se, gemeu de novo.

De dentro da casa, veio um som enérgico e eficiente, saltos altos num piso de azulejo. Uma loura encantadora, de aspecto insolente, atravessou a casa até chegar na cabine telefônica, dirigindo a Constant um olhar de supremo desdém.

Mascava chicletes.

— Sim? — ela perguntou, ao telefone. — Ah, você de novo. Sim... Ele acordou. Ei! — ela gritou para Constant.

Sua voz parecia a de um quíscalo.* — Ei, cadete do espaço! — ela gritou.

— Hmm? — disse Constant.

— O cara que é presidente daquela sua empresa quer falar com você.

— Qual empresa? — perguntou Constant.

— De qual empresa você é presidente? — a mulher perguntou ao telefone. E recebeu uma resposta. — Magnum Opus — ela disse. — Ransom K. Fern, da Magnum Opus — acrescentou.

— Diga a ele... Diga a ele... que eu ligo de volta — instruiu Constant.

A mulher informou isso a Fern, e recebeu outra mensagem para Constant.

— Ele disse que se demite.

Constant ficou de pé, trôpego, e esfregou o rosto com as mãos.

— Ele se demite? — repetiu, estupidamente. — O velho Ransom K. Fern se demite?

— Sim — confirmou a mulher. Então sorriu de um jeito detestável. — Ele disse que você não pode mais pagar o salário dele. Disse que é melhor você atender o telefone antes que ele vá embora. — Ela riu. — E disse que você está falido.

De volta a Newport, o barulho da explosão de fúria de Beatrice havia atraído Moncrief, o mordomo, para o Museu do Skip.

* Pássaro semelhante ao melro, de voz desagradável, cujo guincho agudo e gutural se assemelha a um giz sendo riscado na lousa. [N. de E.]

— Me chamou, madame? — ele perguntou.

— Foi mais um grito, Moncrief — respondeu Beatrice.

— Ela não quer nada, obrigado — disse Rumfoord. — Estávamos apenas tendo uma discussão acalorada.

— Como *ousa* dizer o que eu quero ou não? — indagou Beatrice, furiosa. — Estou começando a perceber que você não é *nem um pouco* onisciente como finge ser. Acontece que eu quero, sim, algo, e quero muito. Quero muito uma *série de coisas*.

— Sim, madame? — disse o mordomo.

— Gostaria que você deixasse o cachorro entrar, por favor — respondeu Beatrice. — Gostaria de afagá-lo antes que vá embora. Gostaria de descobrir se o infundíbulo cronossinclástico mata o amor em um cão como mata o amor em um homem.

O mordomo se curvou e saiu.

— Que bela cena você fez na frente do criado — declarou Rumfoord.

— De modo geral — disse Beatrice —, minha contribuição à dignidade desta família é infinitamente maior do que a sua.

Rumfoord inclinou a cabeça.

— Eu falhei com você de alguma forma? É isso que está querendo dizer?

— De *alguma* forma? — exaltou-se Beatrice. — De *todas* as formas!

— O que você queria que eu fizesse? — perguntou Rumfoord.

— Você poderia ter me dito que haveria uma quebra no mercado de ações! — disse Beatrice. — Poderia ter me poupado de todo esse sofrimento.

As mãos de Rumfoord fizeram alguns movimentos no ar, aparentemente muito infelizes, tentando encontrar linhas de argumento para rebater Beatrice.

— E então? — ela quis saber.

— Eu gostaria que você tivesse entrado no infundíbulo cronossinclástico comigo — disse Rumfoord. — Assim conseguiria entender, de uma vez por todas, como é que ele funciona. Tudo que posso dizer é que minha falha em avisá-la da quebra do mercado de ações faz parte da ordem natural das coisas, assim como o cometa Halley. Ficar zangada com uma dessas coisas faz tanto sentido como ficar zangada com a outra.

— Basicamente o que você está dizendo é que não tem caráter nem senso de responsabilidade para comigo — disse Beatrice. — Perdão por colocar as coisas desse modo, mas é a verdade.

Rumfoord balançou a cabeça para a frente e para trás.

— É a verdade. Mas, oh, Deus, que verdade pontual! — ele disse.

Rumfoord se refugiou novamente na revista. Ela abriu automaticamente no meio, mostrando um anúncio colorido de cigarros Bruma Lunar. A Cigarros Bruma Lunar Ltda. havia sido comprada recentemente por Malachi Constant.

Um profundo prazer!, dizia a chamada do anúncio. A imagem que a ilustrava era a fotografia das três sereias de Titã. Lá estavam as três moças: a branca, a dourada e a marrom.

Os dedos da moça dourada espalhavam-se fortuitamente pelo seio esquerdo, permitindo que um artista pintasse um cigarro Bruma Lunar entre dois dedos. A fumaça do cigarro passava pelas narinas da moça marrom e da branca, e a concupiscência espacial aniquiladora que elas exalavam parecia concentrada unicamente no cigarro mentolado.

Rumfoord sabia que Constant tentaria desmerecer a fotografia por meio do comércio. O pai de Constant fizera algo similar quando descobriu que a Mona Lisa de Leonardo não estava à venda. O velho punira a Mona Lisa usando-a numa campanha de propaganda de supositórios. Era a forma do mercado livre de lidar com a beleza que ameaçava obter vantagem sobre ele.

Rumfoord emitiu um barulho com o canto da boca, o som que ele fazia quando queria expressar compaixão. Tal compaixão era direcionada a Malachi Constant, que estava numa situação bem pior que a de Beatrice.

— Essa é a sua defesa? — quis saber Beatrice, parada em frente à *bergère* de Rumfoord. Ela estava de braços cruzados, e Rumfoord, lendo sua mente, soube que a mulher comparava seus cotovelos pontudos a espadas de toureiro.

— Perdão? — perguntou Rumfoord.

— Esse silêncio... Sua forma de usar a revista como esconderijo. Esse é o montante e o total da sua réplica? — disse Beatrice.

— Réplica... Se existe uma palavra pontual é essa — observou Rumfoord. — Eu digo algo e você replica, depois eu replico a você, então alguém aparece e replica a nós dois. — Ele deu de ombros. — Que pesadelo um lugar em que todo mundo entra na fila para replicar ao outro.

— Neste exato momento — disse Beatrice —, você não poderia me dar algumas dicas sobre o mercado de ações para reconquistar tudo que perdi e ainda mais? Se tivesse um pingo de preocupação comigo, não poderia me dizer exatamente como Malachi Constant, de Hollywood, pretende me enganar para que eu vá a Marte com ele, de forma que eu evite essa situação?

— Veja — respondeu Rumfoord —, para uma pessoa pontual, a vida é como uma montanha-russa. — Ele se virou e colocou as mãos trêmulas no rosto dela. — Todo tipo de coisa vai acontecer com você! Claro — ele disse — que posso ver a sua montanha-russa como um todo. E claro, eu poderia lhe dar um pedaço de papel com todos os altos e baixos descritos, poderia avisá-la dos bichos-papões que vão brotar na sua frente no fim de cada túnel. Mas isso não vai ajudá-la em nada.

— Não vejo por quê — retrucou Beatrice.

— Porque você *ainda* teria que embarcar nessa montanha-russa — disse Rumfoord. — Eu não criei a montanha-russa, não sou dono dela e não sei quem embarca e quem não embarca. Só sei qual é o seu formato.

— E Malachi Constant é parte da montanha-russa? — perguntou Beatrice.

— Sim — respondeu Rumfoord.

— E não há uma forma de evitá-lo? — quis saber Beatrice.

— Não — disse Rumfoord.

— Bem, e se você me contar o que vai nos reunir — perguntou Beatrice —, e eu fizer o que puder para evitar?

Rumfoord deu de ombros.

— Tudo bem, se é o seu desejo — ele disse. — Se isso faz com que se sinta melhor. Nesse exato momento, o presidente dos Estados Unidos está anunciando uma Nova Era do Espaço a fim de amenizar o desemprego. Para isso dar certo, bilhões de dólares serão gastos em naves espaciais não tripuladas. O ponto de partida da Nova Era do Espaço será disparar *A Baleia* na próxima terça-feira. Eles vão renomear *A Baleia* de *A Rumfoord,* em minha homenagem, enchê-la de macacos treinados e enviá-la em direção a Marte. Você e Constant participarão da cerimônia. Os dois subirão a bordo para uma inspeção cerimonial e uma chave defeituosa vai mandá-los para o espaço junto com os macacos.

Vale a pena interromper a narrativa nesse ponto para dizer que a história para boi dormir que Rumfoord contava à Beatrice foi uma das raras ocasiões em que Winston Niles Rumfoord contou uma mentira.

A parte verdadeira na história de Rumfoord: *A Baleia* iria ser renomeada e disparada na terça-feira, e o presidente dos Estados Unidos estava *mesmo* anunciando uma Nova Era do Espaço.

Na ocasião, o presidente repetiu diversos comentários — mais tarde lembrariam que ele deu um toque especial à palavra "progresso" ao pronunciá-la "po-gresso". Deu também um toque especial às palavras "cadeira" e "estoque", pronunciando-as *cadeia* e *estorque*.

— Bem, tem gente falando que a economia está velha e fraca — disse o presidente —, e francamente não entendo como podem dizer uma coisa dessas, pois agora há mais oportunidades de *pogresso* em todas as frentes do que jamais houve na história da humanidade.

"Tem uma fronteira na qual podemos alcançar um *pogresso* em especial e essa é a grande fronteira do espaço. Já fomos rechaçados do espaço uma vez, mas o jeito americano não aceita um não como resposta, ainda mais quando a questão envolve *pogresso*.

"Bem, tem um pessoal medroso que vem me visitar todos os dias na Casa Branca e fica chorando as pitangas, gemendo e dizendo 'Oh, sr. presidente, os *estorques* estão cheios de automóveis, aviões, eletrodomésticos e vários outros produtos', e eles dizem: 'Oh, sr. presidente, o povo não quer comprar mais nada das fábricas porque o povo já tem tudo, dois, três, quatro exemplares da mesma coisa'.

"Eu me lembro que havia um homem, em particular, um fabricante de *cadeias*. Esse homem de alguma forma teve uma produção excedente, e tudo que ele pensava era nas *cadeias* paradas nos *estorques*. E eu disse a ele: 'Nos próximos vinte anos a população do mundo terá dobrado e bilhões de novas pessoas vão precisar sentar em alguma coisa, então segure aí essas *cadeias*. Enquanto isso, por que não deixa para lá essas *cadeias* nos *estorques* e pensa um pouco no *pogresso* do espaço?'.

"Eu disse a ele, e digo a você e a todo mundo: 'O espaço pode absorver a produtividade de 1 trilhão de planetas do tamanho da Terra. Poderíamos construir e lançar foguetes para sempre e ainda assim nunca preencher todo o espaço, nunca aprender tudo sobre ele'.

"E agora essas mesmas pessoas que gostam de ficar reclamando e se lamentando dizem: 'Ah, mas sr. presidente, e o infundíbulo cronossinclástico? E tal coisa? E aquela outra?'. E eu digo a elas: 'Se o povo desse ouvidos a pessoas como vocês, não haveria nenhum *pogresso*. Não existiria telefone ou coisas assim'. E, além do mais, eu disse a elas o seguinte, e também digo a vocês e a todo mundo: 'Não precisamos mandar pessoas nos foguetes. Usaremos apenas animais inferiores'."

Isso foi um complemento ao discurso.

Malachi Constant, de Hollywood, Califórnia, saiu da cabine telefônica de *strass* completamente sóbrio. Parecia que alguém havia jogado cinzas em seus olhos. Sentia na boca um gosto de purê de manta de cavalo.

Ele tinha certeza de que jamais vira a loura bonita antes.

Fez um dos questionamentos padrões em tempos de mudança extrema:

— Onde está todo mundo? — perguntou a ela.

— Você expulsou todos — respondeu a mulher.

— Expulsei? — ele perguntou.

— Sim — afirmou a loura. — Quer dizer que já esqueceu?

Constant assentiu fracamente. Durante a festa de 56 dias, ele quase chegara a ponto de não conseguir reter informações. Sua meta fora se tornar indigno de qualquer destino — incapaz de qualquer missão —, ficar doente demais para viajar. Ele tinha sido alarmantemente bem-sucedido.

— Ah, foi um belo espetáculo — disse a mulher. — Você estava se divertindo como todo mundo, ajudando a empurrar o piano na piscina. Então, quando ele finalmente caiu lá dentro, você teve uma grande crise de choro.

— Crise de choro — repetiu Constant. Essa era nova.

— Isso — disse a mulher. — Você disse que teve uma infância muito infeliz e obrigou todos a ouvir quão infeliz tinha sido. Contou como seu pai nunca tinha jogado uma bola para você, qualquer tipo de bola. Era difícil entender o que você dizia, mas, sempre que alguém conseguia, era sobre como seu pai nunca tinha jogado uma bola, qualquer tipo de bola, para você.

Ela continuou:

— Depois você falou da sua mãe. E disse que ela era uma vagabunda, depois você disse que tinha orgulho em ser filho de uma vagabunda, se é que era isso mesmo que ela era, uma vagabunda. E então você disse que daria um poço de petróleo a qualquer mulher que apertasse sua mão e dissesse bem alto para todo mundo ouvir: "Eu sou uma vagabunda, do jeito que sua mãe era".

— E o que aconteceu depois? — perguntou Constant.

— Você deu um poço de petróleo para todas as mulheres da festa — respondeu ela. — E depois começou a chorar mais do que antes, me puxou de lado e disse a todos que eu era a única pessoa do Sistema Solar em quem você podia confiar. Disse que todos estavam esperando você dormir para o colocarem num foguete para Marte. E então expulsou todo mundo, menos eu. Todos os empregados, todo mundo. Então pegamos um avião para o México e nos casamos, e depois voltamos para cá. E agora eu descubro que você não tem um puto furado nem um teto para morar. É melhor você ir logo para o escritório e ver o que diabos está acontecendo, pois meu namorado é um gângster, e vai matar você se souber que não está cuidando bem de mim. Diacho. Também tive uma infância infeliz. Minha mãe era uma vagabunda e meu pai nunca estava em casa. E, além de tudo, éramos pobres. Pelo menos você teve bilhões de dólares.

Em Newport, Beatrice Rumfoord dera as costas ao marido. Ela ficou de pé na soleira do Museu do Skip, encarando o corredor. Do corredor veio a voz do mordomo. Ele estava parado na porta da frente chamando Kazak, o cão de caça espacial.

— Eu também sei um pouquinho sobre montanhas-russas — disse Beatrice.

— Que bom — retrucou Rumfoord, vagamente.

— Quando eu tinha 10 anos — revelou Beatrice —, meu pai enfiou na cabeça que seria divertido passearmos de montanha-russa. Estávamos passando o verão em Cape Cod e então fomos de carro até um parque de diversões nos limites de Fall River. Ele comprou dois ingressos para a montanha-russa, um para ele e um para mim. Eu só olhei para a montanha-russa, e ela me pareceu algo bobo, sujo e perigoso. Simplesmente me recusei a subir. Meu próprio pai não conseguiu me convencer a subir nela, mesmo sendo o Presidente do Conselho Ferroviário Central de Nova York. Nós viramos as costas e fomos para casa.

Beatrice falava com orgulho. Seus olhos reluziram e ela acenou com a cabeça, abruptamente.

— É assim que se deve lidar com montanhas-russas — afirmou.

Então saiu do Museu do Skip e se dirigiu até o saguão para esperar a chegada de Kazak.

Num instante, ela sentiu a presença elétrica do marido atrás de si.

— Bea — ele disse. — Se eu pareci indiferente a seus infortúnios, é porque sei que tudo vai terminar bem no final. Se parece cruel da minha parte não odiar a ideia da sua união com Constant é porque, da minha parte, admito humildemente que ele será um marido muito melhor do que eu fui ou serei. Anseie pela chance de estar apaixonada pela primeira vez, Bea. Anseie pela chance de se comportar de forma aristocrática sem precisar provar a ninguém a sua aristocracia. Anseie pela chance de não ter nada, a não ser a dignidade, a inteligência e a sensibilidade que Deus lhe deu. Anseie pela chance de usar esses dons, nada mais, e criar algo extraordinário com eles.

Rumfoord gemeu metalicamente. Ele estava perdendo a substância.

— Oh, Deus — ele disse —, você fala de montanhas-russas... Pare e pense na montanha-russa em que estou. Algum dia, em Titã, será revelado a você como eu fui impiedosamente usado, e por quem, e a que fim revoltante e mesquinho eu servi.

Nesse momento, Kazak entrou correndo na casa, abanando o rabo. Então derrapou no piso polido e parou.

Em seguida, começou a correr de novo, tentando seguir em ângulo reto na direção de Beatrice. Corria cada vez mais rápido e ainda assim não saía do lugar.

O cão ficou translúcido.

Começou a encolher no piso do saguão, crepitando loucamente como uma bola de pingue-pongue numa frigideira. Então desapareceu. Não havia mais cachorro.

Sem olhar para trás, Beatrice soube que seu marido também desaparecera.

— Kazak? — ela chamou, com voz fraca. Estalou os dedos, como as pessoas fazem para atrair um cachorro, mas seus dedos eram fracos demais para emitir um som.

— Cachorro bonzinho — ela sussurrou.

3

Pãozinho Quente S.A.

"Filho, dizem que não há realeza neste país, mas quer que eu lhe diga como se tornar rei dos Estados Unidos da América? É só cair dentro da privada e sair cheirando a rosas."

— Noel Constant

A Magnum Opus, corporação de Los Angeles que cuidava de todas as finanças de Malachi Constant, havia sido fundada pelo pai de Malachi. A empresa ficava num prédio de 31 andares. Embora a Magnum Opus fosse dona do prédio inteiro, utilizava apenas os três últimos andares, alugando os restantes a outras corporações sob seu controle.

Algumas dessas corporações, vendidas recentemente pela Magnum Opus, estavam de saída, se mudando de lá. Outras, compradas recentemente pela Magnum Opus, estavam chegando, se mudando para lá.

Entre os inquilinos atuais havia: Espaçonaves Galácticas, Cigarros Bruma Lunar, Fandango Petróleo, Lennox Monotrilhos, Fast-frito, Sani-Maid Farmacêutica, Enxofre Lewis e Marvin,

Dupree Eletrônicos, Piezoelétricos Universal, Psicocinese Ilimitada, Ed Muir & Associados, Máquinas-ferramentas Max-Mor, Pintura e Verniz do Tom, Companhia de Levitação Americana, Lava-Rápido da Flo, Camisetas O Rei do Relax e Companhia Emblema Supremo, Seguro contra Acidentes e Seguro de Vida da Califórnia.

O prédio da Magnum Opus era uma coluna prismática alongada, em formato de dodecágono, com doze fachadas de vidro de um tom verde-azulado que se transformava em cor-de-rosa perto da base do edifício. Segundo o arquiteto, os doze lados representavam as doze maiores religiões do mundo. Até o momento, ninguém ainda havia pedido ao arquiteto que as nomeasse.

O que era uma tremenda sorte para ele, já que não sabia dizer quais eram.

Havia um heliporto particular no topo.

A sombra e a comoção causadas pela aterrissagem do helicóptero de Constant no heliporto pareceu a muitas pessoas situadas nos andares abaixo a sombra e a comoção causadas pelo brilhante Anjo da Morte. Isso acontecia por causa da quebra no mercado de ações, que fez com que dinheiro e emprego se tornassem escassos.

Isso acontecia também porque as empresas de Malachi Constant, em especial, foram as mais prejudicadas e arrastaram outras empresas com elas.

Como todos os seus empregados tinham pedido demissão na noite anterior, Constant pilotava o próprio helicóptero, mas era um péssimo piloto. Aterrissou com um choque que fez o prédio inteiro tremer.

Ele viera para uma conferência com Ransom K. Fern, presidente da Magnum Opus, o qual o esperava no 31º andar, uma ampla e vasta sala transformada em escritório por Constant.

A decoração do local era fantasmagórica, pois nenhum dos móveis tinha pernas. Tudo estava suspenso magneticamente, na altura adequada. As mesas, a escrivaninha, o bar e os sofás eram placas flutuantes. As cadeiras eram bacias flutuantes, inclinadas. O mais inquietante de tudo era que os lápis e blocos de papel se espalhavam aleatoriamente pelo ar, prontos para serem arrebatados por qualquer um que tivesse uma ideia digna de ser registrada.

O carpete exibia um tom verdejante como grama pelo simples fato de ser grama de verdade — uma grama viva, tão viçosa quanto um gramado qualquer.

Malachi Constant desceu do heliporto ao seu escritório por um elevador particular. Quando a porta do elevador se abriu, sussurrando, Constant ficou espantado com os móveis sem pernas, bem como com os lápis e blocos de papel flutuantes. Fazia oito semanas que ele não ia ao escritório. Alguém redecorara todo o local.

Ransom K. Fern, o velho presidente da Magnum Opus, estava de pé em frente a uma janela espelhada, olhando de cima a cidade. Ele usava seu chapéu Homburg preto e seu casaco Chesterfield também preto. Nos braços, trazia a bengala de bambu como se fosse uma arma. Era excessivamente magro — sempre fora.

— Um traseiro ambulante com duas rodinhas — dizia o pai de Malachi Constant, Noel, a respeito de Fern. — Ransom K. Fern parece um camelo com as duas corcovas queimadas e o resto do corpo em chamas. Só sobra o cabelo e os olhos.

De acordo com dados revelados pelo Serviço de Receita do Governo Federal dos Estados Unidos, Fern era o executivo mais bem pago do país. Seu salário chegava à mísera quantia de

1 milhão por ano — mais os planos de concessão de ações e adicionais de custo de vida.

Ele se juntara à Magnum Opus aos 22 anos. Atualmente tinha 60.

— Alguém... Alguém trocou todos os móveis — disse Constant.

— Sim — afirmou Fern, ainda olhando a cidade pelo vidro. — Alguém trocou.

— Foi você? — perguntou Constant.

Fern fungou, e levou um tempo até responder.

— Achei que deveríamos demonstrar lealdade a alguns produtos nossos.

— Eu... Eu nunca vi algo assim — comentou Constant. — Não têm pernas, estão flutuando no ar.

— Sabe, isso é magnetismo — disse Fern.

— E como! Nossa, depois que a gente se acostuma, parecem formidáveis — disse Constant. — Alguma empresa nossa faz isso?

— Companhia de Levitação Americana — respondeu Fern. —Você disse para comprá-la e nós compramos.

Ransom K. Fern se virou, dando as costas para a janela. Seu rosto era uma desconcertante combinação de juventude e velhice, na qual não havia qualquer sinal de estágio intermediário no processo de envelhecimento, nenhuma pista do homem de 30, 40 ou 50 anos que fora deixado para trás. Apenas a adolescência e sua idade atual, 60 anos, estavam lá representados. Era como se um rapaz de 17 anos tivesse murchado e desbotado por causa de uma onda de calor.

Fern lia dois livros por dia, todos os dias. Dizem que Aristóteles foi o único homem a saber tudo da própria cultura, mas Ransom K. Fern fizera uma impressionante tentativa de se igualar ao filósofo nesse quesito. De certa forma, ele não fora tão bem-sucedido quanto Aristóteles em compreender padrões nesse conhecimento obtido.

Toda aquela montanha de conhecimento intelectual havia produzido um rato filosófico — e Fern era o primeiro a admitir ser um rato, e dos mais nojentos. Era assim que ele explicava a filosofia de forma coloquial, nos termos mais simples possíveis:

—Você encontra um cara e diz: "Como vão as coisas, Joe?", e ele responde: "Oh, tudo certo, tudo ótimo, não poderia estar melhor". Mas você olha nos olhos dele e vê que na verdade as coisas não poderiam estar piores. Se parar para pensar, vai ver que tudo não poderia estar pior para todo mundo. Todo mundo está passando por um momento horrível, todo mundo mesmo. E o pior é que nada parece ajudar.

Essa filosofia não o deixava triste. Não o deixava preocupado.

Ela o tornou uma pessoa impiedosamente vigilante.

E também ajudava nos negócios — pois fazia Fern presumir automaticamente que o outro colega estava muito mais fraco e entediado do que parecia.

Às vezes, também, as pessoas com estômago forte achavam engraçados os murmúrios à parte de Fern.

Sua posição, que funcionara para Noel Constant e depois para Malachi, conspirou bem para tornar quase tudo que ele dizia amargamente engraçado — pois ele era superior ao *père* Constant e *fils* em tudo, exceto em um quesito, e este era o único que importava de verdade. Os Constant — ignorantes, vulgares e descarados — contavam com uma quantidade absurda e copiosa de sorte, uma sorte estúpida.

Ou pelo menos havia sido assim até agora.

Malachi Constant ainda tentava enfiar na cabeça que sua sorte finalmente se fora — cada pedacinho dela. Ainda tentava enfiar isso na cabeça, apesar das terríveis notícias que Fern lhe dera ao telefone.

— Puxa — disse Constant, ingenuamente —, quanto mais olho para esses móveis, mais gosto deles. Isso deve vender como pãozinho quente.

Havia algo de patético e repulsivo no modo como Malachi Constant falava de negócios. Com o pai ocorria o mesmo. O velho Noel Constant nunca soube coisa alguma sobre negócios, tampouco seu filho — e esse pequeno detalhe charmoso sobre eles evaporou no momento em que fingiram que seu sucesso dependia do conhecimento que adquiriram, mesmo não sabendo diferenciar alhos de bugalhos.

Há algo de obsceno em um bilionário otimista, agressivo e astuto.

— Se você me perguntar — disse Constant —, eu diria que foi bem sensato investir numa companhia que faz móveis como esses.

— Pãozinho Quente S.A. — afirmou Fern.

Pãozinho Quente S.A. era sua piada favorita. Sempre que alguém o procurava, implorando por conselhos de investimento que dobrassem seu capital em seis semanas, ele o aconselhava solenemente a investir nessa empresa fictícia. Algumas pessoas de fato tentaram seguir seu conselho.

— Sentar num sofá da Companhia de Levitação Americana é mais difícil do que ficar em pé numa canoa indígena — disse Fern, secamente. — Tente subir numa dessas coisas que chamam de cadeira e ela vai atirá-lo na parede como uma pedra lançada de um estilingue. Tente sentar no canto da sua mesa e vai sair rodopiando pela sala como um dos irmãos Wright em Kitty Hawk.*

Constant tocou de leve na mesa. Ela tremeu nervosamente.

— Bom, acho que eles ainda não pegaram o jeito da coisa, é só isso — disse Constant.

— Jamais ouvi algo tão verdadeiro — observou Fern.

Constant, então, usou uma justificativa que nunca precisara fazer até então.

— As pessoas cometem erros de vez em quando.

— De vez em quando? — perguntou Fern, erguendo as sobrancelhas. — Por três meses, a única coisa que você fez foi tomar decisões erradas, fez o que eu julgava impossível acontecer. Fez mais do que simplesmente arruinar quase quarenta anos de intuição inspirada.

Ransom K. Fern pegou um lápis que flutuava no ar e o partiu ao meio.

— Não existe mais Magnum Opus. Você e eu somos as duas últimas pessoas na empresa. Todo mundo recebeu o que devia e foi para casa.

Então fez uma reverência e começou a andar em direção à porta.

— A central de telefonia foi reprogramada para direcionar todas as ligações à sua mesa. E lembre-se de desligar as luzes e trancar a porta da frente antes de sair, sr. Constant.

Talvez seja um bom momento para contar a história da Magnum Opus Inc.

---

* Referência aos Irmãos Wright e à cidade de Kitty Hawk, onde fizeram diversas tentativas (algumas malogradas) de voos com a primeira aeronave construída por eles. [N. de E.]

A Magnum Opus começou como uma ideia de um caixeiro-viajante da Nova Inglaterra que vendia panelas com fundo de cobre. Esse caixeiro-viajante era Noel Constant, um nativo de New Bedford, Massachusetts. Ele era o pai de Malachi.

O pai de Noel, por sua vez, Sylvanus Constant, um consertador de teares na Fábrica de New Bedford da Divisão de Nattaweena, da Companhia Grande República da Lã, era anarquista, embora nunca tenha tido problemas por causa disso, exceto com a própria mulher.

A linhagem de sua família podia ser traçada, ilegitimamente, até Benjamin Constant, um tribuno sob o regime de Napoleão de 1799 a 1801, amante de Anne-Louise Germaine Necker, baronesa de Staël-Holstein, esposa do então embaixador francês na Suécia.

De qualquer forma, uma noite, em Los Angeles, Noel Constant enfiou na cabeça que queria se tornar especulador financeiro. Ele tinha 39 anos à época, era solteiro, física e moralmente desagradável e um fracasso profissional. A ideia de se tornar especulador lhe ocorreu quando estava completamente sozinho no pequeno quarto 223 do Hotel Wilburhampton.

A mais valiosa estrutura corporativa em posse de um único homem jamais poderia ter uma sede mais humilde em seus primórdios. O quarto 223 do Hotel Wilburhampton, com 3 metros de altura e quase 3 de largura, não possuía mesa ou telefone.

Havia uma cama, uma cômoda com três gavetas forradas de velhos jornais e, dentro da última gaveta, uma Bíblia dos Gideões. A página de jornal que forrava a gaveta do meio era de cotações de ações de catorze anos passados.

Existe uma charada sobre um homem que é trancado em um quarto com apenas uma cama e um calendário. A pergunta é: como ele sobrevive?

A resposta é: ele come as folhas do calendário e bebe água dos lençóis da cama.

Isso se aproxima muito da gênese da Magnum Opus. Os materiais com que Noel Constant construiu sua fortuna dificilmente seriam tão nutritivos quanto folhas de calendários ou água dos lençóis da cama.

A Magnum Opus fora construída com uma caneta, um talão de cheque, alguns envelopes com o timbre do Governo, uma Bíblia dos Gideões e um saldo bancário de 8 212 dólares.

O saldo bancário era a parte que cabia a Noel Constant do patrimônio, composto principalmente de títulos do governo, deixados por seu pai anarquista.

Noel Constant tinha um esquema de investimento. Era a simplicidade personificada. A Bíblia seria sua conselheira de finanças.

Houve quem concluísse, após uma análise do padrão de investimento de Constant, que, se ele não fosse um gênio, certamente fazia parte de um esplêndido sistema de espionagem industrial.

Invariavelmente escolhia as mais significativas ações do mercado dias ou horas antes de alcançarem o melhor preço. Aumentou sua fortuna em 1 250 dólares em 12 meses trancado no quarto 223 do Hotel Wilburhampton, raramente saindo de lá.

Noel Constant realizou isso sem ser um gênio e sem fazer parte de um sistema de espionagem.

Seu sistema era tão estupidamente simples que algumas pessoas não conseguiam entendê-lo, por mais que ele o explicasse. As pessoas que não conseguiam entendê-lo eram aquelas que precisavam acreditar, em nome da própria paz de espírito, que uma tremenda riqueza só podia ser obtida com uma tremenda esperteza.

Este era o sistema de Noel Constant:

Ele pegava a Bíblia dos Gideões que ficava em seu quarto e começava a ler a primeira frase do Gênesis, a qual, como alguns devem saber, é a seguinte: "No início criou Deus o céu e a terra". Noel Constant escrevia a frase em letras maiúsculas, mas colocava pontos entre cada letra, dividindo-as em pares e reescrevendo a frase da seguinte maneira:

N.O., I.N., I.C., I.O., C.R., I.O., U.D., E.U., S.O., C.E., U.E., A.T., E.R., R.A.

Depois, procurava empresas com essas iniciais e comprava ações delas. No começo, seguia a regra de comprar ações de uma só empresa por vez, investindo nela todo seu pé-de-meia e a vendendo assim que seu valor dobrasse.

O primeiro investimento de Constant foi na Nitrato Organizações. Depois veio a Indústrias Norton, Indiana Cacarecos, Isqueiros Orwich, Caramelos Royal, Irving Oleados, Universidade Del-Mar, Estúdio do Uriah e Sabonetes Osborn.

Seu esquema para os próximos 12 meses foi o seguinte:

Campas Eternidade, União Eletrônicos, Aeronaves Trowbridge, Eagle Reproduções e Reboque do Anderson.

Na terceira vez, comprou a Aeronaves Trowbridge, não apenas as ações, mas a empresa inteira — de cabo a rabo.

Dois dias depois, a empresa conseguiu um contrato de longo prazo com o governo, negociando mísseis balísticos intercontinentais, contrato que fez a companhia lucrar, no mínimo, 59 milhões de dólares. Noel Constant havia comprado a empresa por 22 milhões.

A única decisão executiva que ele tomou com relação a essa empresa foi registrada num cartão-postal do Hotel Wilburhampton. O cartão, endereçado ao presidente da companhia, dizia a ele que mudasse o nome da empresa para Espaçonaves Galácticas, já que há tempos ela não pertencia mais à Trowbridge nem vendia somente aeronaves.

Mesmo pequeno, esse exercício de autoridade foi significativo, pois mostrou que Constant ficou pelo menos interessado em algo que possuía. E, apesar de suas ações na empresa terem mais do que dobrado em valor, ele decidiu não vender todas; vendeu apenas 49% delas.

Daí por diante, continuou seguindo os conselhos da Bíblia dos Gideões, mas mantendo a maioria das ações das empresas de que realmente gostava.

Nos dois primeiros anos no Hotel Wilburhampton, Noel Constant recebeu apenas um visitante, que, por sinal, não sabia que ele era rico. Seu único visitante foi uma camareira chamada Florence Whitehill, que passava uma noite a cada dez com ele por um pequeno valor fixo.

Como todos no Hotel Wilburhampton, Florence acreditou quando Constant lhe disse que era vendedor de selos. Higiene pessoal não era o forte dele, e isso facilitava a crença de que seu trabalho o fazia ter um contato regular com mucilagem.

As únicas pessoas que sabiam de sua riqueza eram os funcionários do Serviço de Receita do Governo Federal dos Estados Unidos *e* da augusta firma de contabilidade Clough & Higgins.

Então, depois de dois anos, Noel Constant recebeu sua segunda visita no quarto 223.

O segundo visitante era um homem magro de 22 anos, com olhos azuis observadores. Ele conseguiu a atenção de Constant ao anunciar que era do Departamento de Receita Interna dos Estados Unidos.

Constant convidou o jovem a entrar no quarto, e fez um gesto para que se sentasse na cama, enquanto ele mesmo permaneceu em pé.

— Eles mandaram uma criança? — perguntou Noel Constant.

O visitante não se sentiu ofendido. Tomou o insulto como algo a seu favor, usando-o para passar uma imagem própria que era de fato assustadora.

— Uma criança de coração de pedra e mente ágil como um mangusto, sr. Constant. — respondeu ele. — Também me formei na Harvard Business School.

— Acredito em você — disse Constant —, mas não acho que possa me prejudicar. Não devo um só centavo ao Governo Federal.

O imberbe visitante assentiu.

— Eu sei — retrucou ele. — Suas contas estão na mais perfeita ordem.

O jovem olhou em volta. Não se surpreendeu com a miséria do quarto. Era mundano o bastante para esperar tamanha insalubridade.

— Cuidei das suas declarações de imposto de renda nos últimos dois anos — ele disse. — E pelos meus cálculos você é o homem mais sortudo do mundo.

— Sortudo? — perguntou Constant.

— É o que acho — respondeu o jovem visitante. — Você não acha? Por exemplo, o que a empresa Reboque do Anderson faz?

— Reboque do Anderson? — perguntou Constant, inexpressivamente.

— Você comprou 53% da empresa em um período de dois meses — informou o jovem visitante.

— Bem... Reboques... Coisas que levantam outras coisas... — disse Noel Constant, com voz abafada. — E produtos para os Aliados.

O sorriso do jovem visitante fez o ralo bigode causar cócegas no seu nariz.

— Para sua informação — ele comentou —, Reboque do Anderson foi o nome que o governo deu, no ano passado, a um laboratório secreto que desenvolvia equipamento sonoro submarino. Depois da guerra, ele foi vendido a uma empresa privada, mas o nome nunca foi mudado, já que a pesquisa ainda era secreta, e o único cliente ainda era o governo.

O jovem visitante continuou:

— Você pode me dizer o que o fez achar a Indiana Cacarecos um investimento sensato? Você sabia que eles comercializavam pequenos lança-confetes com chapéus de papel dentro?

— Sou obrigado a responder essas perguntas ao Departamento de Receita Interna? — perguntou Noel Constant. — Sou obrigado a descrever cada empresa que tenho nos mínimos detalhes senão vão tomar meu dinheiro?

— Eu só perguntei para satisfazer minha própria curiosidade. Pela sua reação, presumo que não faça a menor ideia da área de atuação da Indiana Cacarecos. Para sua informação, ela não fabrica nada, mas detém certas patentes-chave de máquinas de recauchutagem de pneus.

— Vamos ao que interessa, o que o Departamento de Receita Interna tem a ver com isso? — perguntou Constant, secamente.

— Não trabalho mais no Departamento de Receita Interna — disse o jovem visitante. — Larguei esta manhã o meu emprego de 114 dólares por semana a fim de começar num emprego de 2 mil dólares por semana.

— Trabalhando para quem? — quis saber Constant.

— Trabalhando para você — respondeu o jovem. Então se levantou e estendeu a mão. — Ransom K. Fern é meu nome — ele disse. — Tive um professor na Harvard Business School — disse o jovem Fern a Constant — que vivia me dizendo que eu era esperto, mas que precisava encontrar *o meu filão* se quisesse ser rico. Ele não explicou o que aquilo significava. Disse que cedo ou tarde eu ia entender. Perguntei a ele como poderia procurar *o meu filão* e ele sugeriu que eu fosse trabalhar no Departamento de Receita Interna por um ou dois anos. Quando examinei suas declarações fiscais, sr. Constant, subitamente entendi o que ele queria dizer. Ele quis dizer que eu era inteligente e minucioso, mas não especialmente sortudo. Eu precisava procurar uma pessoa que possuísse uma quantidade absurda de sorte; e foi o que fiz.

— Por que eu deveria lhe pagar 2 mil dólares por semana? — perguntou Noel Constant. — Você viu a minha estrutura aqui, viu a minha equipe, e viu o que consegui fazer só com isso.

— Sim — concordou Fern —, e posso mostrar a você como lucrar 200 milhões em vez de apenas 59. Você não sabe absolutamente nada de direito societário ou de legislação fiscal ou até mesmo de procedimentos comerciais de senso comum.

Logo em seguida, Fern provou essa afirmação para Noel Constant — pai de Malachi — e mostrou uma estrutura organizacional que levava o nome de Magnum Opus, Incorporated. Era um maravilhoso mecanismo que violava a moral de milhares de leis sem necessariamente passar por cima da determinação municipal.

Noel Constant ficou tão impressionado com esse monumento à hipocrisia e a práticas inescrupulosas que quis comprar ações da empresa mesmo sem ter encontrado menção a ela em sua Bíblia.

— Sr. Constant — disse o jovem Fern —, o senhor não compreende? A Magnum Opus é você, você como presidente do Conselho de Administração e eu como presidente. Sr. Constant, neste momento, o Departamento de Receita Interna acha você tão fácil de vigiar quanto o vendedor de frutas da esquina. Mas imagine quão difícil será vigiá-lo se você tiver um prédio inteiro repleto de burocratas industriais; homens que perdem as coisas, usam o formulário errado, criam novos, que exigem o quíntuplo do que recebem, que possivelmente entendem só um terço das ordens que recebem; homens que habitualmente dão respostas erradas a fim de ganhar tempo para pensar, que tomam decisões apenas quando forçados, e depois cobrem seus rastros; homens que cometem erros perfeitamente honestos de subtração e adição, que convocam reuniões sempre que se sentem solitários, que escrevem memorandos sempre que se sentem desprezados; homens que nunca jogam nada fora a menos que seja algo comprometedor, que coloque seus empregos em risco. Em um só ano, um único burocrata industrial, se for suficientemente danoso e irritável, consegue criar uma tonelada de papelada inútil para o Departamento de Receita Interna examinar. No prédio da Magnum Opus, teremos milhares deles! Eu e você podemos ter os dois andares mais altos só para nós.Você pode monitorar as coisas do jeito que faz aqui. — Ele olhou em volta. — Aliás, como você faz para manter um registro de tudo? Escreve com um fósforo riscado nas margens da lista telefônica?

— Na minha cabeça — respondeu Constant.

— Ainda preciso salientar mais uma vantagem na minha contratação — disse Fern. — Um dia a sua sorte vai acabar. E nesse momento você precisará do administrador mais inteligente e sagaz que puder encontrar, senão perderá tudo e logo estará de volta às suas panelas com fundo de cobre.

— Está contratado — disse Noel Constant, pai de Malachi.

— Bem, então onde devemos construir nosso edifício? — perguntou Fern.

— Comprei este hotel, e também o terreno do outro lado da rua — informou Noel Constant. — Construa no terreno do outro lado da rua. — E levantou um dedo indicador tão torto quanto uma cambota: — Só tem uma coisa...

— Sim, senhor, pode dizer — disse Fern.

— Não vou me mudar — afirmou Noel Constant. —Vou ficar bem aqui.

Quem quiser histórias mais detalhadas sobre a Magnum Opus, Inc. pode ir até uma biblioteca pública e pedir o romântico livro de Lavinia Waters, *Um sonho louco?*, ou o austero livro de Crowther Gomburg, *Escalas primordiais*.

O volume da srta. Waters, um pouco confuso com relação aos detalhes de negócios, contém a melhor narrativa sobre o momento em que Florence Whitehill se viu grávida de Noel Constant e descobriu que ele era um multimultimilionário.

Noel Constant casou-se com a camareira, deu-lhe uma mansão e uma conta bancária com 1 milhão de dólares. Ele disse para chamar a criança de Malachi, se fosse menino, e Prudence, se fosse menina. Pediu, por gentileza, que fosse visitá-lo a cada dez dias no quarto 223 do Hotel Wilburhampton, mas não levasse o bebê.

O livro de Gomburg, embora excelente em se tratando de negócios, sofria com a tese central do escritor de que a Magnum Opus era o produto de um conjunto de inabilidades para amar. Lendo as entrelinhas do livro, fica cada vez mais claro que o próprio Gomburg é um homem mal-amado e incapaz de amar.

Nem a srta. Waters nem Gomburg descobriram, por acaso, o método de investimento de Noel Constant. Ransom K. Fern também não descobriu, embora tivesse tentado bastante.

A única pessoa a quem Noel Constant contou foi ao filho Malachi, no aniversário de 21 anos dele. A festa de aniversário composta de duas pessoas ocorreu no quarto 223 do Hotel Wilburhampton. Era a primeira vez que pai e filho se encontravam.

Malachi havia recebido um convite para ver Noel.

As emoções humanas são uma coisa tão maluca que o jovem Malachi prestou mais atenção a detalhes na decoração do quarto do que no segredo de como obter milhões ou bilhões de dólares.

Para começar, o segredo da multiplicação de dinheiro era tão simples que nem exigia tanta atenção assim. A parte mais complicada dizia respeito à forma como o jovem Malachi deveria assumir a tocha na Magnum Opus quando por fim Noel morresse. Ele deveria pedir a Ransom K. Fern uma lista cronológica dos investimentos da Magnum Opus e, lendo as iniciais de cada empresa, teria uma ideia de quão longe fora o velho Noel na Bíblia e em que parte ele, o jovem Malachi, deveria assumir.

O detalhe na decoração do quarto 223 que interessou tanto o jovem Malachi era uma fotografia dele mesmo; uma fotografia dele aos 3 anos de idade: uma fotografia de um doce e encantador menininho brincando na praia.

A foto tinha sido pregada com uma tachinha na parede.

Era a única fotografia no quarto.

O velho Noel viu o jovem Malachi olhando para a fotografia e ficou confuso e constrangido com toda aquela situação de pai e filho. Então vasculhou a mente em busca de algo bom para dizer, mas não encontrou quase nada.

— Meu pai me deu dois conselhos — ele disse — e um deles resistiu à prova do tempo. Eram eles: "Não toque no seu capital principal" e "Mantenha a garrafa de birita fora do quarto". — Seu constrangimento e confusão haviam atingido um nível intolerável. Então, abruptamente disse: — Adeus.

— Adeus? — perguntou o jovem Malachi, perplexo.

— Mantenha a garrafa de birita fora do quarto — disse o velho, e se virou de costas.

— Sim, senhor, farei isso — afirmou o jovem Malachi. — Adeus, senhor — ele acrescentou, e saiu.

Essa foi a primeira e a última vez que Malachi Constant viu o pai.

Seu pai viveu por mais cinco anos, e a Bíblia nunca lhe falhou.

Noel Constant morreu assim que chegou ao fim da frase: "E fez Deus os dois grandes luminares: o luminar maior para governar o dia, e o luminar menor para governar a noite; e fez as estrelas".

Seu último investimento foi na Azeites Sonnyboy, 17 ¼.

O filho assumiu daí por diante, embora não tivesse se mudado para o quarto 223 do Hotel Wilburhampton.

E durante cinco anos a sorte do filho fora tão sensacional quanto a do pai.

No entanto, agora, subitamente, a Magnum Opus se via arruinada.

Em seu escritório com móveis flutuantes e tapete gramado, Malachi Constant ainda não podia acreditar que a sorte o abandonara.

— Não sobrou nada? — perguntou, com uma voz fraca. Ele conseguiu sorrir para Ransom K. Fern. — Ah, cara, vamos lá, deve ter sobrado alguma coisa.

— Foi o que achei hoje, às 10 horas da manhã — disse Fern. — Eu me parabenizei por ter protegido a Magnum Opus contra uma possível calamidade. Estávamos resistindo bem à crise, e aos seus erros, é claro.

"E então, às 10h15, recebi a visita de um advogado que, aparentemente, estava na sua festa da noite passada. Pelo visto, você distribuiu poços de petróleo, e o advogado foi atencioso o bastante para redigir documentos que, assinados por você, seriam irrevogáveis. E eles estavam assinados. Você distribuiu 531 poços de petróleo producentes na noite passada, o que varreu do mapa a Fandango Petroleum.

"Às 11 horas, o presidente dos Estados Unidos anunciou que a Espaçonaves Galácticas, que nós vendemos, estava recebendo um contrato de 3 bilhões para a nova Era do Espaço.

"Às 11h30, me entregaram uma cópia do *The Journal of American Medical Association* com o seguinte *post-it* colocado pelo nosso relações públicas: PSI. Essas três letras, que você conseguiria identificar se tivesse passado algum tempo em seu escritório, significam 'Para sua informação'. Então fui até a página marcada e descobri, para minha informação, que a Cigarros Bruma Lunar não era apenas *uma* das causas, mas *a principal causa* de infertilidade em ambos os sexos, em todos os lugares onde a marca era comercializada. Este fato não foi descoberto por seres humanos, mas por um computador. Sempre que alimentavam o computador com informações referentes ao cigarro, ele ficava tremendamente agitado, e ninguém conseguia descobrir o motivo. A máquina obviamente estava tentando dizer algo a seus operadores. Ela fez tudo que podia para se expressar, e finalmente conseguiu dizer aos operadores quais as perguntas certas a fazer.

"As perguntas certas tinham a ver com a relação entre os cigarros Bruma Lunar e a reprodução humana. A relação era a seguinte: as pessoas que fumavam cigarros Bruma Lunar não podiam ter filhos, mesmo se quisessem.

"Sem dúvida, gigolôs, mulheres boêmias e nova iorquinos ficariam felizes com esse lapso na biologia. Contudo, segundo o Departamento Jurídico da Magnum Opus, antes que este fosse liquidado, existem milhões e milhões de pessoas que podem processar com sucesso a empresa, argumentando que a Cigarros Bruma Lunar as privou de algo valioso. Um profundo prazer, de fato.

"Há aproximadamente 10 milhões de ex-fumantes da Cigarros Bruma Lunar neste país, e todos eles são estéreis. Se 1 entre 10 o processar por danos irreparáveis, exigindo a modesta soma de 5 mil dólares, a conta total será de 5 bilhões de dólares, fora os honorários dos advogados. E você não tem mais 5 bilhões de dólares. Desde que adquiriu empresas do porte da Companhia de Levitação Americana e o mercado de ações quebrou, você não possui nem 500 milhões de dólares.

"A Cigarros Bruma Lunar é você. A Magnum Opus também é você. Você é o processado e certamente vai perder o processo. E, mesmo que os litigantes não consigam arrancar até seu último centavo, eles certamente vão arruiná-lo na tentativa."

Fern curvou-se novamente.

— Agora cumpro minha última tarefa oficial, que é informá-lo de que seu pai escreveu uma carta que deveria ser entregue a você caso sua sorte acabasse. Recebi instruções de colocar a carta embaixo do travesseiro no quarto 223 do Hotel Wilburhampton, caso sua sorte realmente tivesse acabado. Coloquei a carta embaixo do travesseiro há uma hora. E agora, como o humilde e leal funcionário que fui, eu lhe peço um pequeno favor. Se a carta lançar a mais vaga luz quanto ao sentido da vida, eu ficaria muito grato se telefonasse para minha casa.

Ransom K. Fern o saudou com um leve toque da sua bengala no chapéu Homburg.

— Adeus, sr. Magnum Opus Jr., adeus.

. . .

O Hotel Wilburhampton era uma antiquada estrutura de três andares no estilo Tudor localizada do outro lado da rua, em frente ao prédio da Magnum Opus. O hotel estava para o prédio da Magnum Opus como uma cama bagunçada estava para os pés do Arcanjo Gabriel. Ripas de pinheiro revestiam o exterior de estuque do local, simulando uma construção em estilo enxaimel. O pilar do teto se dobrava intencionalmente a fim de transmitir uma impressão de ancestralidade ao edifício. Os beirais eram baixos e arredondados, virados para baixo, simulando um telhado de colmo, e as janelas, pequeninas, com vidros em formato de diamantes.

O pequeno bar do hotel era conhecido como a Vossa Taberna.

Na Vossa Taberna, havia três pessoas: um garçom e dois clientes. Os dois clientes eram uma mulher magra e um homem gordo — ao que tudo indicava, ambos velhos. Ninguém no Wilburhampton vira os dois antes, mas parecia que eles estavam sentados na Vossa Taberna havia anos. A camuflagem de ambos era perfeita, pois também pareciam construídos em estilo enxaimel, dobrados intencionalmente a fim de passar uma impressão de ancestralidade, de possuírem um telhado de colmo e janelinhas.

Eles diziam ser professores aposentados de uma escola secundária do meio-oeste. O homem gordo se apresentou como George M. Helmholtz, antigo maestro da banda escolar. A mulher magra, como Roberta Wiley, era ex-professora de álgebra.

Obviamente eles haviam descoberto no fim da vida o consolo que o álcool e o cinismo proporcionam. Nunca pediam o mesmo drinque duas vezes e ficavam ansiosos em saber o que havia nesta e naquela garrafa — queriam saber o que tinha no ponche Golden Dawn, no drinque Helen Twelvetrees, no Pluie d'Or e no Merry Widow Fizz.

O garçom sabia que eles não eram alcoólatras, estava bem familiarizado com esse tipo, e o amava: esses dois eram simplesmente personagens do Saturday Evening Post que se encontravam no fim da jornada.

Quando não estavam fazendo perguntas sobre os diferentes tipos de drinques, eram indissociáveis dos milhões de moscas de bar americanas naquele primeiro dia da Nova Era do Espaço. Estavam colados em seus banquinhos de bar olhando diretamente para a fileira de bebidas. Seus lábios se moviam constantemente — provando as bebidas com sorrisos inoportunos, caretas de desânimo ou zombarias.

A imagem da Terra como nave espacial de Deus, criada pelo evangelista Bobby Denton, era bem adequada — em especial para moscas de bar. Helmholtz e a srta. Wiley se comportavam como piloto e copiloto de uma viagem tremendamente inútil através do espaço, prevista para durar uma eternidade. Era fácil acreditar que eles tinham começado a viagem garbosamente, corados com a juventude e o treinamento técnico recebidos, e que as garrafas diante de ambos eram os instrumentos que vinham observando havia muitos e muitos anos.

Era fácil acreditar que o garoto e a garota do espaço foram se tornando imperceptivelmente mais desleixados a cada dia que passava, até se transformarem, agora, na vergonha do Serviço Espacial Pan-Galáctico.

Dois botões da braguilha de Helmholtz estavam abertos. Havia creme de barbear na sua orelha esquerda. Suas meias eram desparelhadas.

A srta. Wiley, uma velhinha de queixo projetado e aparência meio maluca, usava uma peruca de cabelos pretos frisados que parecia algo pregado há anos na porta de um celeiro de fazenda.

— Agora vejo por que o presidente mandou começar uma nova Era do Espaço, foi para ver se ela não ajudava a resolver a situação do desemprego — comentou o garçom.

— Uhum — disseram Helmholtz e a srta. Wiley simultaneamente.

Apenas uma pessoa observadora e desconfiada perceberia algo de estranho no comportamento dos dois: Helmholtz e a srta. Wiley estavam interessados *demais em checar as horas*. Para pessoas que não tinham muito o que fazer nem para onde ir, eles estavam extraordinariamente interessados nos respectivos relógios — a srta. Wiley em seu relógio de pulso masculino, o sr. Helmholtz em seu relógio de bolso de ouro.

Para dizer a verdade, nem o sr. Helmholtz nem a srta. Wiley eram professores aposentados. Ambos eram homens, ambos eram mestres do disfarce. Agentes veteranos do Exército de Marte, os olhos e ouvidos de um destacamento marciano que efetuava recrutamento militar forçado, pairando em um disco voador a 300 quilômetros de distância.

Malachi Constant não sabia, mas os dois estavam esperando por ele.

Helmholtz e Wiley não abordaram Malachi Constant quando ele cruzou a rua e entrou no Hotel Wilburhampton. Não deram o menor sinal de que se importavam com ele. Quando atravessou o saguão e entrou no elevador, ambos sequer olharam para ele.

Contudo, checaram de novo os relógios — e uma pessoa observadora e desconfiada teria percebido que a srta. Wiley apertara um botão no próprio relógio, acionando um cronômetro.

Helmholtz e a srta. Wiley não usariam de violência contra Malachi Constant. Eles nunca tinham usado de violência contra ninguém e ainda assim haviam recrutado 14 mil pessoas para Marte.

Eis a técnica habitual que usavam: se vestiam como engenheiros civis e ofereciam a homens e mulheres não muito inteligentes 9 dólares por hora, livres de impostos, mais alimentação, moradia e transporte para trabalhar em um projeto secreto do governo, em uma remota parte do mundo, durante três anos. Eles nunca especificavam *qual* governo organizava o projeto e nunca nenhum recruta havia perguntado. Isso era uma piada entre Helmholtz e a srta. Wiley.

Noventa e nove por cento dos recrutas ficavam com amnésia depois de chegar a Marte. Suas memórias eram apagadas por especialistas em saúde psíquica, e cirurgiões marcianos instalavam antenas em seus crânios para que fossem controlados via rádio.

Então os recrutas recebiam novos nomes, totalmente aleatórios, e eram designados para trabalhar em fábricas, obras de construção e empregos administrativos ou ingressar no Exército de Marte.

Os poucos recrutas tratados com diferença eram os que haviam demonstrado com ardor que serviriam a Marte de forma heroica mesmo sem sofrer qualquer tipo de manipulação. Esses poucos sortudos eram admitidos no círculo secreto dos comandantes.

Os agentes secretos Helmholtz e Wiley pertenciam a esse círculo. Eles estavam em plena posse das próprias memórias, e as ondas de rádio não os controlavam. Ambos adoravam o trabalho exatamente como ele era.

— Como é esse Slivovitz? — Helmholtz perguntou ao garçom, olhando de esguelha para uma garrafa empoeirada no fundo da prateleira. Ele havia acabado de entornar sua dose de Sloe Gin Rickey.

— Eu nem sabia que isso estava aí — respondeu o garçom. Então colocou a garrafa na bancada, inclinando-a para conseguir ler o rótulo. — É *brandy* de ameixa — ele informou.

— Acho que provarei esse na sequência — disse Helmholtz.

. . .

Desde a morte de Noel Constant, o quarto 223 do Hotel Wilburhampton permanecera desocupado — como um memorial.

Malachi Constant entrou no quarto, algo que ele não fazia desde a morte do pai. Fechou a porta atrás de si e encontrou a carta embaixo do travesseiro.

Nada no local tinha mudado, com exceção da roupa de cama. A fotografia de Malachi criança na praia continuava a única na parede.

A carta dizia:

Querido filho: algo de muito sério ou ruim aconteceu com você se estiver lendo esta carta. Escrevi para lhe dizer que fique calmo, não perca a cabeça, e olhe ao seu redor. Veja se algo bom ou importante aconteceu para justificar ficarmos tão ricos assim e depois perdermos tudo. O que eu quero que faça, que tente descobrir, é: tem algo especial acontecendo ou as coisas continuam tão malucas quanto eram na minha época?

Se eu não fui um bom pai ou uma pessoa suficientemente boa em qualquer coisa foi porque eu já estava morto há um bom tempo antes mesmo de estar morto de verdade. Ninguém me amou, eu não era bom em nada, nunca achei nenhum hobby ou algo que gostasse de fazer, e estava farto de vender panelas e tachos e de assistir televisão, ou seja, já estava praticamente morto, já tinha me perdido há um bom tempo, e isso não tinha mais volta.

Foi quando comecei a fazer negócios com ajuda da Bíblia, e você sabe o que aconteceu depois disso. Parecia que alguém queria que eu possuísse o planeta inteiro mesmo estando completamente morto. Fiquei de olho em algum tipo de sinal que me dissesse o que isso significava, mas nunca recebi nenhum. Só fui ficando cada vez mais rico.

E então sua mãe me mandou aquela fotografia de você na praia e o jeito que me olhava na foto me fez pensar que talvez você fosse o motivo de toda aquela dinheirama. Percebi que eu morreria sem ver nenhum sentido nesse dinheiro, e que talvez fosse você quem conseguiria enxergar as coisas claramente. Eu lhe digo que até mesmo um homem semimorto ainda pode odiar estar vivo e não conseguir ver sentido nas coisas.

O motivo pelo qual pedi a Ransom K. Fern que lhe entregasse esta carta apenas se sua sorte acabasse é que ninguém consegue pensar direito ou ver as coisas racionalmente quando está com sorte. E por que deveria?

Então olhe ao seu redor, meu rapaz. E, se você estiver falido e alguém aparecer com uma proposta maluca, meu conselho é: aceite. Você pode aprender algo estando disposto a isso.

A única coisa que aprendi é que algumas pessoas têm sorte e outras não, e mesmo um cara com diploma da Harvard Business School não consegue explicar o motivo.

Atenciosamente,
Seu pai.

Houve uma batida na porta do quarto 223.

A porta se abriu antes que Constant pudesse responder.

Helmholtz e a srta. Wiley entraram no exato momento em que Malachi Constant terminara de ler a carta, já que haviam sido avisados por seus superiores do exato momento de fazer isso. Seus superiores também lhes informaram exatamente o que deviam dizer a ele.

A srta. Wiley retirou a peruca, revelando-se um homem esquelético, e Helmholtz deixou de lado o disfarce para revelar-se alguém atrevido e acostumado a dar ordens.

— Sr. Constant — disse Helmholtz —, estou aqui para informá-lo de que o planeta Marte não apenas é povoado, como é povoado com uma grande e eficaz sociedade militar e industrial. Seus habitantes foram recrutados na Terra e transportados para Marte em discos voadores. Queremos oferecer a você um posto de tenente-coronel no Exército de Marte. Sua situação na Terra é desesperadora. Sua mulher é uma víbora.

Além disso, nossos agentes de inteligência nos informaram que aqui na Terra você não apenas ficará sem um centavo devido a inúmeros processos legais como também será preso por negligência criminosa. Além de receber privilégios e um soldo bem superior ao dos tenentes-coronéis terráqueos, podemos oferecer imunidade contra qualquer tipo de perseguição judicial terráquea, e uma oportunidade de conhecer um novo e interessante planeta, uma oportunidade de pensar em seu planeta nativo de um ponto de vista completamente novo e maravilhosamente distante.

— Se aceitar a comissão — disse a srta. Wiley —, levante a mão esquerda e repita comigo...

No dia seguinte, o helicóptero de Malachi Constant foi encontrado vazio no meio do Deserto de Mojave. Era possível ver as marcas de pegadas de um homem saindo dele até uma distância de uns 3 metros, onde subitamente paravam.

Era como se Malachi Constant tivesse andado 3 metros e então se dissolvido em pleno ar.

Na terça-feira seguinte, a nave espacial conhecida como *A Baleia* foi rebatizada de *A Rumfoord* e ficou pronta para o lançamento.

Beatrice Rumfoord assistia orgulhosamente à cerimônia pela televisão, a 3 mil quilômetros de distância. Ela permanecia em Newport. *A Rumfoord* seria lançada em exatamente um minuto. Se o destino quisesse colocar Beatrice Rumfoord a bordo, teria que se apressar bastante.

Beatrice se sentia maravilhosamente bem. Ela tinha provado muitas coisas boas. Tinha provado que era dona do próprio destino, que poderia dizer *não* quando quisesse — e se manter fiel a isso. Tinha provado que a ameaça onisciente de seu marido era puro blefe — que ele era tão bom de adivinhação quanto o Serviço Nacional de Meteorologia dos Estados Unidos.

Além disso, ela havia bolado um plano que lhe possibilitaria viver com modesto conforto pelo resto da vida e que, ao mesmo tempo, daria a seu marido um tratamento merecido. Na próxima vez que ele se materializasse, encontraria a propriedade fervilhando de curiosos. Beatrice iria cobrar 5 dólares de quem quisesse passar pela porta no estilo Alice no País das Maravilhas.

Não era um sonho impossível. Ela o discutira com dois supostos representantes de credores hipotecários da propriedade, e eles ficaram entusiasmados.

Ambos estavam com ela naquele exato momento, assistindo pela televisão aos preparativos para o lançamento d'*A Rumfoord*. O aparelho de televisão encontrava-se na mesma sala que a enorme pintura de Beatrice quando criança, uma imaculada menininha de branco com o próprio pônei branco. Beatrice sorriu para a pintura. A menininha ainda precisava se sujar um pouco.

O locutor na televisão começou então a contagem regressiva de último minuto para o lançamento d'*A Rumfoord*.

Durante a contagem regressiva, Beatrice sentiu-se feliz como um passarinho. Não conseguia permanecer sentada nem parar quieta. Sua impaciência era o resultado da felicidade, não do suspense. Para ela, era indiferente se *A Rumfoord* fosse ou não um fiasco.

Seus dois visitantes, por outro lado, pareciam levar o lançamento muito a sério — pareciam rezar pelo sucesso do lançamento.

Eram um casal, o sr. George Helmholtz e sua secretária, a srta. Roberta Wiley. Esta era uma velhinha esquisita, mas de aparência muito alerta e inteligente.

O foguete subiu com estrondo.

Foi um lançamento impecável.

Helmholtz relaxou e soltou um suspiro varonil de alívio. Então sorriu e bateu em suas coxas grossas com entusiasmo.

— Por Deus — ele disse —, como tenho orgulho de ser americano, como tenho orgulho de viver nesta época.

— Quer beber algo? — perguntou Beatrice.

— Muito obrigado — agradeceu Helmholtz —, mas eu não ousaria misturar negócios com prazer.

— Mas a conversa de negócios não acabou? — perguntou Beatrice. — Já não discutimos tudo?

— Bem... A srta. Wiley e eu queríamos fazer um inventário dos prédios maiores do terreno — disse Helmholtz —, mas temo ter ficado muito escuro para isso. Há refletores na propriedade?

Beatrice balançou a cabeça.

— Não, desculpe — ela disse.

— Você tem uma boa lanterna? Talvez sirva — disse Helmholtz.

— Provavelmente consigo arranjar uma para você — respondeu Beatrice —, mas não creio que seja realmente necessário você ir lá fora. Posso lhe dizer daqui mesmo onde estão todos os prédios.

Ela tocou a campainha para chamar o mordomo e pediu a ele que trouxesse uma lanterna.

— Há uma quadra de tênis, a estufa, o chalé do jardineiro, que costumava ser a portaria, a estrebaria, a casa de hóspedes, o depósito de ferramentas, a casa de banhos, o canil e a velha torre de água.

— Qual desses é o novo? — perguntou Helmholtz.

— O *novo*? — repetiu Beatrice.

O mordomo retornou com uma lanterna, que Beatrice entregou a Helmholtz.

— O de metal — esclareceu a srta. Wiley.

— Metal? — perguntou Beatrice, intrigada. — Não há nenhum prédio de metal. Talvez algumas telhas gastas tenham um aspecto prateado. — Ela franziu a testa. — Alguém lhe falou que havia um edifício de metal aqui?

— Nós vimos quando entramos — disse Helmholtz.

— Bem no meio do caminho... Naquele matagal perto da fonte — complementou a srta. Wiley.

— Não faço a menor ideia do que seja — disse Beatrice.

— Podemos sair e dar uma olhada? — perguntou Helmholtz.

— Sim... É claro — respondeu Beatrice, levantando.

Os três cruzaram o zodíaco do saguão e saíram para a noite agradável.

O brilho da lanterna dançava na frente deles.

— Realmente — disse Beatrice —, estou tão curiosa quanto vocês para descobrir o que é isso.

— Parece algo pré-fabricado, feito de alumínio — observou a srta. Wiley.

— Parece um tanque de água em formato de cogumelo ou algo assim — disse Helmholtz —, só que fica bem rente ao chão.

— É mesmo? — perguntou Beatrice.

— Sabe o que eu acho que é? — opinou a srta. Wiley.

— Não — respondeu Beatrice. — O que você acha que é?

— Vou falar bem baixinho — retrucou a srta. Wiley, com um ar brincalhão —, senão alguém pode querer me trancar num hospício. — Ela pôs a mão na boca e sussurrou alto no ouvido de Beatrice: — Disco voador — disse.

4

Aquisição de tendas

> "Tenho uma tenda, uma tenda, uma tenda;
> Tenho uma tenda, uma tenda, uma tenda;
> Tenho uma tenda!
> Tenho uma tenda!
> Tenho, tenho uma tenda!"
> — Som da caixa em Marte

Os soldados marcharam até o campo de manobras ao som da caixa. Ela lhes dizia o seguinte:

Tenho uma tenda, uma tenda, uma tenda;
Tenho uma tenda, uma tenda, uma tenda;
Tenho uma tenda!
Tenho uma tenda!
Tenho, tenho uma tenda!

Os soldados formavam uma divisão de infantaria composta de dez mil homens em formação numa praça vazia transformada em um campo de manobras natural, feito de ferro sólido, com 1 500 metros de espessura. Os homens estavam em pé, em posição de sentido, sobre a alaranjada camada de ferro oxidado. Eles não conseguiam parar de tremer —

tanto os oficiais quanto os soldados —, embora fizessem o possível para parecer tão duros quanto o ferro. O uniforme que usavam tinha uma textura áspera, cor de musgo, como se feito de neve verde congelada.

O exército ficou em posição de sentido num silêncio total. Nenhum sinal visível ou audível fora dado. Os soldados ficaram intuitivamente em posição de sentido, como se fizessem parte de uma estupenda coincidência.

O terceiro homem no segundo esquadrão do primeiro pelotão da segunda companhia do terceiro batalhão do segundo regimento da Primeira Divisão de Infantaria de Assalto de Marte era um soldado raso que fora rebaixado de tenente-coronel três anos antes. Ele estava em Marte havia oito anos.

Quando um homem, membro de um exército moderno, é rebaixado à patente de soldado raso, talvez ele já esteja muito velho para ser soldado raso, e seus companheiros de armas, uma vez que já tenham se acostumado ao fato de que ele não é mais um oficial, comecem a chamá-lo de coisas como Coroa, Vovô, Ancião ou, simplificando, apenas Anc.*

O terceiro homem no segundo esquadrão do primeiro pelotão da segunda companhia do terceiro batalhão do segundo regimento da Primeira Divisão de Infantaria de Assalto de Marte era chamado de Anc. Anc tinha 40 anos. Era um homem bem-apessoado — um peso meio-pesado de pele bronzeada, com lábios de poeta e suaves olhos castanhos sob as cavernas profundas da sua testa alta de Cro-Magnon. Um começo de calvície isolara uma mecha dramática em seu couro cabeludo.

---

* No original em inglês, o apelido do personagem é "Unk". Além de soar como uma versão mais curta de "uncle" (palavra em inglês para "tio"), "Unk" também é uma abreviação para "Unknown" ("desconhecido"). [N. de T.]

Uma anedota ilustrativa sobre Anc:

Certo dia, o pelotão de Anc estava tomando banho quando um sargento de outro regimento entrou no chuveiro coletivo, acompanhado de Henry Brackman, sargento do pelotão de Anc. Brackman pedira ao sargento que apontasse aquele que considerasse o melhor soldado do pelotão. O sargento visitante, sem hesitar, apontou para Anc, pois era um homem experiente, compacto, de músculos definidos, um homem entre rapazes.

Brackman revirou os olhos.

— Jesus... Fala sério? Jura? — perguntou ele. — Esse é o cara mais zureta do pelotão.

— Está de brincadeira? — retrucou o sargento visitante.

— Mas que diabos, claro que não estou de brincadeira — respondeu Brackman. — Olhe para ele... Dez minutos embaixo do chuveiro e ainda nem encostou no sabonete. Anc! Acorde, Anc!

Anc estremeceu e parou de sonhar embaixo da água morna do chuveiro. Olhou interrogativamente para Brackman, tentando cooperar, mas sem muita esperança.

— Use o sabonete, Anc! — disse Brackman. — Pelo amor de Deus, use o sabonete!

E agora, de volta ao campo de manobras ferroso, Anc estava parado na praça vazia, em posição de sentido, como os demais.

No meio da praça vazia, havia um poste de pedra com argolas de ferro. Correntes pendiam, barulhentas, das argolas — que, por sua vez, haviam sido colocadas firmemente num soldado ruivo, que se encontrava encostado no poste. O soldado era do tipo asseado — mas não impecável, pois todos os seus distintivos e suas condecorações haviam sido arrancados do uniforme. Além disso, ele não usava cinto, gravata ou as perneiras imaculadamente brancas.

Todos, inclusive Anc, estavam muito arrumados para a ocasião. Todos pareciam, de fato, muito elegantes.

Algo doloroso iria acontecer com o soldado na estaca — algo do qual o homem gostaria muito de escapar, mas do qual, devido às correntes, não escaparia.

Todos os outros soldados assistiriam a essa cena.

Foi conferida uma grande importância ao acontecimento.

Até mesmo o homem na estaca estava em posição de sentido, tentando ser o melhor soldado possível naquelas circunstâncias.

Novamente — e nenhum som audível ou visível foi ouvido —, os 10 mil soldados executaram cada um o movimento *descansar*.

E assim o fez também o homem na estaca.

Depois, os soldados relaxaram em seus postos, como se recebessem a ordem *descansar*, à qual tinham a obrigação de relaxar, mas de permanecer em pé no exato lugar em que estavam, em silêncio. Os soldados podiam pensar um pouquinho agora, olhar ao redor, mandar mensagens com os olhos, se por acaso tivessem mensagens a mandar e pudessem encontrar destinatários.

O homem na estaca tentou forçar as correntes e esticou o pescoço para avaliar a altura da estaca à qual estava acorrentado. Era como se ele achasse que poderia escapar usando algum tipo de método científico, bastando, para isso, descobrir a altura da estaca e o material do qual era feita.

De altura, a estaca tinha 5 metros, 94 centímetros e 6 milímetros, sem contar os 3 metros, 71 centímetros e 4 milímetros que estavam inseridos no ferro. A estaca tinha um diâmetro de 74 centímetros e 6 milímetros, porém variando dessa média em cerca de 17 centímetros e 8 milímetros. A estaca era composta de vários tipos de pedra, quartzo, álcali, feldspato, mica e traços de turmalina e horneblenda. Para informação do homem na estaca:

ele estava a 229 085 147 quilômetros do Sol, e a ajuda não estava a caminho.

O homem ruivo na estaca não emitiu um só som, pois soldados em posição de descanso não podiam emitir sons. Contudo, mandou uma mensagem com os olhos, uma mensagem dizendo que gostaria de gritar. Mandou a mensagem a qualquer pessoa com quem seu olhar se cruzasse. Esperava enviá-la a alguém específico, seu melhor amigo: Anc. Estava procurando por Anc.

Não pôde, porém, encontrar o rosto dele.

E, se tivesse encontrado, não veria no rosto do amigo um só lampejo de reconhecimento ou pena. Anc acabara de voltar do hospital da base, onde tinha sido tratado de uma doença mental. O cérebro dele estava praticamente vazio. Anc não reconheceu o homem na estaca como seu melhor amigo. Anc não reconhecia ninguém. Anc nem ao menos saberia que seu nome era Anc e que era um soldado se não houvessem lhe contado tudo isso quando o liberaram do hospital.

Ele tinha saído diretamente do hospital para a formação onde estava naquele exato momento.

No hospital lhe disseram inúmeras vezes que ele era o melhor soldado do melhor esquadrão do melhor pelotão da melhor companhia do melhor batalhão do melhor regimento da melhor divisão do melhor exército.

Anc achou que era algo para se orgulhar.

No hospital lhe disseram que ele estivera muito dodói, mas que já estava totalmente recuperado.

Isso lhe pareceu uma boa notícia.

No hospital lhe disseram o nome do seu sargento, bem como o que era um sargento, e lhe mostraram os símbolos das patentes, dos postos e outras peculiaridades.

Eles haviam apagado tão severamente a memória de Anc que precisaram lhe ensinar as normas do exército repetidas vezes e até mesmo como andar de forma correta.

No hospital, tiveram que explicar a Anc o que era uma Ração Respiratória de Combate, uma RRC, ou bolinha, como a chamavam — tiveram de lhe dizer que tomasse uma a cada seis horas ou iria morrer sufocado. Eram pílulas de oxigênio que tentavam compensar o fato de não existir oxigênio na atmosfera de Marte.

No hospital também tiveram que explicar a existência de uma antena de rádio inserida no seu crânio, bem na nuca, e assegurar-lhe que ela não iria machucá-lo se ele se mantivesse um soldado bonzinho. A antena também lhe daria ordens e transmitiria música para que ele marchasse ao som dos tambores. Disseram que Anc não era o único a ter uma antena como essa, que todo mundo tinha uma igual — médicos, enfermeiras e generais de alto escalão também. Era um exército muito democrático, eles disseram.

Anc achou que era algo bom para um exército.

No hospital, deram a Anc uma pequena amostra da dor que a antena causaria se ele fizesse algo errado.

A dor era terrível.

Anc foi forçado a admitir que um soldado seria maluco se não cumprisse todos os deveres da forma adequada.

No hospital, lhe contaram qual era a regra mais importante: sempre obedecer a uma ordem direta sem hesitar.

De pé no campo de manobras ferroso, junto com a formação, Anc percebeu que ainda havia muito a reaprender. No hospital, não tinham ensinado tudo que deveria saber sobre a vida.

A antena na sua cabeça o mandou ficar em posição de sentido novamente, e sua mente esvaziou. Depois, a antena o mandou descansar, ficar em posição de sentido de novo, fazer uma saudação com o fuzil e então descansar novamente.

Anc começou a pensar de novo. Captou alguns vislumbres do mundo ao seu redor.

A vida é isso aí, disse a si mesmo, hesitante: viver entre o vazio e alguns vislumbres, e de vez em quando sentir aquela dor terrível quando fizesse algo de errado.

Acima dele, uma lua singrava rapidamente, voando baixo, pelo céu violeta. Anc não soube dizer por que pensou isso, mas achou que aquela lua se movia rápido demais. Não lhe pareceu certo. E ele pensou que o céu deveria ser azul, em vez de violeta.

Anc também tremia de frio, e desejou sentir calor. De certa forma, o incessante frio lhe pareceu tão errado e injusto quanto a lua se movendo rapidamente pelo céu violeta.

Então, o comandante da divisão de Anc falou com o comandante do regimento de Anc. O comandante do regimento de Anc falou com o comandante do batalhão de Anc. O comandante do batalhão de Anc falou com o comandante da companhia de Anc. O comandante da companhia de Anc falou com o líder do pelotão de Anc, que era o sargento Brackman.

Brackman foi até Anc e ordenou a ele que marchasse de maneira militar até o homem na estaca e o estrangulasse até a morte.

Brackman disse a Anc que era uma ordem direta.

Então Anc a seguiu.

Ele marchou até o homem na estaca. Ele marchou no compasso da música repetitiva e metálica da caixa. O som da caixa era o mesmo que ecoava dentro da sua cabeça, vindo da antena:

Tenho uma tenda, uma tenda, uma tenda;

Tenho uma tenda, uma tenda, uma tenda;

Tenho uma tenda!
Tenho uma tenda!
Tenho, tenho uma tenda!

Quando Anc chegou até o homem na estaca, hesitou durante um segundo — porque o homem ruivo parecia muito infeliz. Então, como um alerta, Anc sentiu uma pontada na cabeça, como a primeira e intensa fisgada de dor causada por uma broca de dentista.

Ele posicionou os polegares na traqueia do soldado ruivo e a dor parou imediatamente. Anc esperou para pressionar os polegares porque o homem estava tentando lhe dizer algo. Anc ficou intrigado com o silêncio do soldado, e depois percebeu que a antena do homem o mantinha calado, da mesma forma que as antenas de todos os outros soldados os mantinham calados.

Heroicamente, o homem na estaca conseguiu sobrepujar a vontade da sua antena e falou muito rápido, contorcendo-se de dor.

— Anc... Anc... Anc... — soltou, e os espasmos da luta entre a sua vontade e a da antena o fizeram repetir o nome estupidamente.

— Pedra azul, Anc... — ele disse. — Barraca doze... Carta.

A dor de alerta penetrou na cabeça de Anc de novo. Obediente, Anc estrangulou o homem: apertou até que o rosto dele se tornasse azul e a língua pulasse para fora.

Anc recuou, ficou em posição de sentido, fez uma elegante meia-volta e retornou ao seu lugar nas fileiras — novamente acompanhado pelo som da caixa em sua cabeça:

Tenho uma tenda, uma tenda, uma tenda;
Tenho uma tenda, uma tenda, uma tenda;

Tenho uma tenda!
Tenho uma tenda!
Tenho, tenho uma tenda!

O sargento Brackman acenou para Anc e lhe deu uma piscada afetuosa.

De novo os 10 mil homens assumiram posição de sentido.

De forma horripilante, o homem morto nas estacas lutou para assumir também posição de sentido, sacudindo as correntes. Ele fracassou — fracassou em ser um soldado perfeito — não porque não quisesse ser um, mas porque estava morto.

Então a grande formação se fragmentou em unidades retangulares. Esses componentes foram embora, marchando sem pensar, cada homem ouvindo o som da caixa na cabeça. Um observador que lá estivesse não teria ouvido nada além do som das botas em passos ritmados.

Um observador ficaria completamente perdido, não saberia dizer quem de fato estava no comando, já que até mesmo os generais se moviam como marionetes, marcando o compasso com estas obtusas palavras:

Tenho uma tenda, uma tenda, uma tenda;
Tenho uma tenda, uma tenda, uma tenda;
Tenho uma tenda!
Tenho uma tenda!
Tenho, tenho uma tenda!

5

Carta de um herói desconhecido

"É possível deixar o núcleo da memória de um homem quase tão esterilizado quanto um bisturi recém-saído da autoclave. Contudo, na mesma hora, partículas de novas experiências começam a se acumular nela. Por sua vez, essas partículas se organizam em padrões não necessariamente favoráveis ao pensamento militar. Infelizmente, esse problema de recontaminação parece insolúvel."

— Dr. Morris N. Castle, diretor de Saúde Mental em Marte

A formação de Anc parou em frente a um quartel de granito, um quartel específico num horizonte com milhares deles, num horizonte que parecia se estender infinitamente na planície ferrosa. A cada dez quartéis, havia um mastro com um estandarte tremulando sob um vento forte.

Os estandartes eram diferentes entre si.

O estandarte que tremulava como um anjo da guarda sobre a área da companhia de Anc era muito festivo — listras vermelhas e brancas, e diversas estrelas brancas em um campo azul.

Era a "Old Glory", a bandeira dos Estados Unidos da América do planeta Terra.

Mais à frente havia a bandeira vermelha da União das Repúblicas Socialistas Soviéticas.

Passando por ela, via-se um lindo estandarte verde, laranja, amarelo e púrpura, que mostrava um leão portando uma espada. Era a bandeira do Ceilão.

E, avançando, havia uma bola vermelha em um campo branco, a bandeira do Japão.

As flâmulas destacavam os países que as várias unidades marcianas iriam atacar e neutralizar quando a guerra entre a Terra e Marte começasse.

Anc ainda não tinha visto as bandeiras até que sua antena fez seus ombros se curvarem, seus joelhos fraquejarem — até que ela o fez cair. Ele olhou fixamente para o longo panorama de quartéis e mastros. Estava parado em frente a um quartel com um número grande pintado na porta. O número 576.

Uma parte de Anc achou o número fascinante, uma parte dele o fez pensar sobre isso. Então ele se lembrou da execução — lembrou que o homem ruivo que havia matado lhe dissera algo sobre uma pedra azul e um quartel doze.

Dentro da barraca 576, Anc limpou seu fuzil e achou essa atividade extremamente prazerosa. Além disso, descobriu que ainda sabia como desmontar a arma. De algum modo, essa parte da sua memória não fora apagada no hospital. Ele suspeitava que provavelmente outras partes da sua memória também haviam permanecido, e se sentiu secretamente feliz com isso. Não sabia por que essa suspeita o deixava secretamente feliz.

Ele poliu o calibre do fuzil. A arma era uma Mauser alemã de 11 milímetros de disparo único, um tipo de fuzil que conquistara reputação quando usado pelos espanhóis na guerra terráquea entre Espanha e Estados Unidos. Todos os fuzis marcianos eram mais ou menos da mesma época. Os agentes de Marte, infiltrados secretamente na Terra, haviam conseguido comprar enormes quantidades de Mausers, Enfields britânicas e Springfields americanas por um valor irrisório.

Os companheiros de esquadrão de Anc também estavam polindo os calibres de suas armas. O óleo que usavam com esse propósito cheirava bem, e as manchas gordurosas, serpenteando durante o estriamento, resistiam à limpeza o bastante para se tornarem interessantes de observar. Quase ninguém falava.

Ninguém parecia ter notado a execução. Se houve o intuito de ensinar algo por meio dela, os companheiros de esquadrão de Anc acharam a lição tão digerível quanto Pablum.*

Houve apenas um comentário sobre a participação de Anc na execução, o qual partiu do sargento Brackman.

— Você agiu bem, Anc — disse Brackman.

— Obrigado — agradeceu Anc.

— Este homem agiu bem, não acharam? — Brackman perguntou aos companheiros de esquadrão de Anc.

Houve alguns acenos de cabeça, mas Anc teve a impressão de que os companheiros de esquadrão teriam feito um gesto de concordância em resposta a qualquer pergunta positiva, e balançariam a cabeça em resposta a qualquer negativa.

Anc parou de esfregar a mancha do revólver, colocou o dedo na culatra desmontada e viu raios de sol incidindo no polegar

* Cereal matutino para crianças, processado e comercializado em meados de 1930. A palavra também pode se referir a algo insosso, pastoso, chocho. [N. de T.]

oleoso, com o qual fez os raios de sol subirem para o calibre. Anc olhou para o cano e se emocionou com a perfeição daquela beleza. Ele poderia contemplar alegremente e por horas a imaculada espiral do fuzil, sonhando com a terra feliz cujo portão arredondado ele via na outra extremidade do calibre. O rosa que Anc via embaixo do polegar gorduroso, bem no fim do cano, fazia este parecer mesmo um paraíso. Algum dia, ele iria rastejar até o fim do cano e chegar a esse paraíso.

Faria calor lá — e haveria apenas uma lua, Anc pensou, e ela seria gorda, imponente e lenta. Algo mais sobre esse paraíso rosado no fim do cano ocorreu a Anc, e ele ficou perplexo com a nitidez da visão. Havia três lindas mulheres nesse paraíso, e Anc viu exatamente como elas eram! Uma branca, uma dourada e outra marrom. A garota dourada fumava um cigarro na visão de Anc. Ele ficou ainda mais surpreso ao descobrir que sabia até mesmo a marca do cigarro que a mulher dourada fumava.

Era um cigarro Bruma Lunar.

—Venda Bruma Lunar —Anc disse em voz alta. Ele se sentiu bem dizendo isso; sentiu-se autoritário, inteligente.

— Hein? — perguntou um jovem soldado de cor que limpava o fuzil ao lado de Anc. — O que você disse, Anc? — O rapaz tinha 23 anos. Seu nome estava gravado num retalho preto, bordado em amarelo em cima do bolso do lado esquerdo do peito.

Boaz era seu nome.

Se a suspeita fosse permitida no Exército de Marte, Boaz seria uma pessoa de quem suspeitar. Sua patente era de soldado raso, primeira classe, mas o uniforme, apesar da habitual cor verde-musgo, era feito com um material muito mais fino, e lhe caía melhor do que o uniforme de qualquer homem ao seu redor — incluindo o sargento Brackman.

Todos usavam uniformes esfarrapados, surrados, remendados com pontos malfeitos, produzidos com uma linha grossa. E os uniformes pareciam servir bem apenas quando seu portador estava em posição de sentido. Em qualquer outra posição, um soldado comum logo percebia que o uniforme ficava todo engruvinhado, estalando como papel amassado.

O de Boaz acompanhava cada movimento do seu corpo com uma graça sedosa. Os pontos na costura do tecido eram numerosos e pequeninos. E o mais surpreendente de tudo: os sapatos do homem exibiam um profundo brilho lustroso como um rubi — um brilho que os outros soldados não conseguiriam obter mesmo se lustrassem incessantemente os sapatos. Ao contrário dos sapatos dos outros soldados da companhia, os de Boaz eram feitos de autêntico couro terráqueo.

— Falou em vender algo, Anc? — perguntou Boaz.

— Acabe com a Bruma Lunar. Livre-se dela — murmurou Anc. As palavras não faziam o menor sentido para ele, que as deixou escapar simplesmente porque elas queriam sair de qualquer maneira. — Venda — ele disse.

Boaz sorriu, divertido. Mas era um sorriso triste.

— Vender, é? — ele perguntou. — Ok, Anc, vamos vender. — Então ergueu uma sobrancelha. — O que vamos vender, Anc? — As pupilas dos seus olhos eram especialmente vivas e penetrantes.

Anc achou o amarelo vivo e perspicaz dos olhos de Boaz inquietante, e essa inquietação só cresceu enquanto Boaz o encarava. Anc desviou o olhar, procurando uma chance de cruzar o olhar com qualquer outro companheiro de esquadrão, mas descobriu que os olhos de todos eles eram totalmente estúpidos. Até mesmo os olhos do sargento Brackman.

Os olhos de Boaz continuavam perfurando Anc, que se sentiu compelido a olhar para o homem de novo. As pupilas pareciam diamantes.

— Não se lembra de mim, Anc? — perguntou Boaz.

A pergunta alarmou Anc. Por algum motivo, era importante que ele não se lembrasse de Boaz. Sentia-se grato por não se lembrar dele.

— Boaz, Anc — disse o homem de cor. — Eu sou Boaz.

Anc assentiu.

— Como vai você? — perguntou.

— Oh, não vou nada mal — respondeu Boaz. Então balançou a cabeça. — Você não se lembra de nada a meu respeito, Anc?

— Não — confessou Anc. Nesse momento, sua memória começou a cutucá-lo, dizendo que, caso se esforçasse bastante, talvez se lembrasse de Boaz. Ele calou sua memória. — Desculpe — disse Anc. — Minha mente está vazia.

— Você e eu... somos parceiros — afirmou Boaz. — Boaz e Anc.

— Hum — disse Anc.

— Você se lembra de como funciona o sistema de parceiros, Anc? — perguntou Boaz.

— Não — respondeu Anc.

— Todo soldado de cada esquadrão — disse Boaz — tem um parceiro. Os parceiros dividem a mesma trincheira, ficam perto em caso de ataque, dão cobertura um para o outro. Se um parceiro se meter num combate corpo a corpo, o outro aparece para ajudar e lhe jogar uma faca.

— Hum — disse Anc.

— É engraçado — comentou Boaz — o que um homem esquece no hospital e o que acaba guardando, não importa o que façam. Você e eu... fomos parceiros durante todo o ano de treinamento e você esqueceu. E então fala desses cigarros. Que marca de cigarros eram, Anc?

— Eu... Eu esqueci — respondeu Anc.

— Tente lembrar — disse Boaz. — Você já fez isso antes. — Ele franziu a testa e apertou os olhos, como se tentasse ajudar Anc a lembrar. — Eu acho tão interessante o que um homem consegue guardar na memória mesmo depois de ter ido para o hospital. Tente se lembrar de tudo que puder.

Havia algo de efeminado em Boaz — agia como um maquiavélico valentão de colégio que por algum motivo acariciava o queixo de um colega tímido e falava com uma voz de bebê.

Mas Boaz — à sua maneira — gostava de Anc.

Anc tinha a estranha sensação de que ele e Boaz eram as únicas pessoas reais no edifício de pedra — que o resto deles não passava de robôs com olhos de vidro, robôs malfeitos, por sinal. O sargento Brackman, supostamente o líder, parecia tão alerta, responsável e autoritário quanto um saco de penas molhadas.

— Vamos ouvir tudo que puder lembrar, Anc — disse Boaz, persuasivo. — Meu parceiro... — ele encorajou — faça uma força para lembrar.

Antes que Anc pudesse se lembrar de qualquer coisa, a mesma dor na cabeça que o obrigou a prosseguir com a execução o atingiu novamente. Dessa vez, porém, ela não cessou com a pontada de aviso. Enquanto Boaz o observava sem expressão, a dor na cabeça de Anc aumentou violentamente, pulsando.

Ele se levantou, deixou cair o fuzil, agarrou a cabeça, cambaleou, gritou e desmaiou.

Quando Anc voltou a si, no chão do quartel, viu seu parceiro Boaz molhando uma toalha de mão para colocar em suas têmporas.

Os companheiros de esquadrão de Anc estavam de pé, ao redor de Anc e Boaz. Os colegas de esquadrão não expressavam qualquer surpresa ou simpatia. Agiam como se Anc tivesse feito algo estúpido, algo indigno de um soldado e, portanto, merecesse o que recebeu.

Olhavam para Anc como se ele tivesse feito algo militarmente idiota, como mostrar sua posição ao inimigo, limpar uma arma carregada, espirrar em plena patrulha, contrair e não reportar uma doença venérea, desobedecer a uma ordem direta, não acordar ao toque de alvorada, ficar bêbado durante a guarda, correr em linha reta, manter um livro ou uma granada de mão no baú de pertences, ou perguntar quem é que tinha começado a guerra, afinal, e por quê...

Boaz era o único que parecia sentir pena de Anc.

— A culpa é toda minha, Anc — disse ele.

O sargento Brackman apareceu no círculo, empurrando os outros, analisando Anc e Boaz.

— O que ele fez, Boaz? — perguntou Brackman.

— Eu estava brincando com ele, sargento — respondeu Boaz, com sinceridade. — Disse a ele para tentar se lembrar do máximo que pudesse. Não imaginei que ele realmente fosse fazer isso.

— Tem que ser muito desmiolado para brincar com um homem que acabou de voltar do hospital — disse Brackman asperamente.

— Oh, eu sei... Eu sei — concordou Boaz, cheio de remorso. — Oh, parceiro... sou um idiota!

— Anc — quis saber Brackman —, não lhe falaram nada no hospital sobre tentar se lembrar das coisas?

Anc balançou ligeiramente a cabeça.

— Talvez — ele disse. — Me falaram um monte de coisas.

— Isso é o pior que você pode fazer, Anc, tentar se lembrar do que apagaram — disse Brackman. — Aliás, foi por essa razão que o mandaram para o hospital, você acabou se lembrando demais. — Ele fez um gesto com as mãos atarracadas, mostrando o terrível problema que Anc causara. — Que diabos! Você estava se lembrando tanto, Anc, que não valia mais nada como soldado.

Anc se sentou, pôs as mãos no peito e descobriu que sua camisa estava molhada de lágrimas. Então pensou em explicar para Brackman que não tinha tentado se lembrar, que sabia instintivamente que isso era uma coisa ruim para ele — mas que *mesmo assim* a dor o atingira. No entanto, não contou a Brackman por medo que a dor voltasse.

Anc gemeu e piscou, tentando afastar as lágrimas restantes. Ele não faria mais nada, a não ser que lhe ordenassem.

— Quanto a você, Boaz — disse Brackman —, acho que uma semana limpando as latrinas vai ensiná-lo a não ficar de gracinhas com quem acabou de sair do hospital.

Algo disforme na memória de Anc lhe disse que observasse atentamente esse teatrinho entre Brackman e Boaz. Por algum motivo isso era importante.

— Uma semana, sargento? — perguntou Boaz.

— Sim, e juro por Deus que... — respondeu Brackman, e então estremeceu e fechou os olhos. Evidentemente a sua antena lhe dera uma agulhada de dor.

— Uma semana inteira, sargento? — perguntou Boaz inocentemente.

— Um dia — retrucou Brackman, e era mais uma pergunta do que uma ameaça. Novamente Brackman sentiu a pontada de dor na cabeça.

— Começo quando, sargento? — perguntou Boaz.

As mãos curtas de Brackman tremiam.

— Esqueça — ele disse. O homem parecia incomodado, ludibriado. Assombrado. Abaixou a cabeça, como se dessa maneira fosse mais fácil lutar contra a dor, se ela voltasse. — E chega de gracinhas, mas que diabos — disse ele, falando com dificuldade. E saiu correndo em direção a seus aposentos no fim do quartel, batendo a porta.

O comandante da companhia, capitão Arnold Burch, apareceu de surpresa no quartel para fazer uma inspeção.

Boaz foi o primeiro a vê-lo. Ele fez o que qualquer soldado deveria fazer sob tais circunstâncias. Boaz gritou:

— Seeeen-ti-do!

Ele fez isso mesmo não tendo nenhuma patente. Era um costume militar bizarro que autorizava o soldado raso menos importante a comandar seus iguais ou um oficial subordinado à posição de sentido se fosse o primeiro a detectar a presença de um oficial superior, isso em qualquer estrutura coberta fora da área de combate.

As antenas dos homens recrutados responderam instantaneamente, endireitando suas costas, paralisando suas articulações, revirando suas entranhas, fazendo-os contrair o traseiro — esvaziando suas mentes. Anc saltou do chão e ficou de pé, duro, tremendo.

Apenas um homem demorou para ficar em posição de sentido: Boaz. E, quando assumiu essa posição, havia algo de vagaroso, insolente e malicioso em suas maneiras.

O capitão Burch, achando a atitude de Boaz profundamente ofensiva, resolveu falar a respeito disso com ele. No entanto, assim que abriu a boca, a dor o atingiu bem no meio dos olhos.

O capitão fechou a boca sem emitir um som sequer.

Sob o olhar nefasto de Boaz, ele ficou habilmente em posição de sentido, deu meia-volta, ouviu o som da caixa em sua cabeça e saiu marchando do quartel no compasso da música.

Quando o capitão saiu, Boaz não mandou os companheiros de esquadrão descansarem, apesar de conseguir fazer isso. Ele tinha uma pequena caixa, uma espécie de controle remoto, enfiada no bolso da frente da calça. Essa caixa podia obrigar os companheiros de esquadrão a fazer qualquer coisa que ele quisesse. Do tamanho de um cantil de bolso, e como um cantil de bolso, o controle remoto tinha um formato arredondado para se ajustar à curva do corpo. Boaz achou melhor guardá-lo junto à sua coxa dura e torneada.

O aparelho tinha seis botões e quatro saliências. Mexendo neles, Boaz conseguia controlar qualquer pessoa que tivesse uma antena no crânio; conseguia causar dor em todo mundo, definir a quantidade de dor que sofreriam; conseguia fazer uma pessoa ficar em posição de sentido, ouvir o som da caixa, marchar, parar, se alinhar, cair, bater continência, atacar, recuar, pular, saltar e sair correndo...

Não havia antena na cabeça de Boaz.

Ele podia andar livremente por aí — tal era o grau de liberdade de seu livre-arbítrio.

Boaz era um dos verdadeiros comandantes do Exército de Marte. Comandava um décimo da força que iria atacar os Estados Unidos da América assim que o plano de atacar a Terra estivesse definido. Também havia unidades treinando para atacar a Rússia, a Suíça, o Japão, a Austrália, o México, a China, o Nepal, o Uruguai...

Pelo que Boaz sabia, havia oitocentos comandantes de verdade no Exército de Marte — e nenhum com um posto superior ao de um simples sargento. O comandante simbólico de todo o Exército de Marte, o general dos Annie Borders, M. Pulsifer, estava na realidade sendo controlado o tempo todo por seu ordenança, o cabo Bert Wright, um ordenança exemplar, que lhe trazia aspirinas para amenizar suas quase crônicas dores de cabeça.

As vantagens de um sistema de comandantes secretos são óbvias. Qualquer rebelião que ocorresse dentro do Exército de Marte seria direcionada às pessoas erradas. E, em tempos de guerra, o inimigo poderia exterminar toda a classe de oficiais marcianos sem causar o mínimo dano ao Exército de Marte.

— Setecentos e noventa e nove — disse Boaz em voz alta, corrigindo a própria compreensão a respeito do número de comandantes de verdade. Um dos comandantes de verdade estava morto, tendo sido estrangulado na estaca por Anc. O homem estrangulado era o soldado raso Stony Stevenson, ex-comandante de verdade de uma unidade de ataque britânica. Stony ficou tão fascinado pela luta de Anc em compreender o que estava acontecendo que acabou, inconscientemente, ajudando-o a pensar.

Por isso, Stevenson havia sofrido a derradeira humilhação. Eles instalaram uma antena em seu crânio, e ela o forçou a marchar até a estaca como um bom soldado — lá ele seria assassinado por seu protegido.

Boaz deixou os companheiros de esquadrão em posição de sentido — todos trêmulos de frio, pensando em nada, vendo nada. Boaz foi até a cama de campanha de Anc e deitou-se nela, colocando os enormes e lustrosos sapatos no travesseiro marrom de Anc. Dobrou as mãos atrás da cabeça e se espreguiçou — o corpo se vergando como um arco.

— Aaaaaaaah — disse Boaz, emitindo algo entre um bocejo e gemido. — Aaah, bem, rapazes, rapazes, rapazes — ele disse, preguiçosamente. — E agora, rapazes, diacho — disse.

Ele estava falando bobagens, coisas sem pé nem cabeça. Boaz sentia-se um pouco entediado com seus brinquedos. Pensou em fazê-los lutar uns contra os outros, mas a penalidade, se fosse pego, era a mesma de Stony Stevenson.

— Aaaaah, bem, rapazes. Bem, rapazes, vamos lá — continuou Boaz, lânguido. — Mas que diabos, rapazes, é isso aí — disse ele. — Eu *consegui*. Vocês, rapazes, têm que admitir isso. O velho Boaz está numa boa, como vocês dizem.

Ele rolou para fora da cama e caiu de quatro no chão, saltou e ficou de pé com a graça de uma pantera. Então sorriu de modo encantador. Estava fazendo o possível para aproveitar a posição privilegiada que tinha.

— Vocês, rapazes, até que não estão tão mal — prosseguiu para seus rígidos companheiros de esquadrão. — Se acham que estão na pior, precisam ver como tratamos os generais. — Ele deu uma risadinha, arrulhando. — Duas noites atrás, nós, os comandantes de verdade, decidimos ver qual general corria mais rápido. No minuto seguinte, fizemos os 23 generais pularem da cama, todos com as bundas de fora, e os botamos em fila como cavalos de corrida. Depois pegamos nosso dinheiro, fizemos as apostas e mandamos os generais correrem como o diabo da cruz. O general Stover chegou em primeiro lugar, o general Harrison logo depois, e o general Mosher veio atrás dele. Na manhã seguinte, todos os generais do exército estavam duros como tábua. Nenhum deles se lembrava de nada da noite anterior.

Boaz riu e arrulhou de novo, e então decidiu que sua situação privilegiada pareceria ainda melhor se ele a levasse mais a sério — exibisse seu fardo, mostrasse quão honrado estava em carregá-lo. Ele empertigou o corpo, pensativo, colocou os dedos em volta do cinto e fez uma careta.

— Oh — disse —, nem tudo é diversão, afinal de contas. — Ele foi andando entre os homens até chegar em Anc, permanecendo a alguns metros de distância. Então o mediu de cima a baixo.

— Anc, rapaz, detesto ter de lhe dizer quanto tempo perdi pensando em você, me preocupando com você.

Boaz firmou os pés.

—Você *vai* tentar decifrar essa charada, não vai? Sabe quantas vezes o levaram para o hospital para tentar apagar essa sua memória? Sete vezes, Anc! Sabe quantas vezes eles geralmente mandam apagar a memória de uma pessoa? Uma vez, Anc. Uma vez! — Boaz estalou os dedos embaixo do nariz de Anc. — E pronto, Anc. Uma vez e a pessoa nunca mais precisa se preocupar com nada na vida. — Ele balançou a cabeça, com admiração. — Mas esse não é o *seu* caso, Anc.

Anc estremeceu.

— Estou mantendo você em posição de sentido por tempo demais, Anc? — perguntou Boaz. Então rangeu os dentes. Não conseguia evitar torturar Anc às vezes.

Primeiro porque Anc tivera de tudo lá na Terra, e Boaz não tivera nada.

Segundo porque Boaz estava terrivelmente dependente de Anc — ou estaria quando eles atacassem a Terra. Boaz era um órfão que fora recrutado quando tinha apenas 14 anos — e não fazia a menor ideia de como se divertir na Terra.

Contava com Anc para lhe mostrar como.

— Quer saber quem você é, de onde veio e o que você era? — perguntou Boaz a Anc, que continuava em posição de sentido, pensando em nada, incapaz de assimilar as coisas que Boaz lhe contava. De qualquer maneira, Boaz não falava isso para ajudá-lo. Ele estava tranquilizando tanto a si mesmo quanto ao seu parceiro, aquele que estaria a seu lado quando atacassem a Terra.

— Cara — disse Boaz, olhando torto para Anc —, você é um dos caras mais sortudos que já viveu. Lá na Terra você era rei, cara!

Como a maioria das informações em Marte, as que Boaz reunira sobre Anc eram nebulosas. Não saberia dizer de onde, exatamente, as informações tinham vindo. Ele as ouvira no zum--zum-zum da vida no exército.

E era um soldado muito exemplar para sair perguntando por aí e preencher as lacunas em seu conhecimento.

Um soldado não deve tentar preencher lacunas em seu conhecimento.

Ou seja, Boaz na verdade não sabia muito sobre Anc, exceto que ele havia sido muito sortudo. E se agarrou a isso.

— Quer dizer — continuou Boaz —, você podia ter tudo que queria, fazer tudo que quisesse, ir aonde quisesse!

E, enquanto Boaz enfatizava o fenômeno que era a boa sorte de Anc na Terra, expressava uma profunda preocupação sobre outro fenômeno: a certeza supersticiosa de que a sua própria sorte na Terra seria das piores.

Boaz usava três palavras mágicas que pareciam descrever a máxima felicidade que alguém poderia almejar na Terra: *boates de Hollywood*. Ele nunca fora a Hollywood, nunca fora a uma boate.

— Cara — ele disse —, você vivia entrando e saindo das boates de Hollywood, passava o tempo todo lá.

"Cara — continuou falando a Anc, que olhava para ele sem entender nada —, você tinha tudo que um homem precisaria para mandar sozinho em todo mundo na Terra, e também sabia como *fazer* isso.

"Cara — disse Boaz, tentando esconder a patética incoerência das suas aspirações. — Nós vamos passear em lugares bacanas e comer coisas bacanas, circular por aí com pessoas bacanas, e de vez em quando ir a uma boa festança. — Então segurou o braço de Anc e o sacudiu. — Parceiros... É isso que somos, parceiro. Rapaz, nós vamos ser um par famoso, passeando juntos, fazendo tudo juntos.

"Lá vão aquele sortudo do Anc e seu parceiro Boaz! — disse Boaz, verbalizando o que ele esperava que os terráqueos dissessem sobre eles após a conquista. — Lá vão eles, felizes como passarinhos! — E deu uma risadinha e arrulhou, pensando nos dois pássaros felizes."

Seu sorriso, porém, morreu.

Seus sorrisos nunca duravam muito. No fundo, Boaz estava terrivelmente preocupado. Ele estava terrivelmente preocupado em perder o emprego. Nunca ficou muito claro para ele como havia conseguido esse emprego — esse grande privilégio. Nem ao menos sabia quem lhe dera esse emprego formidável.

Boaz nem sabia quem é que comandava os comandantes de verdade.

Ele nunca recebera uma ordem — nunca de ninguém superior aos comandantes de verdade. Boaz baseava suas ações, assim como todos os comandantes de verdade, em trechos de conversas e fofocas que circulavam no escalão dos comandantes de verdade.

Sempre que os comandantes de verdade se reuniam até tarde da noite, eles partilhavam as fofocas, assim como as cervejas, as bolachas e o queijo.

Havia uma fofoca, por exemplo, sobre desperdício nas salas de suprimentos, e outra sobre um desejo comum de que os soldados realmente brigassem e se machucassem durante os treinos de *jiu-jitsu*, outra sobre o hábito nojento dos soldados de pular etapas quando amarravam suas perneiras. Mesmo não fazendo a menor ideia da sua origem, o próprio Boaz tinha passado adiante essa fofoca — ele baseava suas ações nas fofocas.

A execução de Stony Stevenson por Anc também fora anunciada dessa forma. Subitamente se tornara o assunto das conversas.

Subitamente os comandantes de verdade haviam prendido Stony Stevenson.

Boaz agora manuseava o controle remoto em seu bolso sem tocar nos botões. Ele assumiu seu lugar entre os homens que controlava, ficou voluntariamente em posição de sentido, apertou um botão e descansou enquanto os companheiros de esquadrão relaxavam também.

Ele precisava desesperadamente de um drinque, de algo forte. Aliás, ele podia beber sempre que quisesse. Um suprimento ilimitado de vários tipos de bebida chegava regularmente da Terra, destinado aos comandantes de verdade. Os oficiais também podiam beber o quanto quisessem, mas não tinham acesso às coisas boas. O que os oficiais bebiam era um letal destilado verde, feito com musgo fermentado.

Boaz, contudo, nunca bebia. Ele não bebia porque tinha medo de que o álcool prejudicasse sua eficiência como soldado. Outro motivo era por temer se esquecer de sua posição e oferecer um drinque a um recruta.

A penalidade a um comandante de verdade que oferecesse bebida alcoólica a um recruta era a morte.

— Sim, senhor — disse Boaz, acrescentando sua voz ao burburinho dos soldados em descanso.

Dez minutos mais tarde, o sargento Brackman declarou um período de recreação, no qual todo mundo deveria sair e jogar batball alemão, o principal esporte do Exército de Marte.

Anc escapuliu.

Anc escapuliu para o quartel 12 a fim de procurar a carta embaixo da pedra azul — a carta mencionada pela sua vítima ruiva.

Os quartéis ao redor estavam vazios.

Os estandartes no topo do mastro, em frente a cada quartel, haviam sumido.

Os quartéis vazios tinham abrigado um batalhão dos Comandos Imperiais de Marte, que tinham desaparecido silenciosamente na calada da noite um mês atrás. Eles tinham partido em suas naves espaciais, os rostos pintados de preto, as placas de identificação cobertas com uma fita para não tilintarem conforme andavam — rumo a um destino secreto.

Os Comandos Imperiais de Marte eram especialistas em matar sentinelas com cordas de piano.

Seu destino secreto era a Lua terráquea; a guerra começaria lá.

Anc encontrou uma grande pedra azul do lado de fora da sala das caldeiras do quartel 12. A pedra era uma turquesa.

As turquesas eram muito comuns em Marte. A turquesa encontrada por Anc, uma laje, tinha 30 centímetros de comprimento.

Anc levantou a pedra. Encontrou um cilindro de alumínio com tampa rosqueada dentro do qual havia uma carta muito longa escrita a lápis.

Anc não conhecia o autor da carta. Ainda estava em péssima forma para adivinhar, já que sabia o nome de apenas três pessoas: sargento Brackman, Boaz e Anc.

Ele entrou na sala das caldeiras e fechou a porta.

Estava empolgado, embora não soubesse o porquê. Começou a ler com a luz que entrava pela janela empoeirada.

Querido Anc: — a carta começava.

Querido Anc: — a carta começava: *Deus sabe que elas não são muitas, mas aí vão as coisas das quais tenho certeza. No fim desta carta, você vai encontrar uma lista de perguntas que deve fazer o possível para responder. As perguntas são importantes. Pensei mais nelas do que nas respostas que já tenho. Esta é a primeira coisa da qual tenho certeza: (1) Se as perguntas não fazem sentido, as respostas também não farão.*

Todas as coisas das quais o autor tinha certeza estavam numeradas, como se para enfatizar o passo a passo doloroso do processo de saber com certeza as coisas. Havia 158 das quais o autor tinha certeza. Ele havia escrito 185, mas riscara 17 delas.

O segundo item era: *(2) Eu sou uma coisa viva.*

A terceira: *(3) Eu estou em um lugar chamado Marte.*

A quarta: *(4) Eu faço parte de algo chamado exército.*

A quinta: *(5) Os planos do exército são matar outras coisas vivas em um lugar chamado Terra.*

Dos primeiros 81 itens nenhum havia sido riscado. Após os 81 itens, o escritor passou a abordar questões cada vez mais sutis, e os erros foram ficando mais numerosos.

O autor falava de Boaz bem no começo da carta, e depois não o mencionava mais.

(46) Cuidado com o Boaz, Anc. Ele não é o que parece.

(47) Boaz traz uma coisa no bolso direito, onde está sempre com a mão, que pode machucar as pessoas na cabeça quando elas fazem algo de que ele não gosta.

(48) Outras pessoas também têm coisas que podem machucá-lo na cabeça. Não dá para dizer quem tem só de olhar para elas, então seja bonzinho com todos.

(71) Anc, meu velho, lutando contra minha antena, descobri as coisas das quais tenho certeza, disse a carta a Anc. *Sempre que viro a cabeça para ver algo e a dor vem, continuo virando porque sei que verei algo que não deveria ver. Sempre que faço uma pergunta e a dor vem, eu sei que fiz uma boa pergunta. Depois quebro a pergunta em fragmentos, e faço a pergunta aos pouquinhos. E, então, aos fragmentos de respostas eu junto todas as perguntas e só então consigo uma resposta para a pergunta mais importante.*

(72) Quanto mais eu treino para aguentar a dor, mais aprendo. Sei que você tem medo da dor, Anc, mas não vai descobrir nada se não invocar a dor. E, quanto mais a gente descobre, mais satisfeito fica de ter aguentado a dor.

Na sala das caldeiras do quartel vazio, Anc deixou a carta de lado por um momento. Sentia vontade de chorar, pois achava que a fé heroica do autor em Anc era completamente descabida. Anc sabia que não conseguiria aguentar uma fração da dor que o autor da carta dizia ter aguentado — provavelmente não sentia tanto amor assim pelo conhecimento.

Até mesmo a pequena pontada de dor que lhe deram no hospital como uma amostra havia sido excruciante. Ele engoliu o ar, como um peixe moribundo na beira do rio, lembrando a dor terrível que Boaz o fizera sofrer no quartel. Preferia morrer a suportar outra dor como aquela.

Seu olhos se encheram de água.

Se fosse falar, sairia um soluço.

O pobre Anc não queria mais arrumar encrenca com ninguém. Todas as informações que conseguisse reunir com a carta — informações ganhas com o heroísmo de outro homem — seriam usadas para evitar mais dores.

Anc pensou se haveria pessoas com maior tolerância à dor. Supôs que esse fosse o caso. Supôs, prestes a chorar, que era especialmente sensível nesse quesito. Sem desejar mal ao autor, Anc desejou, contudo, que o autor pudesse sentir, pelo menos uma vez, as dores que Anc sentiu.

Quem sabe assim o autor dirigisse suas cartas a outra pessoa.

Anc não tinha como julgar a veracidade daquelas informações. Então as aceitou por inteiro, vorazmente, sem qualquer senso crítico. E, ao aceitá-las, ganhou uma compreensão da vida idêntica à compreensão de vida do autor. Anc devorou essa filosofia.

Além de filosofia, havia na carta fofocas, história, astronomia, biologia, teologia, geografia, psicologia, medicina — e até mesmo um conto.

Alguns exemplos aleatórios:

Fofoca: *(22) O general Borders está sempre bêbado. Bebe tanto que mal consegue amarrar direito os cadarços do sapato. Os oficiais são tão confusos e infelizes quanto todo mundo. Você costumava ser um deles, Anc, tinha o próprio batalhão.*

História: *(26) Todos que vivem em Marte vieram da Terra. Eles acharam que estariam bem melhor em Marte. Ninguém consegue se lembrar do que havia de tão errado com a Terra.*

Astronomia: *(11) Tudo que há em todo o céu gira em torno de Marte uma vez por dia.*

Biologia: *(58) Quando um homem e uma mulher dormem juntos, nasce uma nova pessoa dessa mulher. Raramente as mulheres de Marte produzem novas pessoas porque os homens e as mulheres dormem em lugares separados.*

Teologia: *(15) Alguém fez tudo isso por alguma razão.*

Geografia: *(16) Marte é redondo. A única cidade do planeta chama-se Phoebe, mas ninguém sabe por quê.*

Psicologia: *(103) Anc, o grande problema dos idiotas é que eles são burros demais para acreditar que existe a possibilidade de ser inteligente.*

Medicina: *(73) Quando apagam a memória de alguém neste lugar chamado Marte, eles não a apagam completamente. Tentam apagar só o núcleo, ou algo assim. Sempre deixam um monte de coisas nas beiradas. Dizem que um dia tentaram apagar completamente a memória de algumas pessoas. Os pobres coitados que tiveram a memória apagada não conseguiam andar, falar, não conseguiam fazer nada. A única coisa que dava para fazer com eles era domesticá-los, ensinar um vocabulário básico de mil palavras e conseguir trabalho para eles no exército ou na área de relações públicas industrial.*

O conto era o seguinte: *(89) Anc, seu melhor amigo é Stony Stevenson. Stony é um homem alto, alegre e forte, que bebe um litro de uísque por dia. Ele não tem uma antena instalada na cabeça, e é capaz de se lembrar de tudo que aconteceu consigo. Finge ser um olheiro da inteligência do exército, mas na realidade é um dos comandantes de verdade. Por controle remoto, ele controla uma companhia de assalto da infantaria que vai atacar um lugar da Terra chamado Inglaterra. Stony é de lá. Ele gosta do Exército de Marte porque lhe rende boas risadas. Stony ri o tempo todo. Ele ouviu falar da sua incompetência como soldado, Anc, então foi até seu quartel dar uma boa olhada em você. Fingiu ser seu amigo para ouvir o que você falava. Depois de um tempo, você começou a confiar nele, Anc, e contou algumas das suas teorias secretas sobre o sentido da vida em Marte. Stony tentou rir, mas então percebeu que você tinha descoberto coisas que ele não sabia. Ele não conseguiu esquecer essa história porque, supostamente, deveria saber tudo sobre Marte e você, supostamente, não deveria saber nada. E então você fez a Stony várias perguntas importantes para as quais queria achar respostas, e ele sabia as respostas de apenas metade delas. Stony voltou para seu quartel e as perguntas a que não soube responder ficaram martelando na sua cabeça o tempo todo. Ele não conseguiu dormir naquela noite, mesmo tendo enchido a cara. Então começou a perceber que estava sendo usado por alguém, e não fazia a menor ideia de quem seria essa pessoa. Para começo de conversa, nem ao menos sabia por que deveria existir um Exército de Marte. Nem ao menos sabia por que Marte iria atacar a Terra. E, quanto mais se lembrava da Terra, mais percebia que o Exército de Marte não tinha a menor chance de vencer, seria como uma bola de neve tentando não derreter no inferno. O grande ataque à Terra seria certamente um ataque suicida. Stony pensou em conversar com alguém a respeito disso, e a única pessoa possível era você, Anc. Então ele saiu cambaleando da cama uma hora antes do amanhecer, se esgueirou para dentro do seu quarto, Anc, e o acordou. Ele lhe contou tudo que sabia sobre Marte. E disse que dali em diante lhe contaria qualquer maldita coisa que descobrisse, e que você deveria contar a ele qualquer maldita coisa que descobrisse. E que, de vez em quando, vocês deveriam dar uma escapulida e tentar encaixar as peças do quebra-cabeça juntos. Ele lhe deu uma garrafa de uísque. Vocês dois beberam juntos, e Stony disse que você era seu melhor amigo, seu maldito melhor amigo. Disse que você era o único maldito amigo que ele teve em Marte, apesar de sempre estar rindo, e então chorou, quase acordando o pessoal que dormia perto do seu beliche. Ele disse para você ficar de olho em Boaz, depois voltou para seu quartel e dormiu como um bebê.*

A carta, a partir do conto, dava provas da eficiência do grupo secreto de Stony e Anc. Desse ponto em diante, as coisas sabidas com certeza na carta eram quase todas introduzidas por frases como: *Stony disse, você descobriu, Stony disse que, você disse a Stony*, e *você e Stony ficaram terrivelmente bêbados no campo de tiro uma noite e então vocês dois, seus patifes malucos, descobriram...*

O mais importante que os dois patifes malucos descobriram foi a identidade do homem que realmente comandava tudo em Marte: um homem alto, amável, sorridente e com uma voz cantada em estilo tirolês, que vivia andando com um cachorro enorme. Esse homem e o cachorro, de acordo com a carta escrita a Anc, apareciam a cada cem dias nas reuniões secretas dos comandantes de verdade do Exército de Marte.

A carta não dizia nada sobre esse assunto, pois o autor não sabia disso, mas esse homem e o cachorro eram Winston Niles Rumfoord e Kazak, o cão de caça espacial. Suas aparições em Marte não eram irregulares. Já que tinham sido infundibulados cronossinclasticamente, Rumfoord e Kazak apareciam de forma tão previsível quanto o cometa Halley. Surgiam em Marte a cada 111 dias.

A carta disse a Anc: *(155) Segundo Stony, esse cara alto com o cachorro aparece nas reuniões e causa uma avalanche de informações. É um cara tão encantador que, quando chega o fim da reunião, todos estão tentando pensar como ele. Toda ideia que alguém um dia teve veio dele. O homem sorri o tempo todo, fala com uma voz cantada e esquisita, cheia de trinados, e dá novas ideias a todo mundo. Depois, as pessoas que estão na reunião vão passando as ideias adiante, como se fossem delas. Ele é doido pelo jogo batball alemão. Ninguém sabe o nome do homem. Ele dá risada quando perguntam. Geralmente veste o uniforme dos Fuzileiros Navais Paraquedistas, mas o comandante de verdade dos Fuzileiros Navais Paraquedistas jura que nunca o viu na vida, a não ser nas reuniões secretas.*

(156) Anc, meu velho, dizia a carta, *sempre que você e Stony descobrirem algo novo, coloque nesta carta. Mantenha-a bem escondida. E, sempre que mudar de lugar o esconderijo da carta, não se esqueça de contar a Stony. Dessa forma, mesmo se apagarem sua memória no hospital, Stony pode lhe mostrar aonde deve ir para preenchê-la de novo.*

(157) Anc... Sabe por que continuam mandando você para o hospital? Você continua indo para o hospital porque tem uma mulher e um filho. Quase ninguém em Marte tem isso. O nome da sua mulher é Bee. Ela é instrutora na Escola de Respiração Schliemann, em Phoebe. O nome do seu filho é Crono. Ele mora na escola primária de Phoebe. Segundo Stony Stevenson, Crono é o melhor jogador de batball alemão da escola. Como todos em Marte, Bee e Crono aprenderam a viver muito bem sozinhos. Eles não sentem a sua falta. Nunca pensam em você. Mas você tem que dar um jeito de provar que eles precisam de você.

(158) Anc, seu filho da puta maluco, eu amo você. Acho você formidável. Quando conseguir reunir sua pequena família, afane uma nave espacial e saia voando por aí até achar um lugar tranquilo e bonito, um lugar onde não precise tomar bolinhas o tempo todo para continuar vivo. Leve Stony com vocês. E, quando estiverem bem instalados, gastem um bom tempo tentando descobrir quem fez tudo isso e por quê.

Tudo que sobrou para Anc ler na carta foi a assinatura do autor. Ela estava numa página separada.

Antes de virar a página para ver a assinatura, Anc tentou imaginar a personalidade e a aparência do autor. Ele era corajoso; tinha tanto amor pela verdade que aguentaria doses cavalares de dor a fim de conseguir mais informações verdadeiras. Era superior a Anc e Stony. Ele observou e registrou as atividades subversivas de Anc e Stony com amor, divertimento e distanciamento.

Anc imaginou o autor da carta como um esplêndido velho de barba branca, com o físico de um ferreiro.

Anc virou a página e leu a assinatura.

Seu amigo fiel — era o sentimento expresso acima da assinatura.

A assinatura ocupava quase a página inteira. Eram três letras de fôrma com 15 centímetros de altura e 5 centímetros de largura. As letras haviam sido escritas desajeitadamente, com a profusão de manchas de um aluno do jardim de infância.

Esta era a assinatura:

ANC

A assinatura era a de Anc.

Anc era o herói da carta.

Ele escrevera a si mesmo antes de ter a memória apagada. Era a literatura em sua melhor forma, já que fez Anc se sentir corajoso, alerta e secretamente livre. Fez ele se sentir o próprio herói naqueles tempos tão difíceis.

Anc não sabia que o homem que ele assassinara na estaca era seu melhor amigo, Stony Stevenson. Se soubesse naquela hora, possivelmente teria se matado. Mas o destino o poupou dessa informação terrível por muitos anos.

Quando voltou para o quartel, Anc viu facões de selva e baionetas sendo afiados estrondosamente, produzindo um som áspero: *scrrrrew-scraaw.* Todos estavam afiando alguma lâmina.

E todos estavam meio encabulados, exibindo um tipo específico de sorriso que informava que essas pessoas encabuladas cometeriam de bom grado um assassinato.

Todos os regimentos receberam ordens de embarcar às pressas em suas naves espaciais.

A guerra com a Terra começara.

Unidades avançadas dos Comandos Imperiais de Marte já haviam destruído as instalações terráqueas na Lua terráquea. As baterias de foguete dos Comandos, disparadas da Lua naquele exato momento, faziam as principais cidades da Terra sentirem o gostinho do inferno.

Como trilha sonora dessa degustação infernal, as rádios marcianas transmitiam a seguinte mensagem para a Terra, numa cadência monótona e enlouquecedora:

Homem marrom, homem branco, homem amarelo — renda-se ou morrerá.

Homem marrom, homem branco, homem amarelo — renda-se ou morrerá.

6

Um desertor em tempos de guerra

"Não consigo entender por que não colocam batball alemão nos Jogos Olímpicos, deveria ser a principal modalidade."

— Winston Niles Rumfoord

Era uma marcha de 10 quilômetros do campo de armas até a planície onde a frota de invasão estava posicionada. E o caminho por onde marchavam atravessava o lado noroeste de Phoebe, a única cidade de Marte.

O nível populacional de Phoebe, de acordo com o livro *Uma história concisa de Marte*, de Winston Niles Rumfoord, era de 87 mil pessoas. Cada pessoa e estrutura física de Phoebe estava diretamente relacionada aos esforços de guerra. Os trabalhadores da cidade eram controlados como os soldados: tinham antenas instaladas no crânio.

A companhia de Anc marchava naquele exato momento pela parte noroeste de Phoebe, seguindo seu caminho, bem no meio do regimento, até a frota. Constataram que era desnecessário manter os soldados marchando em fileiras com o incentivo da dor causada pelas antenas. Eles estavam tomados pela febre da guerra.

Cantavam enquanto marchavam, pisando duro nas ruas ferrosas com suas botas de saltos de ferro. A canção era sangrenta:

Terror, sofrimento e desolação,
Tum-ti-bum, tum-ta-ri-bum!
Traremos a cada nação!
Tum-ti-bum, tum-ta-ri-bum!
Com fogo varreremos a Terra! Terráqueos vamos escravizar!
Tum-ti-bum, tum-ta-ri-bum!
Quebrar seus espíritos, seus cérebros
espalhar!
Tum-ti-bum, tum-ta-ri-bum!
Gritem! Tum-ta-ri-bum!
Sangrem! Tum-ta-ri-bum!
Morram! Tum-ta-ri-bum!
Aniquilaçããããããããão.

As fábricas de Phoebe ainda funcionavam a pleno vapor. Ninguém perambulava pelas ruas para ver os heróis passarem cantando. As janelas estavam iluminadas como tochas brilhantes. As entradas vomitavam uma luz amarela fumacenta, enquanto cunhavam metal dentro das fábricas. Os guinchos das rodas de trituração atrapalhavam a canção dos soldados.

Três discos voadores azuis, naves de reconhecimento, voaram baixo sobre a cidade, soltando arrulhos suaves como piões cantores. "Prrrrrrrrr", pareciam cantar, e saíram deslizando em linha reta, deixando para trás a superfície curva de Marte. Num piscar de olhos, haviam sumido, cintilantes, no eterno espaço.

. . .

— Terror, sofrimento e desolação... — cantou a tropa.

Um soldado, porém, movia os lábios sem emitir um único som. Esse soldado era Anc.

Ele estava na primeira linha, próximo à última fileira de sua companhia.

Boaz posicionava-se bem atrás dele, com os olhos grudados em Anc, que sentia a nuca queimando. Além disso, Boaz e Anc haviam se tornado gêmeos siameses devido ao tubo comprido do morteiro de sítio de 15 centímetros que traziam consigo.

— Sangrem! Tum-ta-ri-bum! — cantavam as tropas. — Morram! Tum-ta-ri-bum! Aniquilaçãããããããããão.

— Anc, parceiro... — disse Boaz.

— Sim, parceiro? — perguntou Anc, distante. Ele trazia, misturada à bagunça do seu cinto de soldado, uma granada de mão. O pino tinha sido puxado. Bastava Anc jogá-la no chão para que explodisse em três segundos.

— Arrumei um bom serviço para nós, parceiro — disse Boaz. — O velho Boaz cuida bem do seu parceiro, não é mesmo, parceiro?

— Isso mesmo, parceiro — respondeu Anc.

Boaz tinha mexido os pauzinhos para que ele e Anc viajassem na nave-mãe da companhia responsável pela invasão. Apesar de a nave-mãe da companhia, por mera casualidade, abrigar o tubo do morteiro de sítio, não a consideravam em essência uma nave de combate, pois nela cabiam apenas dois homens. Todo o espaço da nave havia sido ocupado por doces, artigos esportivos, música gravada, hambúrgueres enlatados, jogos de tabuleiro, bolinhas, refrigerantes, Bíblias, papéis de carta, kits de barbear, tábuas de passar roupa e outros objetos que edificavam a moral.

— Nada mal para começar, não é mesmo, parceiro? Viajar na nave-mãe?

— Que sorte a nossa, parceiro — disse Anc. Ele havia acabado de jogar a granada num cano de esgoto.

Houve um estrondo e um jato jorrou do cano de esgoto.

Todos os soldados se jogaram no chão.

Boaz, o verdadeiro comandante da companhia, foi o primeiro a erguer a cabeça do chão. Ele viu a fumaça saindo do cano de esgoto, e supôs que o gás havia explodido.

Então deslizou os dedos para o bolso, pressionou um botão e enviou o sinal que faria sua companhia se levantar novamente.

Enquanto se levantavam, Boaz se levantou também.

— Caramba, parceiro — ele disse —, isso aqui foi um batismo de fogo.

Ele pegou a sua extremidade do morteiro de sítio.

Não havia ninguém para segurar a outra.

Anc tinha partido em busca da esposa, do filho e do melhor amigo.

Ele tinha escapado naquele lugar plano, plano, plano, plano que era Marte.

O filho que Anc estava procurando se chamava Crono.

Crono tinha, segundo o cálculo terráqueo, 8 anos de idade.

Ele recebeu esse nome por causa do mês em que nasceu. O ano marciano era dividido em 21 meses, 12 deles com 30 dias e 9 com 31. Os nomes desses meses eram: Janeiro, Fevereiro, Março, Abril, Maio, Junho, Julho, Agosto, Setembro, Outubro, Novembro, Dezembro, Winston, Niles, Rumfoord, Kazak, Newport, Infundíbulo, Crono, Sinclástico e Salo.

Repetindo mnemonicamente:

Trinta dias têm Salo, Niles, Junho
e Setembro,
Winston, Crono, Kazak e
Novembro,
Abril, Rumfoord, Newport e
Infundíbulo.
Todo o resto, neném,
trinta e um é o que têm.

O mês de Salo recebeu esse nome por causa de uma criatura que Winston Niles Rumfoord conhecera em Titã.

Titã, claro, é uma lua extremamente agradável de Saturno.

Salo, o amigo de Rumfoord em Titã, era um mensageiro de outra galáxia que foi forçado a pousar em Titã devido a uma falha na central elétrica de sua nave espacial. Ele estava esperando pela peça de reposição.

Esperava pacientemente havia 200 mil anos.

Sua nave era movida, da mesma forma que o esforço de guerra marciano, por um fenômeno conhecido como VUET, ou Vontade Universal Em Transformação. VUET é o que faz o universo surgir do nada — é o que faz o nada insistir em ser algo.

Muitos terráqueos sentiam-se contentes pelo fato de não existir VUET na Terra.

Já dizia um infeliz versinho popular:

Willy achou um tiquinho de Vontade Universal Em Transformação por aí,
Misturou com seu chiclete,
E fez xixi.
Xixi cósmico não paga bem
Pobre Willy! Seis novas Vias Lácteas
agora ele tem.

Crono, o filho de Anc, era, aos 8 anos de idade, um formidável jogador do esporte chamado batball alemão. Ele só pensava em batball alemão. Esse era o principal esporte em Marte — na escola primária, no exército e nas áreas de recreação dos trabalhadores das fábricas.

Como só havia 52 crianças em Marte, o planeta se saía muito bem com apenas uma escola primária, localizada bem no meio de Phoebe. Nenhuma das 52 crianças fora concebida em Marte. Todas tinham sido concebidas na Terra ou, no caso de Crono, em uma nave espacial que trazia novos recrutas a Marte.

As crianças da escola estudavam muito pouco, já que a sociedade marciana não tinha muita serventia para elas. Assim, passavam a maior parte do tempo jogando batball alemão.

Esse esporte é jogado com uma bola flácida do tamanho de um melão. A bola é tão vibrante quanto um chapéu de *cowboy* repleto de água da chuva. O jogo tem certa semelhança com beisebol, já que existe um rebatedor que arremessa a bola à outra parte do campo, onde estão seus oponentes, e corre em volta das bases; os jogadores do outro time tentam interceptar a bola e impedir o jogador que corre. Contudo, há apenas três bases em batball alemão: primeira, segunda e *home*. E o rebatedor não possui um *pitcher*. Ele posiciona a bola em uma mão e a lança com a outra. Se um jogador consegue acertar o corredor com a bola enquanto ele estiver entre as bases, o corredor é declarado *fora*, e deve deixar o campo imediatamente.

A pessoa responsável pela grande importância do batball alemão em Marte era, é claro, Winston Niles Rumfoord, o responsável por tudo que acontecia em Marte.

Howard W. Sams prova em seu livro *Winston Niles Rumfoord, Benjamin Franklin e Leonardo da Vinci* que batball alemão era o único esporte em equipe com o qual Rumfoord se familiarizara quando criança. Sams conta que Rumfoord aprendeu o jogo ainda na infância com sua governanta, a srta. Joyce MacKenzie.

Durante a infância de Rumfoord em Newport, um time composto de Rumfoord, a srta. MacKenzie e Earl Moncrief, o mordomo, costumava jogar batball alemão regularmente contra um time composto de Watanabe Wataru, o jardineiro japonês, Beverly June Wataru, a filha do jardineiro, e Edward Seward Darlington, o cavalariço, um rapaz meio palerma. O time de Rumfoord invariavelmente ganhava.

Anc, o único desertor da história do Exército de Marte, ofegava de cócoras atrás de um rochedo de turquesa e observava as crianças jogando batball alemão no playground de ferro da escola. Atrás do rochedo, junto com Anc, havia uma bicicleta que ele roubara do estacionamento de bicicletas de uma fábrica de máscaras de gás. Anc não sabia qual das crianças era o seu filho, qual das crianças era Crono.

Os planos de Anc eram nebulosos. Seu sonho era se reunir com a mulher, o filho e o melhor amigo, roubar uma nave espacial e voar até algum lugar onde todos eles poderiam viver felizes para sempre.

— Ei, Crono! — gritou uma criança no playground. — É sua vez de rebater!

Anc tirou a cabeça de trás do rochedo e espiou o *home plate*. A criança que iria pegar o bastão era Crono, seu filho.

O filho de Anc, Crono, apareceu para rebater.

Embora pequeno para sua idade, tinha ombros surpreendentemente másculos. O cabelo era negro como azeviche e arrepiado — tinha cerdas negras que cresciam violentamente em espirais no sentido anti-horário.

O garoto era canhoto. A bola estava em seu punho direito e ele se preparava para acertá-la com o esquerdo.

Os olhos, profundos como os do pai, eram olhos luminosos, rodeados pela farta cabeleira negra. Irradiavam uma fúria interior.

Os olhos cheios de raiva passearam para lá e para cá, chamejantes. Seus movimentos perturbaram os jogadores do outro time, afastando-os de suas posições, convencendo-os de que aquela bola lenta e idiota viria terrivelmente rápida, viria despedaçá-los se ousassem ficar no caminho.

O terror que o garoto no bastão inspirou também foi sentido pela professora, que estava na tradicional posição de árbitro do batball alemão, entre a primeira e a segunda base, e se sentia apavorada. Era uma velhinha frágil chamada Isabel Fenstermaker. Tinha 73 anos e havia sido Testemunha de Jeová antes de apagarem sua memória. Fora drogada e sequestrada enquanto tentava vender um exemplar de *A Sentinela* a um agente marciano em Duluth.

— Crono… — ela disse, com um sorriso tímido — você sabe que isso é só um jogo.

O céu subitamente escureceu, tomado por uma formação de centenas de discos voadores, as naves espaciais cor de sangue dos Fuzileiros Paraquedistas de Marte. O arrulho combinante das naves formou um trovão melodioso que fez tremer as vidraças da escola.

O jovem Crono, no entanto, se importava tanto com batball alemão que, quando pegou o bastão, nenhuma criança olhou para o céu.

O jovem Crono, tendo levado os jogadores do outro time e a srta. Fenstermaker à beira de um colapso nervoso, pôs a bola no chão e tirou do bolso uma pequena tira de metal, seu talismã da sorte. Então beijou a tira de metal para dar sorte e a devolveu para o bolso.

E subitamente pegou a bola, a acertou com um poderoso golpe e saiu correndo para as bases.

Os jogadores e a srta. Fenstermaker desviaram como se ela fosse uma bola de canhão flamejante. Quando a bola parou por conta própria, os jogadores foram atrás dela com uma espécie de incompetência ritualística. Obviamente não queriam atingir Crono com a bola. Não queriam eliminá-lo. Todos os jogadores do outro time conspiravam para aumentar a glória de Crono exibindo uma completa impotência.

Obviamente Crono era a coisa mais gloriosa que as crianças já tinham visto em Marte, e qualquer glória que eles mesmos pudessem um dia ter estaria associada a ele. Eles fariam qualquer coisa para ver a glória de Crono aumentar.

O jovem Crono deslizou até a base em meio a uma nuvem de poeira.

Um jogador arremessou a bola nele — tarde demais, tarde demais, tarde demais mesmo. O jogador praguejou contra sua sorte. Fazia parte do ritual.

O jovem Crono ficou de pé, sacudiu a poeira e beijou de novo o talismã da sorte, agradecendo por mais um *home run*. Ele acreditava piamente que todos os seus poderes vinham do talismã da sorte, e assim pensavam seus colegas de escola e também, secretamente, a srta. Fenstermaker.

A história do talismã da sorte era esta:

Um dia, a srta. Fenstermaker levou as crianças da escola a um *passeio* educacional numa fábrica de um lança-chamas. O gerente da fábrica explicou todas as etapas de fabricação de um lança-chamas às crianças e desejou que algumas delas, quando crescessem, fossem trabalhar com ele. Ao final do *passeio*, quando estavam no departamento de embalagens, o gerente prendeu o tornozelo numa tira de aço espiralada, um tipo de tira usado para vedar a embalagem dos lança-chamas.

A espiral era um pedaço de sucata de extremidade denteada que fora jogada no corredor da fábrica por um operário descuidado. O gerente ficou com o tornozelo arranhado e as calças rasgadas antes de conseguir se livrar da espiral. Por fim, ele executou a primeira demonstração verdadeiramente compreensível para as crianças naquele dia. Compreensivelmente, ele explodiu a espiral.

E depois pisoteou a espiral.

Mas então a espiral o mordeu novamente, e ele a agarrou e a picotou com grandes tesouras até a transformar em minúsculos pedaços de 10 centímetros.

As crianças ficaram edificadas, empolgadas e satisfeitas. E, quando saíam do departamento de embalagens, o jovem Crono pegou um dos pedaços de 10 centímetros e o pôs no bolso. A peça que o garoto escolheu era diferente das outras, pois tinha dois buracos no meio.

Esse era o talismã da sorte de Crono. Tornou-se uma extensão dele, tanto quanto sua mão direita. Seu sistema nervoso, por assim dizer, se estendia à tira de metal. Se alguém tocasse nela, estaria tocando em Crono.

Anc, o desertor, se levantou e saiu de trás do rochedo de turquesa, andando vigorosa e oficialmente até o pátio da escola. Ele havia arrancado todas as insígnias do uniforme. Isso lhe conferiu um aspecto bastante oficial, bélico, mas sem o vincular a nenhum propósito específico. De todo o equipamento que ele vinha carregando antes de desertar, mantivera apenas o facão de selva, a Mauser de um cartucho só e uma granada. Ele escondeu essas três armas atrás do rochedo, junto com a bicicleta roubada.

Anc marchou até a srta. Fenstermaker. Disse-lhe que era um assunto oficial, que desejava entrevistar o jovem Crono imediatamente — e em particular. Não confessou ser o pai do garoto. Isso não lhe dava direito a nada. Ser um investigador oficial lhe dava direito a tudo.

A pobre srta. Fenstermaker foi facilmente enganada. Concordou em deixar Anc entrevistar o garoto na sala dela.

Tarefas escolares por corrigir, algumas datadas de cinco anos atrás, abarrotavam o local. A srta. Fenstermaker estava muito atrasada no trabalho — tão atrasada que havia declarado moratória das tarefas escolares até conseguir terminar de corrigi-las. Algumas pilhas de papel tinham desabado, constituindo montes em formato de geleiras que se esparramavam até embaixo da mesa, chegando à entrada da sala e a seu banheiro privativo, onde havia um armário de duas gavetas repleto com a coleção de pedras da srta. Fenstermaker.

Ninguém nunca ia verificar se a srta. Fenstermaker estava bem. Ninguém dava a mínima. Ela possuía certificado de professora pelo estado de Minnesota, EUA, Terra, Sistema Solar, Via Láctea, e isso já era o bastante.

Durante a entrevista com o filho, Anc se sentou atrás da mesa dela, enquanto Crono permanecia de pé à sua frente. Era a vontade de Crono permanecer de pé.

Anc, pensando no que dizer, abriu despreocupadamente as gavetas do armário da srta. Fenstermaker, e descobriu que elas também estavam cheias de pedras.

O jovem Crono, um menino esperto e hostil, quebrou o silêncio antes de Anc.

— Besteira — ele disse.

— O quê? — perguntou Anc.

— Qualquer coisa que você disser será besteira — respondeu o garoto de 8 anos.

— O que o faz pensar isso? — quis saber Anc.

— Tudo que as pessoas falam é besteira — afirmou Crono. — E por acaso você liga para o que eu penso? De qualquer forma, quando eu tiver 14 anos, vocês vão botar uma antena na minha cabeça e terei que fazer o que vocês mandarem.

Ele se referia ao fato de não instalarem antenas nos crânios de crianças com menos de 14 anos, o que ocorria por causa do tamanho do crânio. Quando a criança fazia 14 anos, era enviada ao hospital para a operação. Raspavam-lhe o cabelo, e os médicos e as enfermeiras brincavam com ela, dizendo que havia entrado na vida adulta. Antes de a criança ser levada para a sala de operação numa maca de rodinhas, perguntavam-lhe qual era seu sabor preferido de sorvete. Quando ela acordava da operação, uma enorme tigela desse sorvete estava à sua espera: nozes com xarope de bordo, *buttercrunch*, baunilha com pedaços de chocolate, qualquer tipo que quisesse.

— Sua mãe só fala besteira? — perguntou Anc.

— Desde que ela voltou do hospital, essa última vez, sim — disse Crono.

— E o seu pai?

— Eu não sei nada dele. Não dou a mínima. Ele só fala besteira assim como todo mundo.

— Quem não fala besteira? — perguntou Anc.

— Eu não falo besteira — respondeu Crono. — Sou o único.

— Chegue mais perto — disse Anc.

— Por que eu faria isso? — quis saber Crono.

— Porque vou falar bem baixinho algo muito importante.

— Duvido muito — disse Crono.

Anc levantou-se da mesa, foi até Crono e sussurrou em seu ouvido:

— Eu sou seu pai, garoto — disse ele, e seu coração disparou como um alarme antirroubo.

Crono ficou imóvel.

— E daí? — ele perguntou, insensível como uma pedra. Nunca recebera nenhuma instrução, nunca tivera um exemplo na vida que o fizesse pensar no pai como um pessoa de alguma importância. Em Marte, essa palavra era desprovida de sentido emocional.

— Vim buscar você — disse Anc. — De alguma forma, vamos sair daqui. — Ele sacudiu o garoto gentilmente, tentando fazê-lo demonstrar algum entusiasmo.

Crono arrancou a mão do pai de seu braço como se ela fosse uma sanguessuga.

— E fazer o quê? — perguntou ele.

— Viver! — disse Anc.

O garoto olhou calmamente para o pai, buscando uma boa razão para arriscar sua sina com esse estranho. Crono pegou o talismã da sorte do bolso e o esfregou nas palmas das mãos.

A força imaginária que ele extraía do talismã o tornava forte o bastante para não confiar em ninguém, para continuar vivendo do jeito que vivia havia tanto tempo, furioso e sozinho.

— Estou vivendo — retrucou ele. — Estou bem — acrescentou. — Vá para o inferno.

Anc deu um passo para trás. Os cantos da sua boca murcharam e seu sorriso morreu.

— Ir para o inferno? — murmurou.

— Eu mando todo mundo para o inferno — disse o garoto. Ele tentou ser gentil, mas imediatamente se cansou de tentar. — Posso ir lá fora jogar batball?

— Você mandou seu próprio pai ir para o inferno? — murmurou Anc. A pergunta ecoava através da memória apagada até um canto intocado onde fragmentos de sua própria e estranha infância ainda viviam. Ele passara a própria e estranha infância perdido em devaneios até que finalmente conheceu e amou um pai que não queria vê-lo nem ser amado por ele.

— Eu... Eu desertei do exército para vir aqui... Para encontrar você — disse Anc.

Um brilho de interesse passou pelos olhos do garoto, e então morreu.

— Eles vão pegá-lo — afirmou ele. — Eles pegam todo mundo.

— Vou roubar uma nave espacial — retrucou Anc —, e você, sua mãe e eu vamos subir nela e sair voando!

— Para onde? — perguntou o garoto.

— Para algum lugar bom! — respondeu Anc.

— Fale-me mais sobre esse lugar bom — pediu Crono.

— Eu não sei. Teremos que procurar! — disse Anc.

Crono balançou a cabeça, com pena.

— Sinto muito — ele disse. — Acho que não sabe o que está falando. Você só faria um monte de gente ser morta.

— Você quer ficar aqui? — perguntou Anc.

— Estou bem aqui — respondeu Crono. — Posso sair e jogar batball agora?

Anc começou a chorar.

O choro deixou o garoto horrorizado. Ele nunca tinha visto um homem chorar antes. Ele mesmo nunca havia chorado.

— Estou indo jogar! — ele gritou, selvagemente, e saiu da sala.

Anc foi até a janela, então olhou para o playground de ferro. O time do jovem Crono estava em campo naquele momento. O jovem Crono juntou-se aos colegas de time, enfrentando um rebatedor que estava de costas para Anc.

Crono beijou seu talismã da sorte e o pôs de volta no bolso.

— Uma eliminação fácil, hein, rapazes — ele gritou, com voz rouca. — Vamos lá, rapazes, vamos *matá-lo*!

A esposa de Anc, mãe do jovem Crono, atuava como instrutora na Escola Schliemann de Respiração para Recrutas. O método de respiração de Schliemann, claro, era uma técnica que permitia a seres humanos sobreviver no vácuo ou em uma atmosfera inóspita sem o uso de capacetes ou outro equipamento respiratório incômodo.

Ele consistia, essencialmente, em ingerir uma pílula rica em oxigênio. A corrente sanguínea absorvia o oxigênio através da parede do intestino delgado em vez dos pulmões. Em Marte, as pílulas eram conhecidas oficialmente como Rações Respiratórias de Combate, e, na linguagem popular, como *bolinhas*.

A técnica de respiração Schliemann era bem fácil em uma atmosfera benigna, porém inútil, como a de Marte. A pessoa que respirava continuava respirando e falando normalmente, mesmo que não houvesse oxigênio na atmosfera para seus pulmões respirarem. Tudo que ela precisava fazer era lembrar de tomar suas bolinhas regularmente.

A escola na qual a mulher de Anc atuava como instrutora ensinava aos recrutas algumas técnicas mais difíceis, necessárias no vácuo ou em uma atmosfera nociva. Isso envolvia não apenas ingerir a pílulas, mas tapar as narinas e os ouvidos, assim como manter a boca bem fechada. Qualquer esforço para falar ou respirar resultaria em hemorragia e numa provável morte.

A esposa de Anc era uma das seis instrutoras da Escola Schliemann de Respiração para Recrutas. Em sua sala de aula, um cômodo vazio de quase 3 metros quadrados, com paredes caiadas e sem janelas, havia bancos ordenados, encostados nas paredes.

Na mesa no meio da sala, uma tigela cheia de bolinhas, uma tigela com tampões de ouvidos e narinas, um rolo de esparadrapo, tesouras e um pequeno gravador. O propósito do gravador era tocar música durante os longos períodos nos quais não havia nada a se fazer a não ser ficar sentado esperando pacientemente que a natureza seguisse seu curso.

No momento, eles estavam num desses períodos. A classe tinha acabado de tomar uma dose de bolinhas, então os alunos deveriam ficar quietos, sentados nos banquinhos, ouvindo música e esperando que as bolinhas chegassem a seus intestinos delgados.

A melodia que ouviam tinha sido recentemente pirateada de uma estação de rádio terráquea. Era um grande sucesso na Terra — um trio composto de um rapaz, uma moça e os sinos de uma catedral. Chamava-se "Deus é Nosso Decorador de Interiores". O rapaz e a moça cantavam versos alternados e depois se uniam em estreita harmonia nos refrãos.

Os sinos de catedral ressoavam e reverberavam violentamente sempre que algo de natureza religiosa era mencionado.

Havia dezessete recrutas. Todos eles vestiam roupas de baixo cor verde-musgo novinhas em folha. O motivo para estarem despidos era permitir que a instrutora visse rapidamente suas reações físicas ao método de respiração Schliemann.

Os recrutas haviam acabado de voltar do Centro de Recepção do hospital, onde receberam um tratamento de amnésia e tiveram as antenas instaladas. Seus cabelos tinham sido raspados e cada recruta exibia uma tira de esparadrapo do topo da cabeça à nuca.

O esparadrapo mostrava onde a antena fora colocada.

Os olhos dos recrutas eram tão vazios quanto as janelas de uma fábrica têxtil abandonada.

Assim também eram os olhos da sua instrutora, já que ela também tivera recentemente a memória apagada.

Quando a liberaram do hospital, lhe disseram seu nome, onde morava e como deveria ensinar o método de respiração Schliemann — e esses foram todos os dados concretos que deram a ela. Havia ainda outra informação: disseram que tinha um filho de 8 anos chamado Crono e que ela, se quisesse, podia visitá-lo na escola nas noites de terça-feira.

O nome da instrutora, da mãe de Crono, da esposa de Anc, era Bee. Ela usava um traje esportivo cor verde-musgo, tênis de ginástica brancos e, em volta do pescoço, um apito preso numa corrente e um estetoscópio.

Havia um logogrifo ilustrado com gravuras representando seu nome em sua blusa de moletom.

Ela olhou para o relógio na parede. Já havia se passado tempo suficiente para que o mais preguiçoso dos sistemas digestivos transportasse a bolinha ao intestino delgado. Então se levantou, desligou o gravador e usou o apito.

— Em forma! — disse.

Os recrutas ainda não haviam recebido treinamento militar básico, então foram incapazes de entrar em forma com precisão. Cada recruta deveria ficar de pé em cima de quadrados pintados no chão, a fim de formarem fileiras agradáveis aos olhos. Dessa forma, um jogo semelhante à dança das cadeiras foi executado, com vários recrutas de olhar vazio brigando pelo mesmo quadrado. Por fim, cada um acabou encontrando um quadrado só para si.

— Tudo bem — disse Bee —, peguem seus tampões e os coloquem nas narinas e nos ouvidos, por favor.

Os recrutas já traziam os tampões nas mãos suadas. Eles taparam as narinas e os ouvidos.

Então Bee foi de recruta em recruta para se certificar de que todos estavam com as narinas e os ouvidos bem tapados.

— Tudo bem — ela disse, quando terminou a inspeção. — Muito bem — acrescentou. Então pegou o rolo de esparadrapo da mesa. — Agora vou provar a vocês que não precisam usar o pulmão se tiverem em mãos suas Rações Respiratórias de Combate, ou, como logo vão chamá-las no exército, suas bolinhas. — Ela foi andando entre as fileiras, cortando pedaços de esparadrapo e selando as bocas com eles. Ninguém reclamou. Quando terminou, ninguém tinha uma abertura adequada com a qual emitir uma objeção.

Ela anotou a hora, e ligou o gravador de novo. Pelos próximos vinte minutos, não haveria nada a fazer a não ser observar mudanças de cor nos corpos desnudos, espasmos agonizantes nos pulmões vedados e inúteis. Idealmente, os corpos ficariam azuis, depois vermelhos, e então voltariam à cor natural dentro de vinte minutos — e as caixas torácicas iriam estremecer violentamente, desistir e então ficar imóveis.

Quando acabasse o suplício de vinte minutos, todos os recrutas saberiam quão desnecessária era a respiração pulmonar. Idealmente, quando acabasse o curso, cada recruta se sentiria tão confiante em si mesmo e nas bolinhas que estaria pronto para saltar de uma espaçonave em qualquer lugar, fosse na Lua terráquea ou no fundo de um oceano terráqueo, sem pensar por um só segundo onde estaria se metendo.

Bee sentou-se em um banco.

Havia círculos escuros em volta de seus belos olhos. Os círculos surgiram depois que ela deixara o hospital e só haviam aumentado desde então. No hospital, tinham lhe prometido que ela se tornaria mais serena e eficiente a cada dia. E lhe disseram que, se por acaso isso não acontecesse, ela deveria voltar ao hospital para buscar ajuda.

— Todo nós precisamos de ajuda de tempos em tempos — dissera o dr. Morris N. Castle. — Não há por que ter vergonha disso. Algum dia posso precisar da *sua* ajuda, Bee, e não hesitarei em pedi-la.

Ela havia sido enviada ao hospital depois de mostrar a seu supervisor um soneto que escrevera sobre o método de respiração Schliemann:

Rompei todo vínculo com ar e neblina,
Selai cada entrada,
Que a garganta feche como a mão do sovina,
Guardai a vida dentro de vós, sufocada.

Expirai, inspirai, não mais, não mais,
Pois respirar é para o submisso;
E quando no mortal espaço vos elevais,
Calar é preciso.

Se pelo luto ou êxtase fostes arrebatados,
Oh, com uma lágrima sinalizai,
E à alma e ao coração aos quais estais aprisionados,

Palavra e atmosfera acrescentai.
Todo homem é uma ilha, no inerte espaço a vagar.
Sim, todo homem é uma ilha: ilha fortaleza, ilha lar.

Bee, que fora mandada ao hospital por escrever esse poema, tinha um rosto forte — maçãs do rosto altas, uma expressão altiva. Ela se parecia impressionantemente com um bravo guerreiro índio. Mas qualquer um que dissesse isso teria a obrigação de acrescentar, rapidamente, que ela era muito bonita.

Nesse momento, ouviu-se uma batida violenta à porta de Bee. Ela foi até a porta e a abriu.

— Sim? — disse.

No corredor deserto, havia um homem de uniforme, todo vermelho e suado. Não trazia insígnias no uniforme. Um fuzil jazia pendurado nas costas dele. Seus olhos eram profundos e furtivos.

— Sou um mensageiro — ele disse, com voz rouca. — Mensagem para Bee.

— Eu sou Bee — informou Bee, apreensiva.

O mensageiro a olhou de cima a baixo, o que a fez se sentir despida. Seu corpo tremeu com uma onda de calor que a envolveu, sufocante.

— Está me reconhecendo? — ele sussurrou.

— Não — ela disse. A pergunta a deixou mais aliviada. Aparentemente Bee já havia feito negócios com ele antes. Na verdade, ele e suas visitas eram rotineiras; mas no hospital ela simplesmente esquecera o homem e suas visitas.

— Também não me lembro de você — ele sussurrou.

— Fui para o hospital — ela disse. — Tiveram que apagar minha memória.

— Sussurre! — ele instruiu, bruscamente.

— O quê? — ela perguntou.

— Sussurre! — repetiu Anc.

— Desculpe — Bee sussurrou. Aparentemente sussurrar fazia parte da rotina com aquele funcionário específico. — Esqueci de tanta coisa.

— *Todos* nós esquecemos! — ele sussurrou, irritado. Então olhou novamente para o corredor. — Você é a mãe de Crono, não é? — perguntou sussurrando.

— Sim — respondeu ela, também sussurrando.

O estranho mensageiro concentrou o olhar no rosto dela. Ele respirou fundo, suspirou, franziu a testa — piscando sem parar.

— Qual... Qual é a mensagem? — sussurrou Bee.

— A mensagem é a seguinte — sussurrou o mensageiro de volta. — Sou o pai de Crono. Acabei de desertar do exército. Meu nome é Anc. Vou encontrar uma forma de escaparmos daqui, eu, você, o garoto e meu melhor amigo. Ainda não sei como faremos, mas você precisa estar pronta para partir de uma hora para outra! — Ele lhe deu uma granada de mão. — Esconda em algum lugar — sussurrou. — Pode precisar dela quando chegar a hora.

Gritos exaltados vieram da sala de recepção no fim do corredor.

— Ele disse que era um mensageiro, que era assunto confidencial! — gritou um homem.

— Até parece que ele é um mensageiro! — gritou outro. — Ele é um desertor em tempos de guerra! Quem ele veio ver?

— Ele não disse! Falou que era altamente confidencial!

Um apito estridente soou.

— Vocês seis, venham comigo! — gritou um homem. — Vamos vasculhar este lugar sala por sala. O resto de vocês cerque o edifício!

Anc empurrou Bee e sua granada de mão para dentro da sala e fechou a porta. Então tirou o fuzil das costas e o apontou para os recrutas cobertos de tampões e esparadrapos.

— Se derem um pio ou tentarem qualquer gracinha, rapazes — ele disse —, mato vocês.

Os recrutas, de pé em seus quadrados, completamente rígidos, não emitiram resposta alguma.

Estavam com uma cor azul-clara.

A caixa torácica deles tremia.

Toda a consciência desses homens se concentrava na pequena pílula branca, salvadora de vidas, que se dissolvia no duodeno.

— Onde posso me esconder? — perguntou Anc. — Como posso sair daqui?

Bee nem se preocupou em responder. Não havia lugar para se esconder. Não havia saída a não ser pela porta que levava ao corredor.

Só havia uma coisa a fazer, e Anc a fez. Ele tirou a roupa, ficou só com a cueca verde-musgo, escondeu o fuzil embaixo de um banco, colocou tampões nas narinas e nos ouvidos, tapou a boca e se misturou aos recrutas.

Sua cabeça fora raspada, assim como a dos recrutas. E, assim como os recrutas, Anc tinha um monte de esparadrapo do topo da cabeça à nuca. Sua conduta como soldado era tão terrível que os médicos resolveram abrir a cabeça dele no hospital para ver se a antena não estava com defeito.

Bee inspecionou a sala com uma calma admirável. Ela segurava a granada de mão que Anc lhe dera como se fosse um vaso contendo uma rosa perfeita. Depois foi até o lugar onde Anc escondera o fuzil, e colocou a granada ao lado dele — cuidadosamente, com um delicado respeito pela propriedade alheia.

Então retornou a seu lugar na mesa.

Ela não olhou para Anc, mas também não evitou olhar para ele. Haviam lhe dito no hospital que ela estava muito, muito doente e que ficaria muito, muito doente de novo se não focasse estritamente no trabalho e deixasse outras pessoas pensarem e se preocuparem por ela. Devia permanecer calma a qualquer custo.

Os homens que vociferavam "alarme falso!" a cada sala se aproximavam lentamente.

Bee se recusou a se preocupar. Anc, ao tomar seu lugar entre os recrutas, havia se tornado mais um número. Considerando-o profissionalmente, Bee viu que o corpo de Anc estava com uma cor verde-azulada em vez de uma cor azul uniforme. Isso talvez significasse que fazia muitas horas que ele tomara sua bolinha — nesse caso, logo iria desmaiar.

Deixá-lo desmaiar certamente seria a solução mais pacífica ao problema, e Bee queria paz acima de tudo.

Não duvidava que Anc fosse o pai do seu filho. A vida tinha dessas. Ela não se lembrava dele e não se deu ao trabalho, nesse momento, de guardar seu rosto para uma próxima vez — se é que haveria uma próxima vez. Ele não tinha utilidade alguma para ela.

Bee notou que o corpo de Anc estava agora predominantemente verde. Ou seja, seu diagnóstico estava certo. Ele desmaiaria a qualquer momento.

Ela sonhou acordada; sonhou acordada com uma garotinha em um vestido branco engomado, de luvas brancas e sapatos brancos, e com um pônei branco só dela. Bee invejava aquela garotinha tão asseada.

Então se perguntou quem era aquela garotinha.

Anc caiu no chão sem um ruído, tão mole quanto um saco de enguias.

Anc acordou e se viu deitado de costas num beliche de espaçonave. As luzes da cabine eram ofuscantes. Ele pensou em gritar, mas uma dor de cabeça terrível o calou.

Levantou-se com dificuldade, agarrando-se como um bêbado na barra do beliche. Estava completamente sozinho. Alguém lhe colocara o uniforme.

Primeiro ele pensou que o tinham lançado no espaço eterno.

Mas então viu que a câmara de descompressão estava aberta, que era possível sair, e que havia terra firme lá fora.

Anc saiu cambaleante da câmara de descompressão e se jogou para fora.

Ele ergueu os olhos lacrimejantes e viu que aparentemente ainda estava em Marte, ou em algum lugar bem parecido com Marte.

Era noite.

A planície ferrosa estava tomada por fileiras e fileiras de naves espaciais.

Enquanto Anc observava, uma fileira de naves a 8 quilômetros dali deixou a formação e navegou melodiosamente para o espaço.

Um cachorro latiu, e seu latido era como um grande gongo de bronze.

Na escuridão da noite, o cachorro apareceu, trotando — tão grande e terrível quanto um tigre.

— Kazak! — gritou um homem no escuro.

O cachorro parou ao comando, mas manteve Anc a distância, prensado contra a nave com a ameaça de seus longos e úmidos caninos.

O dono do cachorro apareceu. Havia a luz de uma lanterna dançando à sua frente. Quando estava a alguns metros de Anc, colocou a lanterna embaixo do queixo. O contraste da luz e das sombras fazia com que seu rosto parecesse o do próprio demônio.

— Olá, Anc. — Ele desligou a lanterna e deu um passo para o lado, a fim de ser iluminado pela luz que irradiava da nave espacial. O homem era alto, tinha uma aparência amável e parecia maravilhosamente seguro de si. Vestia o uniforme vermelho e as botas de bicos quadrados dos Fuzileiros Paraquedistas. Estava desarmado, com exceção do bastão preto e dourado de 30 centímetros que trazia nas mão.

— Faz tempo que não o vejo — ele disse. Então deu um sorriso quase imperceptível, em formato de V. Tinha uma voz de tenor glótico, no estilo tirolês.

Anc não se lembrava do homem, mas era óbvio que o homem o conhecia muito bem — conhecia-o intimamente.

— Quem sou eu, Anc? — perguntou alegremente.

Anc arquejou. Ele tinha que ser Stony Stevenson, tinha que ser o corajoso melhor amigo de Anc.

— Stony? — ele sussurrou.

— Stony? — repetiu o homem. Então gargalhou. — Oh, Deus... — disse. — Muitas foram as vezes em que desejei ser Stony e muitas serão as vezes em que desejarei ser ele.

O chão tremeu. Ouviu-se um turbilhão apressado no ar. As naves espaciais ao redor tinham levantado voo, tinham partido.

A nave de Anc ficou sozinha, com o seu setor na planície ferrosa todinho para ela. As naves espaciais mais próximas estavam a cerca de 800 metros de distância.

— Lá se vai seu regimento, Anc — disse o homem —, e você não partiu com ele. Não tem vergonha?

— Quem é você? — perguntou Anc.

— Qual é o propósito dos nomes em tempos de guerra? — retrucou o homem. Então pôs a mão enorme no ombro de Anc. — Oh, Anc, Anc, Anc — disse. — Você passou por maus bocados.

— Quem me trouxe aqui? — perguntou Anc.

— A polícia militar, que Deus a abençoe — respondeu o homem.

Anc balançou a cabeça. Lágrimas escorreram pelas suas bochechas. Ele fora derrotado. Não havia mais motivos para segredo, mesmo na presença de uma pessoa que talvez tivesse poder de vida e morte sobre ele. O pobre Anc estava indiferente quanto à vida e à morte.

— Eu… Eu tentei reunir minha família — confessou ele. — Foi só isso que fiz.

— Marte é um lugar muito ruim para o amor, um lugar muito ruim para um homem de família, Anc — disse o homem.

O homem, claro, era Winston Niles Rumfoord, comandante-chefe de tudo que dizia respeito a Marte. Não era, na verdade, um Fuzileiro Paraquedista, mas tinha total liberdade para vestir qualquer uniforme que lhe desse na veneta, independentemente do inferno pelo qual outra pessoa teria que passar para ele ter esse privilégio.

— Anc — disse Rumfoord —, a história de amor mais triste que já ouvi aconteceu em Marte. Você gostaria de ouvi-la?

— Era uma vez — disse Rumfoord — um homem que viajava da Terra a Marte em um disco voador. Ele tinha se oferecido como voluntário para o Exército de Marte e até já vestia o elegante uniforme de tenente-coronel da Infantaria de Assalto. De fato, ele se sentia muito elegante, já que tinha sido um tanto desfavorecido espiritualmente na Terra, e presumiu, como alguém desfavorecido espiritualmente, que o uniforme só dizia coisas boas sobre ele.

"Sua memória ainda não havia sido apagada e sua antena ainda não tinha sido instalada, mas ele agia tão evidentemente como um marciano leal que lhe deram o comando da espaçonave. Os recrutadores têm um ditado sobre um recruta do sexo masculino desse quilate — dizem que um recruta desse quilate chama suas bolas de Deimos e Phobus. Deimos e Phobus são as duas luas de Marte.

"Esse tenente-coronel, que não possuía qualquer tipo de treinamento militar, estava vivendo a experiência que na Terra chamam de *encontrar a si mesmo*. Ignorante como era da armadilha na qual tinha caído, começou a dar ordens aos outros recrutas, que as obedeceram."

Rumfoord ergueu um dedo, e Anc ficou perplexo em ver que ele era bastante translúcido.

— Havia uma cabine trancada na qual ele não tinha permissão de entrar — continuou Rumfoord. — A tripulação lhe explicou cautelosamente que a cabine encerrava a mais bela mulher que já tinham levado para Marte, e que qualquer homem que a visse certamente iria se apaixonar. O amor, eles disseram, poderia destruir os valores de qualquer um, mas não de um soldado profissional.

"O novo tenente-coronel ficou ofendido com a insinuação de que ele não era um soldado profissional e entreteve a tripulação narrando as histórias de suas façanhas amorosas com lindas mulheres — segundo ele, todas as mulheres haviam deixado seu coração absolutamente intocado. A tripulação continuou cética, argumentando que o tenente-coronel, em sua jornada de lascívia, nunca tinha sido exposto a uma beldade tão inteligente e altiva quanto a mulher trancada na cabine.

"O aparente respeito da tripulação pelo tenente-coronel agora estava sutilmente abalado. Os outros recrutas sentiram esse abalo, e também sentiram seu respeito por ele se abalar. O tenente-coronel, com seu uniforme chamativo, começou a se sentir como o que realmente era, no final das contas: um palhaço pomposo. A única forma de reaver sua dignidade não havia sido dita, mas parecia óbvia a todos. Ele poderia reavê-la conquistando a beldade trancada na cabine. E ele estava totalmente preparado para fazer isso — desesperadamente preparado...

"Mas a tripulação continuou tentando protegê-lo de um suposto fracasso amoroso, para evitar que seu coração fosse partido. Seu ego ferveu, chiou, estalou, crepitou e então estourou.

"Houve uma festa regada a bebida no refeitório dos oficiais — continuou Rumfoord — e o tenente-coronel ficou muito bêbado e barulhento. Ele gabou-se novamente da sua lascívia implacável na Terra. E então viu que alguém havia posto a chave da cabine trancada no fundo do seu copo.

"O tenente-coronel imediatamente se esgueirou até a cabine trancada, entrou e fechou a porta atrás de si. Embora a cabine estivesse às escuras, a cabeça do tenente-coronel estava iluminada pela bebida e pelas palavras triunfantes que pensava em anunciar no café da manhã do dia seguinte.

"Ele tomou facilmente a mulher no escuro, pois ela estava fraca de terror e sedativos. Foi uma união desprovida de alegria, satisfatória apenas para a Mãe Natureza, no ápice da sua crueldade.

"O tenente-coronel não se sentiu maravilhoso. Ele se sentiu miserável. Imprudentemente, acendeu as luzes, esperando encontrar na aparência da mulher um motivo de orgulho para sua brutalidade — contou Rumfoord, triste. — Aninhada na cabine estava uma mulher bastante comum, passada dos 30. Seus olhos estavam vermelhos e sua face estava inchada de choro e desespero.

"Além disso, o tenente-coronel a conhecia. Era a mulher que um adivinho um dia prometera que iria carregar seu filho. Ela fora tão arrogante e orgulhosa na última vez que ele a vira e agora estava tão devastada que até mesmo o desalmado tenente-coronel ficou comovido.

"O tenente-coronel percebeu, pela primeira vez, o que a maioria das pessoas nunca percebe em si mesmas — percebeu que não apenas era a vítima de um destino revoltante, mas também um dos agentes mais cruéis desse destino revoltante. Quando tinham se encontrado antes, a mulher o olhara como se ele fosse um porco. Ele agora havia provado, sem dúvida alguma, que era um porco.

"Como a tripulação havia previsto, o tenente-coronel estava arruinado para sempre como soldado. Ele ficou irremediavelmente obcecado em aprender as intricadas táticas de causar menos dor, ao invés de mais dor. A prova do seu sucesso seria ganhar o perdão e a compreensão daquela mulher.

"Quando a nave espacial chegou a Marte, ele soube por meio de uma conversa informal no Centro de Recepção do hospital que teria sua memória apagada. Então escreveu a si mesmo a primeira de uma série de cartas que listavam aquilo que não queria esquecer. A primeira carta era inteiramente sobre a mulher que ele havia prejudicado.

"Ele a procurou depois do seu tratamento de amnésia e descobriu que ela não se lembrava dele. Não somente não se lembrava como também estava grávida, carregando seu filho. Seu objetivo, então, tornou-se conquistar o amor dela, e, por meio dela, o amor do seu filho.

"Ele tentou fazer isso, Anc, não uma vez, mas várias vezes. E falhou em todas. Mas isso continuou sendo o objetivo central da sua vida — provavelmente porque ele mesmo tinha vindo de uma família fragmentada.

"O que o derrotou, Anc, foi a frieza congênita da mulher e um sistema de psiquiatria que tratava os ideais da sociedade marciana como um nobre senso comum. Toda vez que o homem conseguia deixar sua mulher balançada, um psiquiatra totalmente desprovido de humor a endireitava — e a tornava uma cidadã eficiente de novo.

"O homem e sua mulher eram ambos visitantes frequentes das alas psiquiátricas de seus respectivos hospitais. E talvez isso alimentasse ainda mais o cérebro deles, fizesse com que pensassem cada vez mais. Aquele homem incrivelmente frustrado foi o único marciano a escrever filosofia, e aquela mulher incrivelmente frustrada foi a única marciana a escrever um poema."

Boaz chegou à nave-mãe da companhia vindo da cidade de Phoebe, onde tinha ido procurar por Anc.

— Caramba... — disse a Rumfoord — todo mundo partiu sem a gente? — Ele estava de bicicleta.

Então viu Anc.

— Caramba, parceiro — disse a Anc. — Rapaz... Você fez o seu parceiro passar por um inferno. Quero dizer, minha nossa, como é que chegou até aqui?

— Polícia militar — respondeu Anc.

— A forma como todo mundo chega a algum lugar — observou Rumfoord, gentilmente.

— Temos que alcançá-los, parceiro — disse Boaz. — Os rapazes não podem começar a atacar sem a nave-mãe por perto. Pelo que lutariam?

— Pelo privilégio de ser o primeiro exército a morrer por uma causa nobre — respondeu Rumfoord.

— Como é que é? — perguntou Boaz.

— Deixe isso para lá — disse Rumfoord. — Vocês, meus caros, devem subir a bordo imediatamente, fechar a câmara de descompressão e apertar o botão *ligar*. Vão alcançá-los em um segundo. Tudo é completamente automatizado.

Anc e Boaz subiram a bordo.

Rumfoord manteve aberta a porta exterior da câmara de descompressão.

— Boaz — disse —, aquele botão vermelho na coluna do centro... Aquele é o botão *ligar*.

— Eu sei — disse Boaz.

— Anc... — chamou Rumfoord.

— Sim? — perguntou Anc, com o olhar vazio.

— Sabe a história que lhe contei... a história de amor? Faltou contar uma coisa.

— É mesmo? — disse Anc.

— Sabe a mulher dessa história de amor... A mulher que teve o filho daquele homem? — perguntou Rumfoord. — A mulher que era a única poetisa de Marte?

— O que tem ela? — quis saber Anc. Ele não dava a mínima para essa mulher. Não percebera que a mulher da história de Rumfoord era Bee, sua própria mulher.

— Antes de ir a Marte, ela tinha sido casada por muitos anos — disse Rumfoord. — Mas, quando o espertalhão do tenente-coronel a possuiu na espaçonave a caminho de Marte, ela ainda era virgem.

Winston Niles Rumfoord piscou para Anc antes de fechar a porta da câmara de descompressão.

— Ela pregou uma boa peça no marido, não é mesmo, Anc? — disse ele.

7

Vitória

"Não há motivo para que o bem não triunfe tanto quanto o mal. O triunfo de qualquer um dos lados é uma questão de organização. Se existirem mesmo anjos, espero que sejam organizados como a máfia."

— Winston Niles Rumfoord

Alguém disse que a civilização terráquea, até então, havia feito 10 mil guerras, mas apenas três comentários inteligentes sobre a guerra — os de Tucídides, Júlio César e Winston Niles Rumfoord.

Winston Niles Rumfoord escolheu tão bem as 75 mil palavras do seu *História concisa de Marte* que não sobrou nada a ser dito, ou melhor dito, sobre a guerra entre a Terra e Marte. Qualquer pessoa que fosse obrigada, no curso da história, a descrever a guerra entre a Terra e Marte se sentiria humilhada ao perceber que a história já havia sido narrada à perfeição por Winston Niles Rumfoord.

Normalmente os historiadores derrotados descrevem a guerra do jeito mais simples, insípido e telegráfico, e recomendam ao leitor que comece a ler imediatamente a obra-prima de Rumfoord.

A descrição que eles fazem geralmente é assim:

> *A guerra entre Marte e a Terra durou 67 dias terráqueos.*
>
> Todas as nações da Terra foram atacadas.
>
> As baixas da Terra foram de 461 mortos, 223 feridos e 216 desaparecidos. Ninguém foi capturado.
>
> As baixas de Marte foram de 149 315 mortos, 446 feridos e 46 634 desaparecidos. Onze foram capturados.
>
> Ao fim da guerra, não havia um marciano que não estivesse morto, ferido, desaparecido ou capturado.
>
> Não sobrou uma só alma em Marte. Não sobrou um só edifício em Marte.
>
> As últimas levas de marcianos a atacar a Terra eram — para horror dos terráqueos, que dispararam facilmente contra eles por serem alvos fáceis — compostas de velhos, mulheres e algumas crianças.

Os marcianos chegaram nos mais modernos e tecnológicos veículos já concebidos no Sistema Solar. E as tropas marcianas, controladas por seus comandantes de verdade, por meio de suas antenas, lutaram com tanta vontade, perseverança e abnegação que conquistaram a relutante admiração dos inimigos.

Aconteceu bastante, porém, de as tropas perderem seus comandantes de verdade, fosse em ar ou em terra. Nessa situação, elas ficavam imediatamente letárgicas.

O maior problema, porém, é que as tropas eram tão bem armadas quanto uma delegacia de cidade grande. Elas lutaram com armas de fogo, granadas, facas, morteiros e pequenos lançadores de foguetes. Não tinham armas nucleares, tanques de guerra, artilharia média ou pesada, cobertura aérea ou um transporte adequado assim que pisavam em terra.

Além disso, não tinham controle quanto ao local de pouso de suas naves. Estas eram controladas por pilotos navegadores totalmente automáticos que haviam sido instalados por técnicos de Marte com o intuito de pousarem em pontos específicos da Terra, independentemente de quão terrível fosse a situação militar nesse local.

Os únicos controles disponíveis para os que estavam a bordo eram dois botões na coluna central da cabine — um com a palavra *ligar* e outro com a palavra *desligar*. O botão *ligar* simplesmente fazia a nave sair de Marte. O *desligar* não estava conectado a nada, só tinha sido instalado devido à insistência dos especialistas em saúde mental de Marte, segundo os quais os seres humanos sempre ficavam mais felizes com máquinas que pudessem desligar.

A guerra entre a Terra e Marte começou quando quinhentos marcianos dos Comandos Imperiais tomaram posse da Lua terráquea no dia 23 de abril. Não houve qualquer oposição. Os únicos terráqueos presentes na Lua nesse momento eram 18 americanos do Observatório Jefferson, 53 russos do Observatório Lênin e 4 geólogos dinamarqueses à solta no Mare Imbrium.

Os marcianos anunciaram a presença aos terráqueos por rádio, exigindo que a Terra se rendesse. E deram à Terra o que chamavam de "um gostinho do inferno".

Esse gostinho, para considerável diversão da Terra, revelou-se uma chuva bem leve de foguetes com 9 kg de dinamite cada um.

Depois de darem à Terra tal gostinho do inferno, os marcianos disseram que não havia esperança para os habitantes dela.

A Terra, porém, pensava de outra forma.

Nas 24 horas seguintes, ela disparou 617 dispositivos termonucleares em direção à cabeça de ponte marciana na Lua. Desses dispositivos, 276 acertaram o alvo. Tais acertos não apenas vaporizaram a cabeça de ponte — eles deixaram a Lua imprópria para ocupação humana por no mínimo 10 milhões de anos.

E, no afã da guerra, um desses disparos enfurecidos errou a Lua e acertou uma formação de espaçonaves a caminho, que trazia 15 671 soldados do Comando Imperial de Marte. Isso deu um jeito em todos os soldados existentes do Comando Imperial de Marte.

Eles usavam joelheiras com pregos e uniformes negros reluzentes, e traziam escondidas nas botas facas serrilhadas de 35 centímetros. Sua insígnia eram ossos cruzados embaixo de uma caveira.

Seu lema era *Per aspera ad astra*, o mesmo do estado do Kansas, EUA, Terra, Sistema Solar, Via Láctea.

Houve então uma calmaria de 32 dias, o tempo necessário para que a principal força de ataque marciana cruzasse o vácuo entre os dois planetas. Essa força aniquiladora consistia em 81 932 tropas posicionadas em 2 311 naves. Todas as unidades militares, com exceção dos Comandos Imperiais de Marte, estavam lá representadas. A Terra foi poupada do suspense de saber quando essa terrível armada chegaria. Os radiodifusores de Marte na Lua, antes de serem vaporizados, haviam prometido a chegada dessa força irresistível em 32 dias.

Em 32 dias, 4 horas e 15 minutos, a Armada de Marte voou em direção a uma barreira termonuclear controlada por radar. A estimativa oficial do número de mísseis termonucleares de defesa antiaérea disparados contra a armada marciana foi de 2 542 670. O número verdadeiro de mísseis disparados é de pouca importância quando se pode expressar o poder da barreira de outra forma, ao mesmo tempo poética e verossímil:

a barreira fez com que o céu da Terra se transformasse de um azul--celeste a um alaranjado digno das labaredas do inferno. Os céus ficaram com esse tom queimado de alaranjado por um ano e meio.

Da poderosa armada marciana apenas 761 naves trazendo 26 635 tropas sobreviveram à barreira e pousaram na Terra.

Se todas as naves tivessem pousado em um único ponto, talvez houvesse uma chance. Mas os pilotos navegadores eletrônicos das naves tinham outra percepção. Eles espalharam o restante da armada por toda a superfície da Terra. Esquadrões, pelotões e companhias emergiram das naves em vários lugares distintos, exigindo a rendição de nações com milhões de habitantes.

Um único homem, com severas queimaduras, chamado Krishna Garu atacou a Índia inteira com uma espingarda de cano duplo. Apesar de não haver ninguém para controlá-lo por rádio, ele não se rendeu até sua arma explodir sozinha.

O único sucesso militar marciano foi a captura de um mercado de carne em Basileia, na Suíça, por dezessete Fuzileiros Paraquedistas.

Nos outros lugares, os marcianos foram prontamente massacrados, antes mesmo de pisarem o chão.

Os massacres foram cometidos tanto por amadores quanto por profissionais. Na Batalha de Boca Ratón, na Flórida, EUA, por exemplo, a sra. Lyman R. Peterson atirou em quatro membros da Infantaria de Assalto de Marte com o rifle calibre 22 do seu filho. Ela mirou neles enquanto os homens desciam da espaçonave, que pousara no quintal dela.

Ela recebeu a Medalha de Honra do Congresso postumamente.

Por acaso, os marcianos que haviam atacado Boca Ratón eram os remanescentes da companhia de Anc e Boaz. Sem Boaz, o comandante de verdade, para controlá-los por rádio, eles lutaram com total indiferença.

Quando as tropas americanas chegaram em Boca Ratón para lutar com os marcianos, não sobrara ninguém com quem lutar. Os civis, exaltados e orgulhosos, haviam lidado maravilhosamente bem com a situação. Vinte e três marcianos foram enforcados em postes de iluminação no distrito comercial, onze foram fuzilados e um, o sargento Brackman, foi gravemente ferido e encerrado na cadeia.

A força de ataque contara com 35 homens, no total.

— Mandem mais marcianos — disse Ross L. McSwann, o prefeito de Boca Ratón.

Mais tarde, ele se tornou senador dos Estados Unidos.

Por toda a parte, só se viam marcianos mortos, mortos e mortos. Os únicos marcianos que restaram na face da Terra, ainda livres e inteiros, foram os Fuzileiros Paraquedistas que farreavam e enchiam a cara no mercado de carnes em Basileia, Suíça. Disseram-lhes por meio de alto-falantes que a situação era irremediável, que havia bombardeiros sobrevoando o mercado, que todas as ruas estavam bloqueadas por tanques e pela infantaria de elite, e que cinquenta peças de artilharia estavam apontadas para o mercado de carnes. Ordenaram-lhes que saíssem com as mãos ao alto ou iriam explodir e reduzir a pó o mercado de carnes.

— Até parece! — gritou o comandante de verdade dos Fuzileiros Paraquedistas.

Então houve outra calmaria.

Uma única nave de reconhecimento, longe dali, voando no espaço, anunciou à Terra por transmissão de rádio que outro ataque estava a caminho. Seria um ataque terrível, jamais visto nos anais da guerra.

A Terra gargalhou e ficou esperando. Por toda parte do globo, se ouvia o alegre estampido dos amadores que se familiarizavam com pequenas armas.

Um estoque novinho em folha de dispositivos termonucleares foi enviado às plataformas de lançamento, e nove imensos foguetes foram disparados em direção à Marte. Um atingiu Marte e varreu da face do planeta a cidade de Phoebe e o campo de armas. Dois outros entraram em um infundíbulo cronossinclástico e desapareceram. O resto ficou vagando pelo espaço.

Ninguém se importava se Marte tinha sido atingido.

Não havia mais ninguém lá — não havia uma só alma.

Os últimos marcianos estavam a caminho em três ondas.

Na primeira onda, vieram os reservistas do exército, os últimos que sobraram das tropas treinadas: 26 119 soldados em 721 naves.

Metade de um dia terráqueo depois, vieram 86 912 civis do sexo masculino, recentemente armados, a bordo de 1 738 naves. Não vestiam uniformes, só haviam disparado os fuzis uma vez e não tinham sido treinados no uso de qualquer tipo de arma.

Metade de um dia terráqueo depois, atrás desses discrepantes e desventurados soldados, veio mais uma leva de 1 391 mulheres desarmadas e 52 crianças, instaladas em 46 naves.

E isso foi tudo que sobrara do povo e da frota de Marte.

O cérebro por trás do suicídio em massa de Marte era Winston Niles Rumfoord.

O suicídio elaborado do planeta havia sido financiado por ganhos de capital em investimentos em terras, títulos, peças da Broadway e invenções. Já que Rumfoord podia ver o futuro, fazer o dinheiro render foi facílimo para ele.

A riqueza de Marte era mantida em bancos na Suíça, em contas identificadas apenas por códigos numéricos.

O homem que gerenciava os investimentos marcianos dirigia o Programa de Aquisição de Marte e o Serviço Secreto de Marte na Terra, o homem que recebia ordens diretamente de Rumfoord era Earl Moncrief, o velho mordomo de Rumfoord. Moncrief, recebendo essa oportunidade quase no fim da sua vida útil, provou-se um eficiente, implacável e até mesmo brilhante primeiro-ministro de Assuntos Terráqueos.

Mesmo assim, o semblante do antigo mordomo permanecera inalterado.

Moncrief morreu de velhice em sua cama na ala dos criados da mansão Rumfoord duas semanas após o fim da guerra.

O principal responsável pelos triunfos tecnológicos do suicídio em massa de Marte era Salo, o amigo de Rumfoord em Titã. Salo era um mensageiro de Tralfamadore, um planeta situado na Pequena Nuvem de Magalhães. Salo possuía o conhecimento tecnológico de uma civilização com milhões de anos terráqueos de idade. A espaçonave dele estava quebrada — contudo, mesmo estropiada, ela era de longe a nave espacial mais esplêndida que o Sistema Solar já vira. Sua nave estropiada e nada luxuosa era o protótipo de todas as naves de Marte. Mesmo não sendo o melhor dos engenheiros, Salo pelo menos fora capaz de medir as partes da nave e esboçar projetos para os marcianos.

O mais importante de tudo: Salo tinha em seu poder uma determinada quantidade da fonte de energia mais poderosa já conhecida, a VUET —Vontade Universal Em Transformação. Ele doou generosamente metade do seu suprimento de VUET para o suicídio de Marte.

. . .

Earl Moncrief, o mordomo, instituiu suas organizações financeiras, aquisições e o Serviço Secreto com o poder bestial do dinheiro e um profundo conhecimento das pessoas astutas, maliciosas e descontentes que viviam por trás de máscaras servis.

Esse tipo de pessoa recebia de bom grado o dinheiro de Marte e acatava as ordens do planeta. Elas não faziam perguntas. Estavam gratas pela oportunidade de trabalhar como cupins nas vigas da ordem vigente.

Essas pessoas vinham de todas as camadas sociais.

Os projetos modificados da nave de Salo foram desmembrados até virarem projetos de componentes. Estes foram levados pelos agentes de Moncrief a fabricantes de vários lugares do mundo.

Os fabricantes não tinham a menor ideia da funcionalidade desses componentes. Eles só sabiam que os lucros de fabricá-los seriam muito bons.

As primeiras mil naves das frotas marcianas haviam sido armazenadas pelos agentes de Moncrief em depósitos secretos na própria Terra.

Essas naves estavam abastecidas com o VUET que Rumfoord dera a Moncrief em Newport. Elas foram colocadas para funcionar imediatamente, transportando as primeiras máquinas e os primeiros recrutas para a planície ferrosa de Marte, onde nasceria a cidade de Phoebe.

Quando Phoebe nasceu, todos os aparelhos foram abastecidos com o VUET de Salo.

A intenção de Rumfoord era que Marte perdesse a guerra — que perdesse a guerra de uma forma estúpida e horrível. Como alguém que via o futuro, Rumfoord tinha certeza de que isso aconteceria — e sentia-se satisfeito.

Ele desejava mudar o mundo para melhor por meio do grandioso e inesquecível suicídio de Marte.

Em seu *História concisa de Marte*, ele diz: "Todo homem que almeja mudar o mundo de forma significativa deve possuir: boa capacidade de dramatização, alegre disposição em derramar sangue alheio e nova e plausível religião para introduzir durante o breve período de arrependimento e horror que geralmente se segue ao banho de sangue."

"Todas as falhas na liderança terráquea foram causadas por líderes", diz Rumfoord, "que careciam de pelo menos uma dessas três características."

"Basta de lideranças malogradas, é por causa delas que milhões de pessoas morrem gratuitamente!", diz Rumfoord. "Que tenhamos, só para variar, um pequeno número de pessoas, lideradas de forma magnífica, prontas para morrer por um grande ideal."

Em Marte, Rumfoord havia conhecido esse pequeno número de pessoas lideradas de forma magnífica — e ele era o seu líder.

Ele tinha uma boa capacidade de dramatização.

Ele tinha uma alegre disposição em derramar sangue alheio.

Ele tinha uma nova e plausível religião para introduzir ao fim da guerra.

E também tinha métodos de prolongar o período de arrependimento e horror que se seguiria à guerra. Esses métodos constituíam em variações do mesmo tema, que era o seguinte: a gloriosa vitória da Terra sobre Marte fora um vergonhoso massacre de homens desarmados, praticamente santos, que tinham iniciado uma guerra perdida contra a Terra a fim de unir os povos desse planeta em uma monolítica Irmandade dos Homens.

. . .

A mulher chamada Bee e o filho, Crono, estavam na última onda de naves marcianas rumo à Terra. Na verdade, a onda parecia mais uma pequena ondulação, já que era formada por apenas 46 naves.

O resto da frota já tinha seguido seu caminho, rumo à destruição.

Essa última onda, ou ondulação, fora detectada pela Terra, que, no entanto, não disparou dispositivos termonucleares contra ela. Não havia sobrado nenhum dispositivo termonuclear.

Todos tinham sido usados.

Dessa forma, a ondulação chegou ilesa. As naves se espalharam pela face da Terra.

As poucas pessoas que tiveram a sorte de encontrar marcianos em quem atirar nessa última onda mandaram brasa alegremente — mandaram brasa até descobrir que seus alvos eram, na verdade, mulheres e crianças desarmadas.

A gloriosa guerra tinha acabado.

A vergonha, como Rumfoord havia planejado, começou a entrar em ação.

A nave que trazia Bee, Crono e 22 outras mulheres não foi recebida a tiros quando aterrissou. Ela não havia pousado numa área civilizada; chocou-se contra a floresta amazônica, no Brasil.

Apenas Bee e Crono sobreviveram.

Quando Crono saiu da nave, beijou o talismã da sorte.

Anc e Boaz também não foram recebidos a tiros.

Uma coisa muito peculiar aconteceu com eles depois que pressionaram o botão *ligar* e decolaram de Marte. Ambos esperavam alcançar sua companhia, mas nunca chegaram lá.

Eles nunca mais viram outra espaçonave.

A explicação era simples, embora não houvesse ninguém por perto para dá-la: Anc e Boaz não deveriam ir para a Terra — pelo menos não tão cedo.

Rumfoord havia programado o piloto navegador para que a nave levasse Anc e Boaz primeiro ao planeta Mercúrio — e depois de Mercúrio para a Terra.

Rumfoord não queria que Anc morresse na guerra.

Rumfoord queria que Anc ficasse em algum lugar seguro por uns dois anos.

E, depois, Rumfoord queria que Anc aparecesse na Terra como uma espécie de milagre.

Rumfoord queria preservar Anc para a parte mais importante do espetáculo que desejava encenar para sua nova religião.

Anc e Boaz se sentiam muito solitários e confusos no espaço. Não havia muito para ver ou fazer.

— Caramba, Anc... — disse Boaz. — Onde será que foi parar a turma toda?

Naquele exato momento, a maior parte da turma estava sendo enforcada em postes de iluminação do distrito comercial de Boca Ratón.

O piloto navegador automático de Anc e Boaz, controlando as luzes da cabine, entre outras coisas, criou um ciclo terráqueo artificial de noites e dias, noites e dias, noites e dias.

As únicas coisas que havia para ler a bordo eram as revistas em quadrinhos que as pessoas que montaram a nave deixaram para trás. As revistas eram: *Frajola e Piu-Piu*, sobre um canário que deixava um gato maluco, e *Os Miseráveis*, sobre um homem que roubara uns candelabros de ouro de um padre que havia sido legal com ele.

— Por que ele pegou aqueles candelabros, Anc? — perguntou Boaz.

— Não sei e não quero saber — respondeu Anc. — Não dou a mínima.

O piloto navegador acabara de desligar as luzes da cabine, acabara de decretar que era noite lá dentro.

— Você não dá a mínima para nada, não é mesmo? — disse Boaz, no escuro.

— Isso mesmo — confirmou Anc. — Inclusive não dou a mínima para essa coisa que você traz no bolso.

— O que tem no meu bolso? — quis saber Boaz.

— Uma coisa que serve para machucar as pessoas — respondeu Anc. — Uma coisa que manda as pessoas fazerem o que você quiser que elas façam.

Anc ouviu Boaz resmungar, depois suspirar de leve, lá no escuro. Então soube que Boaz havia apertado o botão daquela coisa em seu bolso, um botão que deveria nocautear Anc e deixá-lo inconsciente.

Anc, porém, não emitiu um som.

— Anc?... — perguntou Boaz.

— Sim? — disse Anc.

— Ainda está aí, parceiro? — perguntou Boaz, espantado.

— E para onde eu iria? — retrucou Anc. — Acha que me vaporizou?

— Você está bem, parceiro? — quis saber Boaz.

— Por que eu não estaria, parceiro? — perguntou Anc. — Ontem à noite, enquanto você dormia, parceiro, eu tirei essa coisa idiota do seu bolso, parceiro, e a desmontei, parceiro, cortei todos os fios que tinha lá dentro, parceiro, e enchi essa coisa de papel higiênico. E agora estou sentado no meu beliche, parceiro, com meu fuzil carregado, parceiro, e ele está apontado na sua direção, parceiro. Sendo assim, por que que diabos você acha que pode fazer alguma coisa a respeito?

Rumfoord materializou-se na Terra, em Newport, duas vezes durante a guerra entre Terra e Marte — uma vez logo depois de a guerra começar e outra no dia em que ela terminou. Naquela época, ele e o cachorro não tinham nenhuma importância significativa. Eram uma mera atração turística.

A propriedade dos Rumfoord havia sido alugada pelos titulares da hipoteca a um homem chamado Marlin T. Lapp, empresário do ramo do entretenimento. Os ingressos que Lapp vendia para as materializações custavam 1 dólar por cabeça.

Exceto pelo aparecimento e desaparecimento de Rumfoord e seu cachorro, as materializações não eram lá um entretenimento muito bom. Rumfoord não falava com ninguém, a não ser com Moncrief, o mordomo, e mesmo assim eles conversavam aos sussurros. Rumfoord ficava recostado, com um ar meditativo, na *bergère* que havia no quarto embaixo da escada em espiral, o Museu do Skip. Com uma mão, cobria os olhos, e, com a outra, segurava a coleira de Kazak.

Rumfoord e Kazak eram tratados como fantasmas.

Havia um andaime do lado de fora da janela do pequeno aposento, e a porta para o corredor tinha sido removida. Duas filas de turistas podiam passar e dar uma olhada no homem e no cachorro que haviam sido infundibulados cronossinclasticamente.

— Acho que hoje ele não está a fim de conversar, pessoal — Marlin T. Lapp dizia. — Vocês devem compreender que ele tem muito o que pensar. Não é só aqui que ele está, pessoal. Ele e o cachorro estão espalhados por toda a parte, do Sol a Betelgeuse.

Até o último dia de guerra, toda a ação e o fundo sonoro haviam sido fornecidos por Marlin T. Lapp.

— Acho que é maravilhoso todos vocês, num dia tão importante da história do mundo, virem assistir a essa grande exibição cultural, educativa e científica — Lapp disse no último dia da guerra. — Se este fantasma falasse — continuou —, ele contaria as maravilhas do passado e do futuro, bem como detalhes do universo que sequer imaginamos. Só espero que alguns de vocês tenham a sorte de estar aqui quando ele decidir que é hora de revelar tudo o que sabe.

— Está na hora de revelar tudo que sei — disse Rumfoord, dramatizando. — Já passou da hora. A guerra que terminou hoje tão gloriosamente só foi gloriosa para os santos que a perderam. Esses santos eram terráqueos como vocês. Eles foram a Marte, planejaram seu ataque infrutífero e morreram de bom grado para que os terráqueos pudessem, finalmente, se tornar um só povo: um povo feliz, fraterno e orgulhoso.

"Quando morreram, não desejavam alcançar o paraíso para si mesmos, e sim implantar permanentemente a Irmandade dos Homens na Terra.

"Com essa finalidade, para cumprir esse desejo devoto, lhes trago a palavra de uma nova religião, que deve ser recebida com entusiasmo em cada parte da Terra, em cada coração terráqueo.

"As fronteiras nacionais vão desaparecer.

"A sede de guerra vai morrer.

"Toda a inveja, o medo e o ódio vão acabar.

"O nome da nova religião é Igreja do Deus Totalmente Indiferente.

"A bandeira dessa religião será azul e dourada. As seguintes palavras devem ser gravadas na bandeira, com letras douradas num campo azul: *Cuidarás do povo, e Deus Todo-Poderoso Cuidará de Si Mesmo.*

"Os dois principais ensinamentos dessa religião são os seguintes: 'Punir os homens não tem serventia alguma a Deus Todo-Poderoso, nem é do agrado Dele, e a sorte não está nas mãos de Deus'.

"Por que vocês deveriam acreditar nessa religião e não em outra? Vocês devem acreditar porque eu, como líder dessa religião, posso operar milagres, algo que nenhum outro líder religioso pode fazer. Quais milagres posso operar? O milagre do vaticínio com absoluta exatidão, dizer o que o futuro trará."

E então Rumfoord previu cinquenta acontecimentos futuros com grandes detalhes.

Essas previsões foram cuidadosamente gravadas por aqueles presentes.

É desnecessário dizer que todas aconteceram — aconteceram de verdade, nos mínimos detalhes.

— Os ensinamentos dessa religião podem parecer bastante sutis e confusos no começo — continuou Rumfoord —, mas com o passar do tempo vão achá-los belos e compreensíveis.

"Como no momento esse começo parece bastante confuso, devo lhes contar uma parábola:

"Muito tempo atrás, a sorte fez um bebê chamado Malachi Constant nascer como a criança mais rica da Terra. No mesmo dia, a sorte fez com que uma vovozinha cega resolvesse descer de *skate* uma escada de cimento, fez com que o cavalo de um policial pisoteasse o macaco de um tocador de realejo, fez com que um assaltante em liberdade condicional encontrasse um selo que valia 9 mil dólares no fundo de um baú esquecido no sótão. Eu pergunto a vocês: a sorte está nas mãos de Deus?"

Rumfoord ergueu um dedo indicador tão transparente quanto uma xícara de porcelana Limoges.

— Na minha próxima visita, meus amigos crentes — continuou —, devo lhes contar uma parábola sobre pessoas que baseiam os atos na própria interpretação da vontade de Deus Todo-Poderoso. Enquanto isso, seria ótimo se vocês lessem, como base para a próxima parábola, tudo que conseguirem encontrar sobre a Inquisição espanhola.

"Na próxima vez que eu vier, devo lhes trazer uma Bíblia revisada. Isso é necessário para que ela faça sentido em tempos modernos. E devo lhes trazer também uma história concisa de Marte, a verdadeira história dos santos que morreram a fim de que o mundo se unisse e formasse a Irmandade dos Homens. Essa história vai partir o coração de todo ser humano com um coração que possa ser partido."

Então, Rumfoord e o cachorro se desmaterializaram abruptamente.

Na espaçonave que havia decolado de Marte e rumava a Mercúrio, na espaçonave que levava Anc e Boaz, o piloto navegador automático decretava já ser dia na cabine de novo.

Era a madrugada que se seguiu à noite em que Anc contou a Boaz que a coisa em seu bolso não podia mais machucar ninguém.

Anc estava dormindo sentado em seu beliche. O fuzil Mauser, carregado e apontado, jazia em seus joelhos.

No momento, Boaz não dormia. Estava deitado na cabine, no beliche em frente ao de Anc. O homem não tinha nem piscado. Ele poderia, se quisesse, desarmar e matar Anc facilmente, mas tinha decidido que precisava muito mais de um parceiro do que de uma forma de obrigar as pessoas a fazer exatamente o que ele queria. De qualquer maneira, durante a noite, havia ficado muito reticente sobre o que queria que as pessoas fizessem.

Não ficar sozinho, não ter medo — Boaz decidira que aquilo era o importante da vida. Um parceiro de verdade podia ser mais útil que qualquer coisa.

A cabine se encheu de um som estranho, farfalhante, um som de tosse. Era uma risada. A risada de Boaz. O que a tornava tão estranha era que Boaz nunca havia rido daquele jeito antes — nunca tinha rido das coisas de que ria agora.

Ele estava rindo da cruel trapalhada em que se metera — da forma como havia fingido durante toda a vida no exército, fingido que entendia tudo que estava acontecendo, que tudo ia ficar bem. Ria de quão idiota fora em se deixar usar — sabe Deus por quem, sabe Deus por quê.

— Santo Deus, parceiro — ele disse em voz alta —, o que estamos fazendo aqui no espaço? O que estamos fazendo com estas roupas? Quem está dirigindo esta nave idiota? Como é que subimos nesta lata velha? Como vamos atirar em alguém quando chegarmos ao nosso destino? E o que vamos fazer se ele tentar atirar na gente? O que vamos fazer? — perguntou Boaz. — Parceiro, quer me dizer o que vamos fazer?

Anc acordou, girou o cano da Mauser nos joelhos e apontou para Boaz.

O homem continuou rindo. Então tirou o controle remoto do bolso e o jogou no chão.

— Não quero isso, parceiro — ele disse. — Não tem problema se você cortou os fios de dentro. Não quero isso. Não quero *nada* dessa merda! — gritou.

8

Em uma boate de Hollywood

"Harmônio é a única forma de vida conhecida do planeta Mercúrio. O harmônio mora em cavernas. É difícil imaginar uma criatura mais graciosa."

— *Enciclopédia infantil de maravilhas e atividades para fazer*

O planeta Mercúrio canta como uma taça de cristal. Canta o tempo todo.

Um lado de Mercúrio está voltado para o Sol. Esse lado sempre ficou de frente para o Sol. Esse lado é um mar de poeira branca incandescente.

O outro lado está voltado para o nada do espaço eterno. Esse lado sempre ficou de frente para o nada do espaço eterno. Esse lado é uma floresta gigantesca de cristais branco-azulados, tão gelada que chega a doer.

É a tensão entre o hemisfério quente de dias sem fim e o hemisfério frio de noites sem fim que faz Mercúrio cantar.

Esse planeta não tem atmosfera, logo, a canção que canta é para o sentido do tato.

A canção é uma música lenta. Mercúrio pode segurar uma única nota da canção pelo correspondente a um milênio terráqueo. Há quem pense que a canção já foi rápida, selvagem e brilhante — dolorosamente variada. É possível que tenha sido.

Há criaturas nas profundas cavernas de Mercúrio.

A canção que o planeta canta é importante para elas, pois se alimentam de vibrações. Elas se alimentam de energia mecânica.

As criaturas vivem grudadas nas paredes cantoras de suas cavernas.

Dessa maneira, comem as canções de Mercúrio.

As cavernas de Mercúrio são quentinhas e aconchegantes em suas profundezas. As paredes das cavernas em suas profundezas são fosforescentes. Elas desprendem uma luz amarela, da cor dos junquilhos.

As criaturas nas cavernas são translúcidas. Quando se agarram às paredes, a luz fosforescente das paredes passa através delas. A luz amarela das paredes, porém, quando passa pelos corpos das criaturas, se transforma em um vívido verde-azulado.

A natureza é maravilhosa.

As criaturas nas cavernas se parecem muito com pequenas pipas invertebradas. Têm formato de diamante, 30 centímetros de altura e 20 de largura quando plenamente adultas. São tão grossas quanto a pele de um balão inflado.

Cada criatura possui quatro delicadas ventosas — uma para cada extremidade do corpo — que lhes permitem rastejar, mais ou menos da mesma forma que uma lagarta, além de grudar e sentir os lugares onde as canções de Mercúrio são melhores.

Depois de encontrar um lugar que prometa uma boa refeição, as criaturas grudam na parede como papel de parede molhado.

Não precisam de um sistema circulatório, pois são tão finas que as vibrações revigorantes fazem todas as suas células se agitarem sem intermediários.

As criaturas não evacuam. Além disso, se reproduzem por descamação. As jovens, quando descamadas de um parente, são indistinguíveis de um floco de caspa.

Elas têm um só sexo.

Cada criatura simplesmente descama flocos, que constituem sua família, e essa família é igualzinha às outras.

Também não há infância. Os flocos se soltam três horas terráqueas depois de começar o processo de descamação.

As criaturas não chegam à velhice, então se deterioram e morrem; em vez disso, alcançam a maturidade e permanecem em pleno viço, por assim dizer, enquanto Mercúrio continuar cantando.

Não há nenhuma forma de uma criatura machucar a outra, e nenhum motivo para isso.

Fome, inveja, ambição, medo, indignação, religião e desejo sexual são aspectos irrelevantes e desconhecidos para elas.

As criaturas possuem apenas um sentido: tato.

Têm uma capacidade telepática muito fraca. As mensagens que transmitem e recebem são quase tão monótonas quanto a canção de Mercúrio. Há apenas duas possíveis mensagens para transmitir.

A primeira é uma resposta automática à segunda, e a segunda é uma resposta automática à primeira.

A primeira é: "Estou aqui, estou aqui, estou aqui".

A segunda é: "Que bom, que bom, que bom".

Há somente uma última característica das criaturas não explicada com base utilitária: elas parecem gostar de se organizar em padrões admiráveis nas paredes fosforescentes.

Apesar de completamente cegas e indiferentes à opinião de um observador, sempre se organizam de forma a apresentar um padrão harmonioso e deslumbrante de diamantes amarelos, da cor de junquilhos, e de um vívido verde-azulado. O amarelo vem das paredes nuas das cavernas. O verde-azulado é a luz das paredes filtrada através dos corpos das criaturas.

Por causa do amor pela música e da disposição em se mobilizarem a serviço da beleza, os terráqueos inventaram um encantador nome para essas criaturas.

Eles as chamaram de harmônios.

Anc e Boaz acabaram aterrissando no lado escuro de Mercúrio, 79 dias terráqueos depois de deixarem Marte. Eles não sabiam que o planeta onde pousavam era Mercúrio.

Acharam que o Sol estava assustadoramente grande...

Isso, no entanto, não os impediu de pensar que estavam aterrissando na Terra.

Eles haviam apagado durante o período de acentuada desaceleração. Agora recobravam a consciência — eram servidos com uma cruel e adorável ilusão.

Pareceu a Anc e a Boaz que a nave pousava lentamente entre arranha-céus sobre os quais brilhavam holofotes.

— Eles não estão atirando — disse Boaz. — Ou a guerra acabou ou ainda nem começou.

Os alegres fachos de luz que viram não eram de holofotes, eles vinham de enormes cristais na fronteira entre os hemisférios de luz e as trevas de Mercúrio. Esses cristais capturavam raios do sol, os dobravam prismaticamente e depois os jogavam no lado escuro. Outros cristais no lado escuro capturavam os fachos de luz e os passavam adiante.

Era fácil acreditar que os holofotes vinham de uma civilização realmente sofisticada. Era fácil confundir a densa floresta de gigantescos cristais branco-azulados com estupendos e magníficos arranha-céus.

Anc, olhando pela janelinha redonda da nave, chorava em silêncio. Ele chorava pelo amor, pela família, pela amizade, pela verdade, pela civilização. As coisas pelas quais chorava eram abstrações. Sua memória podia fornecer poucos rostos ou artefatos para que sua imaginação encenasse uma Paixão de Cristo. Nomes se agitavam em sua mente, como chocalhos de ossos secos. *Stony Stevenson, um amigo... Bee, uma mulher... Crono, um filho... Anc, um pai...*

O nome Malachi Constant surgiu em sua mente, mas Anc não soube o que fazer com ele.

Então caiu num devaneio confuso, sentiu um respeito confuso pelo esplêndido povo e pelas esplêndidas pessoas que tinham construído os majestosos edifícios que os holofotes iluminavam. Lá, certamente famílias sem rostos, amigos sem rostos e esperanças anônimas podiam florescer como...

Anc pensou numa imagem adequada.

Imaginou uma fonte extraordinária, um cone formado por tigelas decrescentes de tamanhos variados. Não servia. A fonte estava completamente seca, tomada pelas ruínas de antigos ninhos de pássaros. A ponta dos dedos de Anc formigaram, como se ele realmente tivesse escalado as tigelas secas.

Essa imagem não servia.

Então imaginou novamente as três garotas lindas que haviam acenado para ele do cano gorduroso do seu fuzil Mauser.

— Cara, todo mundo está dormindo... mas não por muito tempo! — arrulhou Boaz e seus olhos brilharam. — Quando o velho Boaz e o velho Anc chegarem na cidade, todos vão se levantar e ficar acordados por semanas a fio!

A nave era controlada com maestria pelo piloto navegador. O equipamento falava nervosamente sozinho — simulando, sussurrando, estalando, zumbindo. Detectava e evitava perigos na superfície, buscando lá embaixo um local de pouso ideal.

Os projetistas do piloto navegador criaram de propósito uma máquina obcecada por uma só ideia — buscar abrigo para as preciosas tropas e os materiais que supostamente elas traziam. O piloto navegador deveria levar as preciosas tropas e seus materiais até o buraco mais fundo que conseguisse encontrar. Ele presumia que o desembarque seria feito sob fogo cerrado.

Vinte minutos terráqueos depois, o piloto navegador ainda falava sozinho — como sempre, achando bastante assunto para discutir.

E a nave ainda descia e descia velozmente.

Não era mais possível ver os aparentes arranha-céus e os holofotes lá fora. Só havia um negrume avassalador.

Dentro da nave, reinava o silêncio digno de uma escuridão semelhante. Anc e Boaz sentiram o que estava acontecendo com eles. Era algo indizível.

Eles sentiram, corretamente, que eram enterrados vivos.

Subitamente a nave deu uma guinada brusca, lançando Boaz e Anc ao chão.

Essa violência provocou um violento alívio.

— Finalmente em casa! — gritou Boaz. — Bem-vindo de volta!

Então o medonho sentimento de estar em queda livre recomeçou.

Vinte minutos terráqueos depois, a nave ainda descia gradualmente.

Os movimentos bruscos se tornaram mais frequentes.

A fim de se protegerem das guinadas, Boaz e Anc foram para a cama. Então deitaram com o rosto virado para baixo, agarrando com as mãos os suportes de aço dos beliches.

Para completar sua infelicidade, o piloto navegador decretou que era noite na cabine.

Um ruído abafado passou sobre o domo da nave, forçando Anc e Boaz a levantar a cabeça do travesseiro e olhar para a janelinha redonda. Havia uma pálida luz amarela lá fora.

Eles gritaram de alegria e correram até a janelinha. Quando chegaram lá, foram novamente lançados ao chão, depois que a nave se livrou de uma obstrução no caminho e começou a descer de novo.

Um minuto terráqueo depois, ela parou.

Houve um modesto estalo do piloto navegador. Tendo levado sua carga de Marte a Mercúrio em segurança, segundo as instruções, se desligara.

Ele levara a carga ao fundo de uma caverna a 186 quilômetros de profundidade da superfície de Mercúrio. Tinha se enfiado por vários caminhos tortuosos, como um sistema de chaminés, até não conseguir descer mais fundo.

Boaz foi o primeiro a chegar na janelinha, olhar para fora e ver a festiva recepção de diamantes amarelos e verde-azulados dos harmônios nas paredes.

— Anc! — chamou Boaz. — Minha nossa! Não é que essa coisa desceu tudo isso para nos jogar bem no meio de uma boate de Hollywood?

Uma recapitulação das técnicas de respiração Schliemann é indispensável neste ponto, a fim de que o ocorrido a seguir seja plenamente compreendido. Anc e Boaz, na cabine pressurizada, conseguiam oxigênio das bolinhas presentes em seus intestinos delgados. Contudo, vivendo em uma atmosfera sob pressão, não havia necessidade de taparem as narinas e os ouvidos, de manterem a boca hermeticamente fechada. Essa vedação era necessária apenas no vácuo ou em uma atmosfera venenosa.

Boaz achou que fora da nave espacial eles encontrariam a atmosfera benfazeja do seu planeta nativo, a Terra.

Na verdade, não havia nada lá fora a não ser vácuo.

Boaz abriu as portas internas e externas da câmara de descompressão com grande imprudência, prevendo uma atmosfera amigável lá fora.

Foi recompensado com a explosão na atmosfera da pequena cabine, quando ela entrou em contato com o vácuo exterior.

Boaz conseguiu fechar a porta interna, mas não antes que ele e Anc sofressem uma hemorragia no momento em que abriram a boca para gritar de felicidade.

Ambos desmaiaram e o sistema respiratório dos dois começou a sangrar profusamente.

O que os salvou da morte foi o sistema de emergência totalmente automático que respondeu à explosão com outra explosão, fazendo a pressão da cabine voltar ao normal.

— Mamãezinha — disse Boaz, quando acordou. — Caramba, mamãezinha... Nem a pau que isto aqui é a Terra.

Anc e Boaz não entraram em pânico.

Eles restauraram suas forças com comida, descanso, bebida e bolinhas.

Depois taparam as narinas e os ouvidos, fecharam a boca e exploraram a vizinhança da nave. Chegaram à conclusão de que o túmulo em que estavam era fundo, tortuoso, interminável — sem ar, inabitado por qualquer criatura remotamente humana e inabitável para qualquer criatura remotamente humana.

Então notaram a presença dos harmônios, mas não acharam nada de encorajador na presença deles. As criaturas lhes pareceram assustadoras.

Anc e Boaz, na verdade, não acreditavam que tinham ido parar num lugar assim. Não acreditar foi o que os salvou do pânico.

Eles voltaram à nave.

— Ok — disse Boaz, calmamente. — Houve algum erro. Descemos fundo demais e ficamos presos aqui. Temos que subir e chegar até onde estavam aqueles prédios. Vou ser sincero com você, Anc, acho que não estamos na Terra. Houve algum erro, como eu disse, e temos que perguntar ao pessoal daqueles prédios onde estamos.

— Ok — concordou Anc. Então passou a língua pelos lábios.

— Aperte aquele bom e velho botão *ligar* — pediu Boaz — e vamos voar como passarinhos.

— Ok — concordou Anc.

— Quer dizer — observou Boaz —, talvez o pessoal dos prédios lá de cima nem *saiba* que existe essa profundidade toda. Talvez a gente tenha descoberto uma coisa que vai deixá-los maravilhados.

— Certo — disse Anc. Sua alma sentia a pressão de vários quilômetros de rochas acima. E sua alma sentiu a verdadeira natureza do apuro por que passavam. Por todos os lados, de cima a baixo, havia passagens que se ramificavam, ramificavam e ramificavam. E as ramificações se dividiam em bifurcações, e as bifurcações se dividiam em passagens não muito maiores que um poro humano.

A alma de Anc estava certa em sentir que nenhuma passagem, entre as 10 mil que lá estavam, os levaria até a superfície.

A espaçonave, graças a seu brilhantemente concebido mecanismo de detecção, havia encontrado com facilidade o melhor caminho, e assim foi descendo, descendo e descendo, através de uma das poucas formas de seguir esse caminho, que era descendo, descendo e descendo por um dos únicos caminhos com saída.

A alma de Anc, porém, ainda não suspeitava da estupidez congênita do piloto navegador com relação ao sistema de subida da nave. Nunca ocorrera aos projetistas que a nave poderia encontrar problemas na subida, afinal de contas, todas as naves marcianas deveriam levantar voo de um campo desobstruído em Marte e ser abandonadas depois de pousarem na Terra. Consequentemente, quase não havia na espaçonave equipamento de detecção de riscos aéreos.

— Tchau, caverna — disse Boaz.

Casualmente, Anc apertou o botão *ligar*.

Houve um murmúrio do piloto navegador.

Em dez segundos terráqueos, o piloto navegador já estava aquecido.

A nave levantou voo do chão da caverna com facilidade, sussurrando, então encostou na parede, passou raspando por ela e ouviu-se um som de algo sendo rasgado, triturado, como um grito. Em seguida, bateu o domo contra uma saliência acima de si, recuou, bateu o domo de novo, recuou, passou raspando pela saliência, dando uma esfolada nela, e subiu sussurrante novamente. Então veio o som de algo sendo triturado de novo — dessa vez o som veio de todos os lados.

O movimento ascendente cessou.

A nave estava entalada numa rocha sólida.

O piloto navegador choramingava.

Uma nuvem de fumaça de cor mostarda começou a subir por entre as placas do assoalho da cabine.

O piloto navegador parou de choramingar.

A nave estava superaquecida, e superaquecimento era o sinal para que o piloto navegador livrasse a nave dessa bagunça aparentemente irremediável. Foi isso o que ele fez — com estrondo. Membros de aço gemeram. Rebites estalaram e passaram zunindo como tiros de fuzil.

Finalmente a nave estava livre.

O piloto navegador sabia quando havia sido derrotado. Então trouxe a nave de volta para o fundo da caverna, onde ela aterrissou suave como um beijo.

O piloto navegador se desligou.

Anc apertou o botão *ligar* novamente.

De novo a nave deslizou para cima até uma passagem sem saída, de novo recuou, de novo voltou para o chão e se desligou.

O ciclo foi repetido dezenas de vezes, até que se tornou claro que a nave iria apenas bater contra a rocha até cair aos pedaços se continuasse nessa toada. Seu casco já estava seriamente danificado, cheio de rachaduras.

Quando pousou no chão da caverna pela duodécima vez, Anc e Boaz tiveram um colapso. Eles choraram.

— Estamos mortos, Anc! Estamos mortos! — gritou Boaz.

— Nunca estive vivo, pelo que me lembro — disse Anc, destroçado. — Achei que finalmente iria viver um pouco.

Anc foi até uma das janelinhas e olhou para fora com os olhos cheios de lágrimas.

Ele viu que as criaturas que estavam perto da janelinha haviam traçado uma letra T num amarelo pálido perfeito, destacado em verde-azulado.

A criação deste T estava bem dentro dos limites de probabilidade para criaturas desprovidas de cérebros que se espalhavam de forma aleatória. Mas então Anc viu que o T era precedido de um S perfeito. E que o S era precedido de um E perfeito.

Anc virou a cabeça e olhou obliquamente pela janelinha. Esse movimento lhe deu uma perspectiva global e ele viu uma parede com quase 100 metros de largura infestada de harmônios.

Ficou boquiaberto ao ver que os harmônios formavam uma mensagem em letras brilhantes.

Letras em amarelo-pálido destacadas em verde-azulado formaram a seguinte mensagem:

É UM TESTE DE INTELIGÊNCIA!

9

Um enigma desvendado

"No início, tornou-se Deus o Céu e a Terra... E Deus disse: 'Que eu seja luz', e Ele foi luz."

— *Bíblia autorizada e revisada*, de Winston Niles Rumfoord

"Para um delicioso lanche da tarde, experimente rolinhos de tenros harmônios recheados com queijo cottage venusiano."

— *O livro de receitas galácticas*, de Beatrice Rumfoord

"Com relação a suas almas, os mártires de Marte não as perderam quando atacaram a Terra, mas quando foram recrutados para a máquina de guerra marciana."

— *História concisa de Marte*, de Winston Niles Rumfoord

"Encontrei um lugar onde posso fazer o bem sem prejudicar ninguém."

— Boaz, no livro de Sarah Horne Canby *Anc e Boaz nas cavernas de Mercúrio*

O livro mais vendido nos últimos tempos tem sido a *Bíblia autorizada e revisada,* de Winston Niles Rumfoord. Seguindo-o em popularidade está a deliciosa paródia *O livro de receitas galácticas*, de Beatrice Rumfoord. O terceiro mais popular é o *História concisa de Marte*, de Winston Niles Rumfoord. O quarto é um livro infantil, *Anc e Boaz nas cavernas de Mercúrio*, de Sarah Horne Canby.

A simpática análise do sucesso da srta. Canby, feita pelo editor, aparece na sobrecapa: "Que criança não gostaria de ficar à deriva numa espaçonave cheia de hambúrgueres, cachorros--quentes, *ketchup*, material esportivo e soda limonada?".

O dr. Frank Minot, autor do livro *Os harmônios são adultos?*, vê algo de sinistro no amor das crianças pelo livro. "Se ousarmos considerar", ele diz, "quão próximos Anc e Boaz estão da vivência cotidiana das crianças, veremos que Anc e Boaz lidam de forma solene e respeitosa com criaturas que, na verdade, são obscenamente desmotivadas, insensíveis e estúpidas". Minot, ao traçar o paralelo entre os pais humanos e os harmônios, aborda o relacionamento de Anc e Boaz com essas criaturas. Os harmônios haviam soletrado para Anc e Boaz uma nova mensagem de esperança ou uma chacota velada a cada catorze dias terráqueos — por três anos.

As mensagens, é claro, tinham sido escritas por Winston Niles Rumfoord, que se materializava brevemente em Mercúrio em intervalos de catorze dias. Ele mesmo descascava um harmônio aqui e outro acolá, atirava um longe com um peteleco e assim ia formando os blocos de letras.

No conto da srta. Canby, o primeiro indício de que Rumfoord aparece nas cavernas de tempos em tempos ocorre numa cena bem no final — em que Anc encontra as pegadas de um cachorro enorme no chão poeirento.

Se um adulto estiver lendo a história em voz alta para uma criança, é obrigatório, nesse ponto, que pergunte à criança com uma voz bem rouca e engraçada: "Queeeem é esse cachorro, hein? Quem é ele?".

O cachorro é Kazak. O cachorrão grande e malvado de Winston Niles Rumfoord é o cachorro infundibulado cronossinclasticamente que mete medo na gente.

Anc e Boaz ficaram em Mercúrio por três anos terráqueos até Anc encontrar as pegadas de Kazak no chão empoeirado de um corredor nas cavernas. Mercúrio havia realizado doze voltas e meia ao redor do Sol, com Anc e Boaz a bordo.

Anc viu as pegadas no chão de um corredor 10 quilômetros acima da câmara na qual jazia a espaçonave amassada, desfigurada e cercada por pedras. Anc não vivia mais dentro dela, tampouco Boaz. A nave servia apenas como uma base de suprimentos comum, onde Anc e Boaz iam buscar provisões a cada mês terráqueo ou algo assim.

Os dois raramente se encontravam. Eles frequentavam círculos bastante diferentes.

Os círculos a que Boaz ia eram pequenos. Sua morada, fixa e profusamente mobiliada, ficava no mesmo nível da espaçonave, a apenas 400 metros de distância.

Os círculos que Anc frequentava eram amplos e turbulentos. Ele não tinha casa. Viajava a locais onde havia luz e até mais longe, subindo cada vez mais alto até ser obrigado a parar por causa do frio. O frio que interrompia Anc também interrompia os harmônios. Nos níveis superiores, onde Anc costumava vagar, os harmônios eram escassos e raquíticos.

No aconchegante nível inferior, onde Boaz morava, os harmônios eram numerosos e bem desenvolvidos.

Boaz e Anc tinham se separado depois de passarem um ano terráqueo juntos na espaçonave. Naquele primeiro ano, ficou claro para ambos que não iriam sair dali a menos que alguém ou algo viesse tirá-los de lá.

Isso ficou bastante claro ainda que as criaturas nas paredes continuassem soletrando novas mensagens enfatizando a *integridade* do teste ao qual submetiam Anc e Boaz, a facilidade com que poderiam escapar caso se esforçassem um pouco mais, caso pensassem de forma um pouco mais intrincada.

PENSE!, as criaturas diziam.

Anc e Boaz se separaram depois de Anc ficar temporariamente maluco e tentar assassinar Boaz. Este aparecera na espaçonave com um pequeno harmônio idêntico a qualquer outro, e perguntou:

— Ele não é uma gracinha, Anc?

Anc se atirou na garganta de Boaz.

Anc estava nu quando encontrou as pegadas do cão. O uniforme verde-musgo fora reduzido a fiapos, e as botas pretas da Infantaria de Assalto de Marte estavam gastas e empoeiradas pelo contato com as pedras.

As pegadas de cão não empolgaram Anc. A alma dele não foi preenchida com a música da sociabilidade ou a luz da esperança quando viu as pegadas de uma criatura de sangue quente, as pegadas do melhor amigo do homem. E continuou igualmente indiferente mesmo vendo que às pegadas do cachorro se somavam pegadas de sapatos de um homem.

Anc estava em guerra contra aquele meio ambiente. Ele chegou a considerá-lo malévolo e cruelmente mal administrado. Sua resposta era lutar com as únicas armas que tinha em mãos — resistir com passividade e declarar abertamente seu desprezo.

As pegadas pareceram a Anc o movimento de abertura de mais uma peça idiota que o planeta queria lhe pregar. Ele seguiria as pegadas, mas preguiçosamente, sem qualquer empolgação. Iria segui-las apenas por não ter nenhum compromisso naquele momento.

Ele iria segui-las.

Iria ver onde davam.

Anc avançava aos trancos e barrancos, desengonçado. O pobre homem perdera um bocado de peso e cabelo também. Estava envelhecendo rápido. Enxergava com dificuldade e seu esqueleto parecia meio bambo.

Ele nunca se barbeara em Mercúrio. Quando o cabelo e a barba ficavam compridos a ponto de incomodar, ele cortava os tufos de cabelo grosso com uma faca de açougueiro.

Boaz se barbeava diariamente. Cortava o cabelo duas vezes por semana terráquea com um kit de barbeiro que havia na espaçonave.

Boaz, doze anos mais jovem que Anc, nunca se sentira melhor na vida. Ele tinha ganhado peso nas cavernas de Mercúrio — e serenidade também.

A caverna que fazia as vezes de casa para Boaz era mobiliada com uma cama dobrável, uma mesa, duas cadeiras, um saco de boxe, um espelho, alguns halteres, um gravador e uma coleção de fitas com 1 100 composições musicais.

A caverna que fazia as vezes de casa para Boaz tinha até uma porta, uma rocha redonda com a qual ele tapava a boca da caverna. A porta era uma necessidade, já que Boaz era Deus

Todo-Poderoso para os harmônios. As criaturas podiam localizá-lo pelos batimentos cardíacos dele.

Se dormisse com a porta aberta, acordaria soterrado de centenas de milhares dos seus admiradores; só conseguiria se levantar se seu coração parasse de bater.

Boaz, assim como Anc, estava nu. Mas ainda calçava as botas. Suas botas de couro genuíno estavam maravilhosamente conservadas. É verdade que Anc andava muito mais que Boaz — fazia 80 quilômetros para cada quilômetro que Boaz andava, e as botas deste estavam não apenas conservadas, mas como novas.

Boaz lustrava, encerava e polia as botas regularmente.

Ele estava polindo as botas nesse exato momento.

A porta da sua caverna estava bloqueada pela rocha. Havia apenas quatro harmônios, seus favoritos, lá dentro com ele. Dois estavam grudados no seu antebraço. Um, grudado na sua coxa. O quarto, um harmônio ainda imaturo de apenas 7 centímetros, se agarrava a seu pulso esquerdo, se alimentando das pulsações de Boaz.

Quando ele encontrava um harmônio que amava mais do que os outros, fazia o seguinte: deixava a criatura se alimentar do seu pulso.

— Você gosta disso? — perguntava ele mentalmente para o harmônio de sorte. — Não é gostoso?

Boaz nunca se sentira tão bem fisicamente, nunca se sentira tão bem mentalmente, nunca se sentira tão bem espiritualmente. Estava feliz de ter se separado de Anc, pois o outro gostava de distorcer as coisas. Para ele, qualquer um que estivesse feliz era maluco ou idiota.

— O que faz um homem ser *assim*? — Boaz perguntou mentalmente ao pequeno harmônio. — O que ele acha que ganha com isso, em comparação com o que está perdendo? Não me admira que pareça doente.

Boaz balançou a cabeça.

— Fico tentando fazê-lo se interessar por vocês, amiguinhos, e isso só o deixa mais zangado. Ficar zangado nunca ajuda. Não sei o que está acontecendo. E provavelmente eu não seria esperto o bastante para entender se alguém me explicasse. Tudo que sei é que estamos sendo testados de alguma forma por alguém ou algo muito mais esperto que a gente, e tudo que posso fazer é ser simpático, ficar calmo e tentar me divertir até que isso acabe. — Boaz assentiu. — Essa é a minha filosofia, amigos — disse aos harmônios grudados nele. — E, se não estou enganado, também é a de vocês. Acho que é por isso que a gente se deu tão bem logo de cara.

A ponta da bota de couro genuíno de Boaz brilhava intensamente, como um rubi.

— Rapazes... Aaaaaaah, e agora, rapazes, rapazes, rapazes — ele disse para si mesmo, encarando o rubi. Quando ele polia as botas, imaginava ver muitas coisas nas pontas de rubi delas.

Nesse momento, Boaz olhava para um rubi e via Anc estrangulando o pobre Stony Stevenson na estaca de pedra do campo de manobras ferroso, lá em Marte. A horrível imagem não era uma lembrança aleatória, mas o ponto central na relação de Boaz e Anc.

— Não me diga verdades — disse Boaz mentalmente —, e eu não lhe digo verdades. — Era um apelo que ele fizera a Anc várias vezes.

Boaz tinha inventado essa frase, e isto era o que ela significava: Anc deveria parar de dizer verdades sobre os harmônios não só porque Boaz os amava, mas também porque estava sendo bastante legal em não desenterrar algumas verdades que deixariam Anc infeliz.

Anc não sabia que havia estrangulado o amigo Stony Stevenson. Ele achava que Stony estava maravilhosamente vivo em algum lugar do universo. Anc vivia sonhando em se encontrar com Stony.

Boaz foi bastante legal em esconder a verdade de Anc. Mesmo com todas as provocações, nunca jogara isso na cara dele.

A horrível imagem no rubi se dissolveu.

— Sim, senhor — disse Boaz mentalmente.

O harmônio adulto grudado no antebraço de Boaz se mexeu.

— Está querendo ouvir um concerto? É isso que está pedindo ao velho Boaz? — perguntou mentalmente à criatura. — É isso que está tentando dizer? Você está tentando dizer: "Oh, meu velho, não quero parecer ingrato, pois sei que é uma grande honra ficar pertinho do seu coração. É que eu fico pensando nos meus amigos lá fora, fico pensando se eles não poderiam ter algo bom para ouvir também". É isso que está tentando dizer? Você está tentando dizer: "Por favor, papai Boaz, pode colocar um concerto para os meus pobres amigos lá fora?". É isso que está tentando dizer? — Boaz sorriu. — Não precisam me bajular — disse ao harmônio.

O pequeno harmônio no seu pulso dobrou de tamanho e se esticou de novo.

— O que *você* está tentando me dizer? — continuou Boaz. — Está tentando dizer: "Tio Boaz... Seu pulso é saboroso demais para uma coisinha pequena como eu. Tio Boaz... Por favor, ponha algum concerto bem fácil e gostoso de comer". É isso que está tentando dizer?

Boaz fixou a atenção no harmônio em seu braço direito. A criatura não havia se mexido.

— *Você* é o mais quietinho de todos, não é mesmo? — Boaz perguntou mentalmente à criatura. — Não fala muito, mas fica pensando o tempo inteiro. Acho que está pensando que o velho

Boaz é muito malvado de não deixar um concerto tocando o tempo inteiro, né?

O harmônio no seu braço esquerdo se mexeu de novo.

— O que foi que você disse? — perguntou Boaz mentalmente. Então inclinou a cabeça, fingindo escutar, embora nenhum som pudesse viajar até o vácuo onde ele estava. — Você está dizendo: "Por favor, rei Boaz, toque a 'Abertura 1812'?".*

Boaz pareceu chocado, depois ficou muito sério.

— Só porque algo parece melhor do que todo o resto — ele disse mentalmente — não significa que seja bom para você.

Os acadêmicos que estudam a Guerra Marciana frequentemente chamam a atenção para uma estranha irregularidade encontrada nos preparativos de guerra de Rumfoord. Em algumas áreas, seus planos eram terrivelmente precários. As botas que distribuíra a suas tropas ordinárias, por exemplo, eram quase uma sátira sobre a temporariedade da sociedade de Marte, construída às pressas, descuidadamente — sobre uma sociedade cujo único propósito era se aniquilar para unir os povos da Terra.

Com relação à coleção de música que Rumfoord pessoalmente selecionara para as naves-mães da companhia, contudo, é possível ver que ele havia feito um grande pé-de-meia cultural — um pé-de-meia preparado para uma monumental civilização, feito para durar milhares de anos terráqueos. Disseram que Rumfoord gastou mais tempo com essas inúteis coleções de música do que com questões de artilharia e saneamento básico.

---

* "Abertura 1812", composição de Tchaikovsky. [N. de T.]

Como uma citação anônima disse: "O Exército de Marte chegou trazendo trezentas horas de música ininterrupta, mas não durou tempo suficiente para ouvir a 'Valsa Minuto'* até o fim".

A explicação para a bizarra ênfase na música das naves-mães marcianas é simples: Rumfoord era doido por boa música — uma doideira que, acidentalmente, só o atacara depois que ele foi espalhado pelo tempo e espaço num infundíbulo cronossinclástico.

Os harmônios das cavernas de Mercúrio também eram doidos por boa música. Eles vinham se alimentando havia séculos de uma única nota sustentada da canção de Mercúrio. Quando Boaz lhes deu o primeiro gostinho de música clássica, que calhou de ser "A sagração da primavera",** algumas criaturas literalmente morreram de êxtase.

Um harmônio morto se torna murcho e alaranjado sob a luz amarela das cavernas de Mercúrio; parece um damasco seco.

Nessa primeira ocasião, que não fora planejada como um concerto para os harmônios, o gravador estava no chão da nave. As criaturas que literalmente morreram de êxtase haviam tido contato direto com o casco metálico da nave.

E agora, dois anos e meio depois, Boaz mostrava a forma certa de reproduzir um concerto para as criaturas sem matá-las no processo.

Boaz saiu da caverna que fazia as vezes de casa com o gravador e a seleção de músicas em mãos. No corredor do lado de fora, havia duas tábuas de passar de alumínio com pequenos

---

* "Valsa em ré bemol maior", de Chopin, popularmente conhecida como "Valsa Minuto". [N. de T.]

** "Sagração da Primavera", de Igor Stravinsky. [N. de T.]

adesivos de feltro nos pés. As tábuas de passar somavam quase 2 metros de comprimento juntas. Estendida sobre elas, havia uma padiola feita de tubos de alumínio e uma lona de musgo.

Boaz colocou o gravador no meio da padiola. O propósito desse mecanismo era diluir, diluir e diluir as vibrações do gravador, as quais, antes de atingir o chão de pedra, tinham que lutar com a fibra musgosa da padiola, descer pelos tubos dela, atravessar as tábuas de passar e finalmente encontrar os adesivos de feltro nos pés das tábuas.

A diluição era uma medida de segurança; garantia que nenhum harmônio tivesse uma overdose letal de música.

Boaz colocou a fita dentro do gravador e apertou o botão. Durante todo o concerto, ele ficaria de guarda ao lado do aparelho. Seu dever era não deixar que nenhuma criatura rastejasse perto demais do aparelho. Seu dever, quando uma criatura rastejasse perto demais do aparelho, era arrancar a criatura da parede ou do chão, repreendê-la e grudá-la em outro lugar a uns 100 metros ou mais.

— Se não botar juízo nessa sua cabeça — ele dizia mentalmente ao harmônio insensato —, você vai acabar sozinho, completamente maluco e sem comida. Pense nisso.

Na verdade, a criatura que ele colocava a uns 100 metros ou mais do gravador ainda tinha bastante música para comer.

As paredes da caverna eram tão boas condutoras, na verdade, que mesmo os harmônios em outras cavernas conseguiam sentir o cheiro dos concertos de Boaz a quilômetros de distância, através das pedras.

Anc, que seguia o rastro das pegadas, penetrando cada vez mais fundo nas cavernas, podia dizer pelo jeito que os harmônios se comportavam que Boaz estava reproduzindo um concerto. Ele chegara a um nível quente das cavernas, onde havia uma profusão de harmônios. O padrão regular e alternado de diamantes amarelos e verde-azulados havia se quebrado — se degenerado na forma de pequenos agrupamentos pontiagudos, cata-ventos e relâmpagos. A música fazia com que se comportassem assim.

Anc pôs a mochila no chão, depois se deitou para descansar.

Ele sonhou com outras cores, cores que não eram amarelas ou verde-azuladas.

Então sonhou que seu bom amigo Stony Stevenson esperava por ele na próxima curva. Sua mente viu nitidamente as coisas que ele e Stony iriam dizer assim que se encontrassem. A mente de Anc ainda não tinha um rosto para dar ao nome de Stony Stevenson, mas isso não importava muito.

— Que par, hein! — Anc disse a si mesmo.

Com isso, queria dizer que ele e Stony, trabalhando juntos, seriam invencíveis.

— Pois eu lhe digo — continuou Anc a si mesmo com satisfação —, esse é um par que eles querem separar a todo custo. É melhor ficarem espertos se um dia o velho Stony e o velho Anc se encontrarem. Quando o velho Anc e o velho Stony se encontram tudo pode acontecer, e geralmente é isso que acontece.

O velho Anc riu.

As pessoas que deveriam sentir medo de Anc e Stony juntos eram aquelas dos grandes e bonitos prédios lá de cima. Em três anos, a imaginação de Anc tinha feito um bom trabalho em cima dos vislumbres que ele tivera dos supostos prédios — que, na verdade, eram cristais sólidos, inanimados e estupidamente gelados. A imaginação de Anc agora tinha certeza de que os mestres de toda a criação viviam naqueles prédios. Eles eram os carcereiros de Anc, Boaz e talvez até mesmo de Stony. Estavam fazendo experiências com Anc e Boaz nas cavernas. Haviam escrito as mensagens pelos harmônios. As criaturas não tinham nada a ver com as mensagens.

Essas eram as coisas da qual Anc tinha certeza.

Ele tinha certeza de muitas coisas. Sabia até como eram mobiliados os prédios lá de cima. Os móveis não tinham pernas; flutuavam no ar por puro magnetismo.

E as pessoas dos prédios nunca trabalhavam nem se preocupavam com nada.

Anc as odiava.

Ele odiava os harmônios também. Arrancou um da parede e o partiu ao meio. A criatura estremeceu e imediatamente ficou cor de laranja.

Anc lançou o cadáver desmembrado no teto da caverna. E, ao olhar para o teto, viu uma nova mensagem escrita. Embora estivesse se desintegrando por causa da música, ainda era legível.

A mensagem dizia a Anc em oito palavras como escapar com certeza, facilidade e rapidez das cavernas. Quando viu a solução do enigma que não conseguiu decifrar em três anos, foi obrigado a admitir que era simples e óbvia.

Anc desceu correndo as cavernas até chegar ao local onde Boaz reproduzia o concerto para os harmônios. Sentia-se frenético e os olhos estavam esbugalhados com as boas notícias. Não podia falar no vácuo, então puxou Boaz até a espaçonave.

Lá, na atmosfera inerte da cabine, Anc contou a Boaz a mensagem que dizia como escapar das cavernas.

Foi a vez de Boaz reagir apaticamente. Ele ficara entusiasmado com a menor ilusão de inteligência da parte dos harmônios — mas agora, tendo ouvido a notícia de que estava prestes a ser libertado da sua prisão, começou a agir de forma estranhamente reservada.

— Isso explica a outra mensagem — Boaz disse suavemente.

— Que outra mensagem? — perguntou Anc.

Boaz fez um gesto com as mãos representando uma mensagem que havia aparecido na parede do lado de fora da sua casa quatro dias terráqueos antes.

— Ela dizia: "BOAZ, NÃO VÁ!" — disse Boaz. Ele olhou para baixo timidamente. — "AMAMOS VOCÊ, BOAZ", estava escrito lá.

O homem deixou as mãos caírem e virou o rosto, como se desviando de uma beleza quase insuportável.

— Eu vi aquilo — ele disse —, e tive que sorrir. Olhei para eles, para meus doces e meigos amiguinhos grudados lá na parede, e disse a mim mesmo: "Rapaz... Como é que o velho Boaz pode pensar em sair daqui? O velho Boaz vai ficar aqui por um bom tempo ainda!".

— É uma armadilha! — alertou Anc.

— É uma o quê? — perguntou Boaz.

— Uma armadilha! — respondeu Anc. — Um truque para nos manter aqui!

A revista em quadrinhos chamada *Piu-Piu e Frajola* estava aberta na mesa em frente a Boaz. Ele não respondeu imediatamente. Em vez disso, folheou a revista surrada.

— Presumo que sim — concordou, por fim.

Anc pensou nesse louco apelo feito em nome do amor. Então fez algo que não fazia havia muito tempo: gargalhou. Pensou que seria um histérico final para esse pesadelo — que as membranas descerebradas nas paredes pudessem falar de amor.

Boaz subitamente agarrou Anc, chacoalhando os pobres ossos magros dele.

— Eu ficaria grato, Anc — disse Boaz, nervosamente —, se me deixasse pensar o que eu quiser sobre a mensagem que eles mandaram dizendo que me amavam. Quer dizer... Sabe... Não precisa necessariamente fazer sentido para você. Quer dizer... Sabe... Não tem necessidade de você dizer qualquer coisa sobre isso, de uma forma ou de outra. Quer dizer... Sabe... Esses animais não são necessariamente a sua praia. Você não precisa necessariamente gostar deles, entendê-los ou dizer qualquer coisa sobre eles. Quer dizer... Sabe... A mensagem não foi endereçada a você. Eles disseram que me amavam. Ou seja, fique fora disso.

Então virou as costas para Anc e voltou a fixar sua atenção na revista em quadrinhos. Anc ficou impressionado com aquelas costas negras, largas e musculosas. Vivendo longe de Boaz, Anc gostava de se imaginar fisicamente páreo ao outro. No entanto, agora ele via quão patética tinha sido essa ilusão.

Os músculos das costas de Boaz se flexionaram lentamente, um contraponto aos movimentos rápidos dos dedos que viravam as páginas.

— Já que você sabe tanto sobre armadilhas e outras coisas — disse Boaz —, como é que sabe que não tem uma armadilha ainda pior esperando a gente assim que sairmos voando daqui?

Antes de Anc responder, Boaz lembrou que tinha deixado o gravador tocando, desguarnecido.

— Não tem ninguém cuidando deles! — gritou. Então saiu da nave correndo para resgatar os harmônios.

Depois que Boaz saiu, Anc pensou em como virar a nave de cabeça para baixo. Essa era a solução do enigma. Foi isso que os harmônios no teto tinham dito:

ANC, VIRE A NAVE DE CABEÇA PARA BAIXO.

A teoria de virar a nave de cabeça para baixo fazia sentido, é claro. O equipamento de detecção estava localizado no fundo da nave. Quando ela fosse virada de cabeça para baixo, a nave conseguiria aplicar com facilidade, para tirá-los da caverna, a mesma graça e eficiência que usara para colocá-los lá dentro.

Graças ao guincho de energia e a um modesto puxão da gravidade das cavernas de Mercúrio, Anc conseguiu virar a nave de cabeça para baixo antes que Boaz voltasse. Tudo que faltava para iniciar a jornada era apertar o botão *ligar*. A nave iria bater contra o chão da caverna, parar e recuar do chão, achando que seria o teto da caverna.

Passaria pelo sistema de chaminés achando que estaria descendo. E inevitavelmente encontraria a saída, achando que havia encontrado o buraco mais fundo possível.

O buraco no qual ela por fim iria se meter seria o buraco sem fundo, o poço sem fim do eterno espaço.

Boaz entrou na nave de cabeça para baixo com um monte de harmônios mortos nos braços. Ele carregava o equivalente a um galão ou mais de algo semelhante a damascos secos. Inevitavelmente derrubou alguns. E, ao parar para recolhê-los, com reverência, derrubou outros.

Lágrimas corriam pelo seu rosto.

— Está vendo? — disse Boaz, inconsolável, tremendamente decepcionado consigo mesmo. — Está vendo, Anc? Viu o que acontece quando alguém escapa e se esquece dos outros?

Boaz balançou a cabeça.

— E isso não chega nem perto do que tem lá fora — ele disse. — Não chega *nem perto*. — Então encontrou uma caixa vazia que antes abrigara barras de chocolate e colocou os cadáveres dos harmônios lá dentro.

Em seguida, se levantou, endireitou as costas e pôs as mãos ao lado dos quadris. Da mesma forma que Anc se impressionara com a boa forma física de Boaz, agora ele se impressionava com sua dignidade.

Boaz, ereto, parecia um sábio, decente e choroso Hércules negro.

Anc, em comparação, se sentiu esquelético, maligno e sem raízes.

— Quer fazer a divisão, Anc? — perguntou Boaz.

— Divisão? — retrucou Anc.

— As bolinhas, a comida, a soda limonada, os doces — disse Boaz.

— Dividir isso? — falou Anc. — Meu Deus... Aqui tem o bastante para quinhentos anos. — Nunca eles tinham falado de dividir as coisas. Nunca houve escassez de nada, nunca houve ameaça de escassez de qualquer coisa.

— Metade para você levar e a outra metade para deixar aqui comigo — disse Boaz.

— Aqui com você? — perguntou Anc, incrédulo. — Você... Você não vem comigo?

Boaz ergueu a grande mão direita, um gesto terno pedindo silêncio, um gesto feito por um grande e sublime ser humano.

— Não me diga verdades, Anc — disse ele —, e eu não lhe digo verdades. — Então limpou as lágrimas com o punho.

Anc nunca tinha conseguido esquecer esse apelo sobre a verdade. Ele o aterrorizava. Havia um alerta em alguma parte da sua mente que dizia que Boaz não estava blefando, que Boaz realmente sabia uma verdade sobre Anc que poderia deixá-lo em pedaços.

Anc abriu a boca e a fechou de novo.

— Você veio me contar a boa notícia — disse Boaz. — "Boaz...", você disse, "seremos livres!" E eu fiquei todo empolgado, larguei tudo que estava fazendo e me preparei para ser livre. E eu fiquei me perguntando como eu seria libertado, e depois tentei pensar em como seria ser livre, e tudo que consegui ver eram pessoas. Me empurrando para lá e para cá, nada podendo agradá-las e elas ficando cada vez mais bravas, pois nada podia fazê-las felizes. E elas gritando comigo porque eu não podia fazê-las felizes, e nós naquele empurra-empurra sem parar. E então, subitamente, eu me lembrei daqueles bichinhos esquisitos que eu fazia tão feliz e tão facilmente apenas tocando música. E eu corro até lá e encontro milhares deles mortos, tudo porque o Boaz aqui ficou todo empolgado com sua liberdade que se esqueceu deles. Todas aquelas vidas que foram perdidas eu poderia ter salvado apenas se ficasse de olho no que estava fazendo.

Boaz continuou:

— E, então, eu disse a mim mesmo: nunca fui bom para as pessoas e as pessoas nunca foram boas para mim. Então para que eu vou querer ser livre no meio de um monte de gente? E então eu soube o que diria a você, Anc, quando voltasse para cá. Encontrei um lugar onde posso fazer o bem sem prejudicar ninguém, e posso ver que estou fazendo o bem, para eles eu estou fazendo o bem por saber que estou fazendo isso. E eles me amam, Anc, fazem o melhor que podem. Encontrei um lar. E, quando eu morrer aqui embaixo algum dia, poderei dizer a mim mesmo: "Boaz... Você fez milhões de vidas valerem a pena. Nunca ninguém espalhou tanta alegria. Você não tem um só inimigo no universo". — Boaz tinha se tornado o papai e a mamãe amorosos que ele nunca teve. — Agora vá dormir — ele disse a si mesmo, se imaginando na caverna, num leito de morte de pedra. — Você é um bom garoto, Boaz. Durma bem.

10

Uma era de milagres

"Oh, Senhor nas Alturas, Criador do Cosmos, Tecelão das Galáxias, Alma das Ondas Eletromagnéticas, Inalador e Exalador de Inconcebíveis Volumes de Vácuo, Cuspidor de Fogo e Pedras, Desdenhador de Milênios — o que poderíamos fazer por Ti que Tu não farias por Ti Mesmo um octilhão de vezes melhor? Nada. O que poderíamos fazer ou dizer que Te interessaria? Nada. Ó, a humanidade rejubila-se com a apatia do nosso Criador, pois ela finalmente nos libertou, nos tornou verdadeiros e dignos. Um tolo como Malachi Constant não mais pode apontar um ridículo acidente de sorte e dizer: 'Alguém lá em cima gosta de mim'. E não pode mais um tirano dizer: 'Deus quer que isso ou aquilo aconteça, e qualquer um que não ajude isso está contra Deus'. Ó, Senhor nas Alturas, que arma gloriosa é a Tua Apatia, pois nós a desembainhamos, golpeamos e retalhamos com grande força, e os disparates que tão frequentemente nos escravizaram ou nos fizeram enlouquecer jazem imolados!"

— Reverendo C. Horner Redwine

Era uma tarde de terça-feira; primavera no hemisfério norte da Terra.

A Terra, verdejante e úmida, tinha o ar bom de respirar, tão denso e rico quanto nata.

A pureza das chuvas que caíam na Terra podia ser saboreada. O gosto da pureza era delicadamente ácido.

A Terra era cálida.

Sua superfície se agitava, fervendo em fecunda inquietude. Nos lugares onde a morte fora mais abundante, a Terra era mais fértil.

A delicada chuva ácida caía num lugar verdejante onde houvera uma grande quantidade de morte. Caía no cemitério da igreja de uma cidadezinha do Novo Mundo. O local ficava em West Barnstable, Cape Cod, Massachusetts, EUA. O cemitério da igreja estava lotado, os espaços entre os que haviam morrido de modo natural tinham sido totalmente preenchidos pelos corpos dos honrados mortos de guerra. Marcianos e terráqueos jaziam lado a lado.

Não havia uma só nação no mundo que não possuísse cemitérios com marcianos e terráqueos enterrados lado a lado. Não havia uma só nação no mundo que não houvesse lutado uma batalha na guerra de todo o planeta Terra contra os invasores de Marte.

Tudo fora perdoado.

Todos os seres vivos eram irmãos e todos os seres mortos eram mais irmãos ainda.

O prédio da igreja, que parecia cuidar das lápides como uma mãe dodô de cócoras e completamente ensopada, já tinha abrigado em momentos diversos uma igreja presbiteriana, congregacionalista, unitária e universal do apocalipse. Agora abrigava a Igreja do Deus Absolutamente Indiferente.

Um homem de aparência selvagem estava de pé no cemitério, sentindo, admirado, o cheiro delicioso do ar, olhando maravilhado o verde da grama, o chão molhado. Ele estava quase nu, o cabelo e a barba preto-azulados eram compridos e embaraçados, entremeados de fios grisalhos. A única roupa que vestia era uma tanga que tilintava quando ele andava, feita com chaves de fenda e fios de cobre.

Essa peça de roupa cobria suas vergonhas.

A chuva corria pelas bochechas ásperas. Ele jogou a cabeça para trás e a bebeu. Descansou a mão em uma lápide, mais pelo contato com a pedra do que pelo apoio. Estava acostumado ao toque das pedras — estava mortalmente acostumado ao toque de pedras secas, brutas. Mas pedras molhadas, limosas, pedras que haviam sido talhadas e gravadas pelo homem — ele não sentia o toque desse tipo de pedra havia muito, muito tempo.

Pro-Patria, dizia a pedra onde ele apoiava a mão.

O homem era Anc.

Ele encontrava-se em casa depois de ter ido para Marte e Mercúrio. Sua nave espacial pousara em uma floresta próxima ao cemitério da igreja. Ele estava tomado pela negligência e pela delicada impetuosidade que acomete um homem cuja vida foi cruelmente desperdiçada.

Anc tinha 43 anos.

Possuía todos os motivos para definhar e morrer.

Tudo que ainda o mantinha vivo era um desejo mais mecânico do que emocional. *Ele desejava se unir a Bee, sua mulher, Crono, seu filho, e Stony Stevenson, seu melhor e único amigo.*

. . .

O reverendo C. Horner Redwine estava de pé no púlpito da igreja naquela tarde chuvosa de terça-feira. Não havia mais ninguém no local. Redwine subira ao púlpito simplesmente para ser o mais feliz possível. Ele não estava sendo o mais feliz possível em circunstâncias adversas; estava sendo o mais feliz possível sob circunstâncias extraordinariamente felizes — pois era o muito amado ministro de uma religião que não apenas prometia como entregava milagres.

Sua igreja, a Primeira Igreja do Deus Absolutamente Indiferente de Barnstable, tinha um subtítulo: *A Igreja do Viajante Espacial Cansado*. O subtítulo era justificável devido a esta profecia: um dia, um retardatário solitário do Exército de Marte chegaria na igreja de Redwine.

A igreja estava pronta para o milagre. Havia um grande prego de ferro forjado à mão cravado na rústica coluna de carvalho atrás do púlpito. A coluna abrigava a poderosa viga que sustentava um pedaço do telhado. No prego estava pendurado um cabide incrustado de pedras semipreciosas, no qual havia um traje envolto num saco plástico transparente.

A profecia afirmava que o Viajante Espacial Cansado estaria nu e que o traje lhe serviria como uma luva. A roupa tinha sido costurada sob medida, para servir perfeitamente em apenas uma pessoa, o homem certo. O traje, composto de uma peça única amarelo-limão emborrachada, colada à pele, abria e fechava com um zíper.

A roupa não seguia a moda do momento. Era uma criação especial, feita para acrescentar certo glamour ao milagre.

Havia pontos de interrogação cor de laranja de 30 centímetros costurados na frente e nas costas do traje. Isso significava que o Viajante Espacial não saberia dizer quem ele era.

Ninguém saberia dizer quem ele era até que Winston Niles Rumfoord, o líder de todas as igrejas do Deus Absolutamente Indiferente, dissesse ao mundo o nome do Viajante Espacial.

Caso ele chegasse, Redwine deveria dar um sinal: tocar o sino da igreja loucamente.

Quando isso ocorresse, os paroquianos deveriam sentir êxtase, largar tudo que estavam fazendo, gargalhar, chorar e depois ir até a igreja. O Corpo de Bombeiros Voluntários de West Barnstable era tão dominado pelos membros da igreja de Redwine que decidiu mandar o próprio carro de bombeiros para a igreja quando fosse a hora, como se esse fosse o único veículo remotamente digno de transportar o Viajante Espacial.

A sirene estridente do alarme de incêndio, no alto do posto de bombeiros, deveria ser adicionada à alegria desenfreada do sino. Um toque do alarme de incêndio significava incêndio na floresta ou no campo. Dois toques, uma casa em chamas. Três toques, resgate. Dez toques, que o Viajante Espacial havia chegado.

A água se infiltrou nos caixilhos tortos da janela, entrando, deslizante, embaixo de uma telha solta no teto, pingando numa rachadura e caindo, suspensa em gotas cintilantes, na viga acima da cabeça de Redwine. A boa chuva ensopou o velho sino de Paul Revere* do campanário, rolou pela corda do sino, encharcou uma boneca de madeira amarrada na ponta da corda, escorreu pelos pés da boneca e deixou uma poça no chão de pedra do campanário.

---

* Paul Revere (1735-1818), artesão, industrial e ourives americano, famoso pelos sinos de ferro que forjava especialmente para igrejas da Nova Inglaterra. [N. de E.]

A boneca tinha um significado religioso. Representava um estilo de vida repulsivo que não mais existia. Era chamada de *Malachi*. Todas as casas ou estabelecimentos comerciais pertencentes a membros da fé de Redwine tinham uma Malachi pendurada em algum lugar.

Só havia uma forma certa de pendurar uma Malachi. Tinha que ser pelo pescoço. Só havia um nó certo a utilizar, e era o nó de forca.

E a chuva escorreu dos pés da Malachi de Redwine, pendurada no fim da corda do sino...

A fria primavera das gaillardias e do açafrão já passara.

A delicada, graciosa e gélida primavera dos narcisos já passara.

A primavera da humanidade havia chegado, e as flores de lilases dos caramanchões no lado de fora da igreja de Redwine pendiam pesadamente, cheias como uvas Concord.

Redwine ouvia a chuva e imaginava que ela falava com ele em inglês chauceriano. Então pronunciou em voz alta as palavras imaginárias que a chuva dizia, falando harmoniosamente, acompanhando com exatidão o compasso da chuva:

Quando o chuvoso abril em doce aragem
Desfez março e a secura da estiagem,
Banhando toda a terra no licor
*Que encorpa o caule e redesperta a flor...**

Uma gotinha caiu cintilando da viga, molhando a lente esquerda dos óculos de Redwine e suas bochechas vermelhas.

* Tradução de José Francisco Botelho. CHAUCER, Geoffrey. *Contos da Cantuária*. São Paulo: Penguin/Companhia das Letras, 2013. Poema original em inglês: "*Whan that Aprille with his shoures sote / The droghte of Marche hath perced to the rote, / And bathed every veyne in swich licour, / Of which vertu engendered is the flour...*". [N. de T.]

O tempo fora gentil com Redwine. De pé no púlpito, ele parecia um garotão corado de óculos, um entregador de jornais de cidade do interior, apesar de já ter 49 anos. Levantou as mãos para enxugar a bochecha e sacudiu a sacola de lona azul presa ao pulso, cheia de balas de chumbo.

Havia duas sacolas similares presas em seus tornozelos e no outro pulso, e duas pesadas placas de ferro penduradas em alças nos ombros — uma no peito e outra nas costas.

Todo esse peso eram as suas desvantagens no curso da vida.

Ele carregava com prazer esses 20 quilos. Uma pessoa mais forte carregaria mais, uma pessoa mais fraca, menos. Todo membro da fé de Redwine que possuísse alguma força aceitava de bom grado as suas desvantagens e as levava para todo lado com orgulho.

Os mais fracos e inseguros, por fim, eram obrigados a admitir que o curso da vida era justo.

As melodias líquidas da chuva produziam dentro da igreja vazia um fundo sonoro tão aprazível para qualquer tipo de recitação que Redwine resolveu recitar mais um pouco. Dessa vez, recitou algo que Winston Niles Rumfoord, o Mestre de Newport, escrevera.

O que Redwine estava prestes a recitar com o auxílio do refrão da chuva era algo que o Mestre de Newport tinha escrito para definir a própria posição em relação a seus ministros, a posição de seus ministros em relação a seus rebanhos e a posição de todo mundo em relação a Deus. Era isto que Redwine lia para seu rebanho no primeiro domingo de cada mês:

— Eu não sou o seu pai — disse Redwine. — Melhor me chamar de irmão. Mas eu não sou o seu irmão. Melhor me chamar de filho. Mas eu não sou o seu filho. Melhor me chamar de cão. Mas eu não sou o seu cão. Melhor me chamar de pulga no seu cão. Mas eu não sou uma pulga. Melhor me chamar de germe na pulga do seu cão. Como um germe na pulga do seu

ção, eu estou ansioso em servi-lo do melhor jeito que eu puder, assim como você está disposto a servir a Deus Todo-Poderoso, Criador do Universo.

Em seguida, Redwine fez um gesto com as mãos, esmagando com um tapa a pulga imaginária cheia de germes. Aos domingos, a congregação inteira esmagava a pulga em uníssono.

Outra gotinha tremelicou e caiu na viga, molhando de novo as bochechas de Redwine, que fez um doce aceno de agradecimento pela gota, pela igreja, pela paz, pelo Mestre de Newport, pela Terra, pelo Deus que não se importava, por tudo.

Então desceu do púlpito. As balas de chumbo em suas sacolas de desvantagens se deslocavam para lá e para cá com um majestoso ruído conforme ele se movimentava.

Passou pelo corredor e pelo arco sob o campanário. Parou ao ver a poça embaixo da corda do sino, olhou para cima a fim de localizar a direção que a água havia seguido. Então chegou à conclusão de que era uma forma encantadora de a chuva primaveril se manifestar. Se um dia o deixassem remodelar a igreja, ele daria um jeito de fazer com que as gotas de chuva intrépidas caíssem da mesma maneira.

Passando o arco sob o campanário havia outro arco, um frondoso arco de lilases.

Redwine atravessou o segundo arco e viu a espaçonave irrompendo como uma enorme bolha entre as árvores da floresta; viu o Viajante Espacial nu e barbado no cemitério da igreja.

Então gritou de alegria; correu de volta à igreja, puxou a corda do sino e se pendurou nela, balançando-se como um chimpanzé bêbado. No ressoar desembestado dos sinos, Redwine conseguiu escutar as palavras que o Mestre de Newport dizia que todos os sinos pronunciavam:

NADA MAL!, ressoou e badalou o sino.

NADA MAL,

NADA MAL,

NADA MAL!

Anc ficou apavorado com o sino, que lhe pareceu furioso e assustador, e correu de volta à sua nave, cortando feio a canela ao subir numa mureta de pedra. Quando estava fechando a câmara de descompressão, ouviu o lamento de sirenes respondendo ao sino.

Anc pensou que a Terra continuava em guerra com Marte, que a sirene e o sino decretavam morte súbita para ele. Então apertou o botão *ligar*.

O navegador automático não respondeu instantaneamente, mas começou a falar sozinho, numa discussão confusa e ineficaz que terminou com o navegador se desligando.

Anc apertou o botão *ligar* de novo. Dessa vez, manteve o botão pressionado pisando em cima dele.

De novo, o navegador começou a discutir estupidamente consigo mesmo e tentou se desligar mais uma vez. Quando descobriu que não conseguia se desligar de novo, começou a soltar uma fumaça amarela.

A fumaça ficou tão densa e tóxica que Anc foi obrigado a engolir uma bolinha e praticar o método de respiração Schliemann novamente.

Então o piloto navegador emitiu uma profunda e latejante nota de órgão e morreu para valer.

Não houve nenhuma decolagem. Quando o piloto navegador morria, a nave inteira morria com ele.

Anc atravessou a fumaça e chegou até a vigia. Olhou para fora.

Viu um carro de bombeiros tentando atravessar os galhos quebrados e o mato para chegar na nave. Homens, mulheres e crianças estavam pendurados nele — todos encharcados de chuva e expressando êxtase.

À frente do carro de bombeiros estava o reverendo C. Horner Redwine. Em uma mão, trazia um traje amarelo-limão dentro de uma sacola plástica transparente. Na outra, levava um ramo com lilases recém-cortadas.

As mulheres jogavam beijos para Anc através da vigia, levantavam seus filhos para ver o adorável homem que estava lá dentro. Os homens ficaram no caminhão de bombeiros, aplaudindo Anc, aplaudindo uns aos outros, aplaudindo tudo. O motorista fez o forte motor do carro quase pifar, apertou o dedo na buzina, tocou a sirene sem parar.

Todos carregavam algum tipo de desvantagem. A maioria das desvantagens era do tipo mais óbvio — cinturões com pesos, sacolas com balas de chumbo, velhas grelhas de forno — e tinham como objetivo prejudicar suas vantagens físicas. Ainda assim, havia entre os paroquianos de Redwine verdadeiros crentes, que tinham escolhido desvantagens de um tipo mais sutil e revelador.

Havia mulheres que tinham recebido por meio da estúpida sorte a terrível vantagem da beleza. Elas destruíram essa vantagem injusta com roupas desleixadas, má postura, chiclete e uma maquiagem macabra.

Um velho, cuja única vantagem era possuir uma excelente visão, tinha estragado a visão usando os óculos da esposa.

Um jovem negro, cuja boa aparência e predadora sensualidade não pôde ser estragada por roupas feias e má educação, concedera a si mesmo a desvantagem de ter uma esposa com repulsa a sexo.

A esposa do jovem negro, que tinha todos os motivos para se orgulhar da sua chave da fraternidade Phi Beta Kappa,* havia

---

* A mais antiga sociedade de honra nas áreas de ciência e arte liberal nos Estados Unidos. [N. de E.]

concedido a si mesma a desvantagem de ter um marido que só lia história em quadrinhos.

A congregação de Redwine não era a única. Não era especialmente fanática. Na Terra havia, literalmente, bilhões de pessoas que carregavam alegremente as próprias desvantagens.

E o que as deixava tão felizes era que ninguém mais se aproveitava de ninguém.

Nesse momento, os bombeiros pensaram em outra maneira de demonstrar alegria. Montado na diagonal do carro de bombeiros, havia um esguicho de mangueira que podia ser girado como uma metralhadora. Eles o levantaram, apontaram para cima e ligaram a mangueira. Uma fonte trêmula e incerta se ergueu em direção aos céus, sendo dispersada pelos ventos quando não pôde ir mais além. Os fragmentos de água se espalharam por toda a parte, caindo pesadamente na espaçonave, ensopando os próprios bombeiros e também as mulheres e crianças que primeiro pararam, surpresas, e então ficaram mais alegres do que nunca.

Toda essa água que desempenhou um papel importante nas boas-vindas de Anc foi um encantador acidente. Ninguém planejara isso. Mas era perfeito que todos se esquecessem de si mesmos nesse festival de molhaceira universal.

O reverendo C. Horner Redwine, se sentindo tão nu quanto um duende pagão da floresta com as roupas molhadas e tilintantes, abanou o ramo de lilases na janela da vigia e depois pressionou o rosto repleto de adoração contra o vidro.

A expressão da face que olhava de volta para Redwine era tão curiosa quanto a de um macaco inteligente de zoológico. A testa de Anc estava profundamente franzida, e seus olhos lacrimejavam com um profundo, porém desesperançoso, desejo de compreender.

Anc tinha decidido não sentir medo.

Também não tinha pressa em deixar Redwine entrar.

Por fim, foi até a vigia e destrancou as duas portas, internas e externas. Deu um passo para trás, esperando que alguém do lado de fora abrisse as portas.

— Primeiro vou entrar e fazê-lo vestir o traje — disse Redwine a sua congregação. — Depois vocês podem tê-lo!

Dentro da nave, o traje amarelo-limão serviu tão perfeitamente em Anc quanto uma camada de tinta. Os pontos de interrogação cor de laranja no seu peito e nas costas ficavam totalmente colados no corpo, sem um vinco sequer.

Anc ainda não sabia que ninguém mais na Terra usava roupas como as dele. Presumiu que muitas pessoas vestiam trajes iguais — com pontos de interrogação e tudo o mais.

— Aqui... Aqui é a Terra? — perguntou a Redwine.

— Sim — disse Redwine. — Cape Cod, Massachusetts, Estados Unidos da América, Irmandade do Homem.

— Graças a Deus! — exclamou Anc.

Redwine ergueu interrogativamente a sobrancelha.

— Por quê? — ele perguntou.

— Perdão? — disse Anc.

— Por que graças a Deus? — perguntou Redwine. — Ele não liga para o que acontece com você. Não se daria ao trabalho de trazê-lo até aqui são e salvo, da mesma forma como não se daria ao trabalho de matá-lo. — Ele levantou os braços, demonstrando a musculosidade da sua fé. As balas de chumbo na sacola de desvantagens presa em seus pulsos balançaram, tilintantes, atraindo a atenção de Anc. Quase imediatamente seu olhar pulou das sacolas de desvantagens para a pesada placa de ferro no peito. Redwine acompanhou o olhar dele e ergueu a placa de ferro do peito.

— Pesada — afirmou.

— Hum — disse Anc.

—Você deveria carregar uns 22 quilos, imagino, depois que o ajudarmos a se sentir melhor — disse Redwine.

—Vinte e dois quilos? — retrucou Anc.

—Você deve carregar essa desvantagem com alegria, não pesar — disse Redwine. — Ninguém então poderá reprová-lo por tirar vantagem da distribuição de sorte aleatória. — Em sua voz havia um beato e velado tom de ameaça que ele não utilizava desde os primeiros dias da Igreja do Deus Absolutamente Indiferente, desde as eletrizantes conversões em massa que se seguiram após a guerra com Marte. Naqueles dias, Redwine e outros jovens prosélitos ameaçavam as pessoas que não acreditavam neles, dizendo que elas sofreriam o legítimo descontentamento das multidões; multidões legitimamente descontentes que não existiam até então.

As multidões legitimamente descontentes existiam agora em toda parte do mundo. Os adeptos da Igreja do Deus Absolutamente Indiferente totalizavam, arredondando, uns 3 bilhões de pessoas. Os jovens leões que primeiro haviam ensinado o credo agora podiam se dar ao luxo de serem cordeiros, de contemplarem mistérios orientais como a água escorrendo da corda de um sino. O exército disciplinador da Igreja estava presente em multidões de toda a parte.

— Devo avisá-lo — disse Redwine a Anc — que, quando você sair daqui e se ver no meio de toda essa gente, é melhor não dizer nada que possa indicar que Deus tenha algum interesse específico em você, ou que você possa, de alguma maneira, ser de alguma ajuda para Deus. A pior coisa que você pode fazer, por exemplo, é dizer algo como: "Obrigado, Deus, por me livrar de todos os meus problemas. Por alguma razão, Ele me escolheu dentre outros e agora meu único desejo é servi-Lo".

"A simpática multidão lá fora — continuou Redwine — pode se tornar muito desagradável rapidamente, apesar dos grandes auspícios que o acompanham."

Anc havia planejado dizer praticamente as mesmas palavras que Redwine o alertara a não dizer. Pareceu-lhe o único discurso adequado a fazer.

— O que... O que devo dizer? — perguntou Anc.

— O que você vai dizer foi profetizado — respondeu Redwine — palavra por palavra. Há muito tempo venho pensando nas palavras que você vai dizer e estou convencido de que elas são perfeitas.

— Mas eu não consigo pensar em nenhuma palavra... Exceto "Olá", "Obrigado"... — disse Anc. — O que *você* quer que eu diga?

— Diga o que quiser — retrucou Redwine. — Essa boa gente lá fora está esperando por esse momento há um bom tempo. Eles vão lhe fazer duas perguntas, e você vai respondê-las da melhor forma que puder.

Ele levou Anc para fora pela vigia. A fonte do carro de bombeiros havia sido desligada. A gritaria e a dança coletiva haviam cessado.

A congregação de Redwine formou, então, um semicírculo em volta de Anc e Redwine. Os membros da congregação estavam com a boca hermeticamente fechada e os pulmões cheios de ar.

Redwine fez um santo sinal.

A congregação falou em uníssono:

— Quem é você?

— Eu... Eu não sei meu nome de verdade — disse Anc. — Me chamavam de Anc.

— O que aconteceu com você? — perguntou a congregação.

Anc balançou a cabeça, confuso. Ele não conseguia pensar num resumo apropriado das suas aventuras de forma a agradar ao óbvio espírito ritualístico da multidão. Evidentemente estavam esperando algo grandioso dele, mas não era uma pessoa dada a grandezas. Então expirou ruidosamente, para que a congregação percebesse que ele lamentava sua falta de eloquência.

— Eu fui vítima de uma série de acidentes — disse. Então deu de ombros. — Como todos nós somos — afirmou.

A alegria e as danças recomeçaram.

Anc foi empurrado e colocado a bordo do carro de bombeiros. Eles o levaram até a porta da igreja.

Redwine apontou com amabilidade para uma plaquinha de madeira sobre a porta. Havia nela as seguintes palavras gravadas em dourado:

EU FUI VÍTIMA DE UMA SÉRIE DE ACIDENTES, COMO TODOS NÓS SOMOS.

Anc foi levado do carro de bombeiros diretamente para a igreja em Newport, Rhode Island, onde haveria uma materialização.

De acordo com o plano traçado anos antes, outro carro de bombeiros seria deslocado de Cape Cod para proteger West Barnstable, que ficaria sem o seu carro de bombeiros por um breve período.

A notícia da chegada do Viajante Espacial se espalhou por toda a Terra como um incêndio descontrolado. Em cada aldeia, vilarejo ou cidade por onde o carro de bombeiros passava, Anc era recebido com flores que as pessoas lhe atiravam.

Ele estava no alto do carro de bombeiros, sentado numa viga de madeira de dois por seis que haviam posto em cima da cabine de comando dentro da qual se encontrava o reverendo C. Horner Redwine.

Redwine havia assumido o controle do sino do carro de bombeiros, e o tocava constantemente. Amarrada no badalo do sino havia uma Malachi feita com plástico de alto impacto. A boneca era de um tipo que se podia comprar somente em

Newport. Exibir tal Malachi era declarar que alguém ali fizera uma peregrinação até Newport.

O Corpo de Bombeiros Voluntários de West Barnstable, com exceção de dois não conformistas, realizara uma peregrinação a Newport. A Malachi do carro de bombeiros tinha sido comprada com fundos do corpo de bombeiros.

No linguajar dos vendedores ambulantes de souvenires de Newport, a Malachi de plástico de alto impacto do corpo de bombeiros era uma "Malachi oficial, genuína e autorizada".

Anc sentia-se feliz porque era muito bom estar no meio das pessoas novamente, respirar ar novamente. E todos pareciam gostar muito dele.

Os sons que ouvia eram tão bons. Tudo era tão bom. Anc esperava que toda essa bonança durasse para sempre.

— O que aconteceu com você? — perguntavam as pessoas às gargalhadas.

Para melhor se comunicar com a massa, Anc havia abreviado a resposta que tanto agradara à pequena multidão na Igreja do Viajante Espacial.

— Acidentes! — gritou.

Então gargalhou.

Ó, céus.

Que diabos. Ele gargalhou.

Em Newport, a propriedade dos Rumfoord estava lotada havia oito horas. Guardas mantinham as milhares de pessoas longe da pequena porta na parede. Os guardas eram extremamente necessários, já que havia uma multidão monolítica.

Uma enguia besuntada de óleo não conseguiria se espremer e passar entre eles.

Dez mil peregrinos do lado de fora da muralha agora se empurravam devotamente para ficar o mais próximo possível dos alto-falantes montados em cada extremidade da muralha.

Dos alto-falantes, viria a voz de Rumfoord.

A multidão era a maior e mais animada que já se reunira ali, pois aquele era o dia tão longamente prometido, o Dia do Viajante Espacial.

As desvantagens mais variadas e criativas se espalhavam por toda a parte. A multidão estava maravilhosamente feia e danificada.

Bee, que fora mulher de Anc em Marte, estava em Newport também. Assim como o filho de Anc, Crono.

— Ei! Comprem as Malachis oficiais, genuínas e autorizadas aqui — disse Bee, com voz roufenha. — Ei! Comprem Malachis aqui. Tem que ter uma Malachi para acenar para o Viajante Espacial — disse Bee. — Tenha uma Malachi para o Viajante Especial abençoar quando chegar.

Ela estava em uma barraca em frente à pequena porta de ferro que havia na muralha da propriedade dos Rumfoord em Newport. A barraca de Bee era a primeira de uma fila de vinte barracas em frente ao muro. As vinte barracas ficavam todas no mesmo galpão e sob o mesmo teto, sendo separadas umas das outras por divisões pouco acima da cintura.

As Malachis que ela vendia eram bonecas de plástico com articulações móveis e olhos de *strass*. Bee as comprara de uma loja de artigos religiosos por 27 centavos cada e as revendia a 3 dólares. Ela era uma excelente negociadora.

Embora Bee mostrasse ao mundo um exterior eficiente e espalhafatoso, era a majestade que emanava dela que vendia mais mercadorias do que qualquer outra coisa. A atitude carnavalesca de Bee chamava a atenção dos peregrinos, mas o que realmente os fazia comprar era a sua aura. A aura dizia que, sem dúvida, ela havia sido destinada a ocupar uma posição muito mais nobre na vida, dizia que estando presa ali ela demonstrava um maravilhoso espírito esportivo.

— Ei! Comprem suas Malachis enquanto ainda é tempo! — exclamou Bee. — Não dá para comprar Malachis durante a materialização!

Isso era verdade. A regra era que os concessionários baixassem as persianas das lojas cinco minutos antes de Winston Niles Rumfoord e seu cão se materializarem. E ainda tinham que manter as persianas fechadas dez minutos após os últimos vestígios de Rumfoord e Kazak desaparecerem.

Bee se virou para o filho, Crono, que abria uma nova caixa de Malachis.

— Quanto tempo falta para o apito? — ela perguntou. O apito, um grande apito a vapor que havia dentro da propriedade, era soprado cinco minutos antes das materializações.

As materializações eram anunciadas pelo disparo de um canhão 75 milímetros.

As desmaterializações eram anunciadas pela soltura de mil balões.

— Oito minutos! — respondeu Crono, olhando para seu relógio. Ele agora tinha 11 anos terráqueos. Era moreno e irascível. Ótimo em passar a perna nos outros e também muito habilidoso com as cartas. Tinha uma boca suja e carregava um canivete com uma lâmina de 15 centímetros. Crono não se dava bem com outras crianças, e sua reputação de lidar com a vida objetiva e perigosamente era tão ruim que apenas poucas, e muito bonitas, mocinhas se sentiam atraídas por ele.

Crono fora classificado pelo Departamento de Polícia de Newport e pela Polícia Estadual de Rhode Island como um delinquente juvenil. Ele conhecia pelo menos cinquenta oficiais da lei pelo primeiro nome e era veterano de catorze testes do detector de mentiras.

O que evitou que Crono fosse parar numa instituição foi a melhor equipe de advogados da Terra, a equipe de advogados da Igreja do Deus Absolutamente Indiferente. Sob a direção de Rumfoord, ela defendeu Crono de todas as acusações.

As acusações mais comuns contra Crono eram apropriação indevida por meio de truque de prestidigitação, porte ilegal de armas, posse de revólveres não registrados, disparo de armas de fogo dentro dos limites da cidade, venda de fotografias e artigos obscenos e ser uma criança geniosa.

As autoridades reclamavam amargamente que o problema da criança era a mãe. Ela o amava exatamente como ele era.

— Pessoal, só mais oito minutos para comprar sua Malachi — anunciou Bee. — Corram, corram, corram.

Um dos dentes superiores frontais de Bee era de ouro, e sua pele, assim como a do filho, era cor de carvalho dourado.

Bee perdera o dente superior frontal quando a espaçonave vinda de Marte, na qual ela e Crono estavam, se chocou ao aterrissar na Amazônia, na região Gumbo. Os dois haviam sido os únicos sobreviventes do acidente e vagaram pela selva durante um ano.

A cor da pele de Bee e Crono era permanente, já que tinham como causa uma alteração no fígado devido a uma dieta de três meses de água e raízes de salpa-salpa, ou álamo-azul da Amazônia. A dieta fora parte da iniciação de Bee e Crono na tribo gumbo.

Durante o ritual, mãe e filho foram colocados numa estaca e pendurados por uma corda bem no meio da aldeia, com Crono representando o Sol e Bee, a Lua. Era a forma como o povo gumbo entendia o Sol e a Lua.

Como resultado dessas experiências, Bee e Crono eram mais próximos do que a maioria das mães e filhos.

Por fim, acabaram sendo resgatados de helicóptero. Winston Niles Rumfoord tinha mandado o helicóptero para o lugar certo na hora certa.

Winston Niles Rumfoord concedera a Bee e a Crono a lucrativa autorização de vender Malachis do lado de fora da porta estilo Alice no País das Maravilhas. Ele também havia pagado a conta do dentista de Bee, e sugerido que o dente falso da frente fosse de ouro.

O homem da barraca ao lado de Bee, Harry Brackman, fora sargento do pelotão de Anc em Marte. Brackman era corpulento e careca agora. Tinha uma perna artificial e uma mão direita de aço inoxidável. A perna e a mão haviam sido perdidas na Batalha de Boca Ratón. Ele era o único sobrevivente da batalha — e, se não tivesse sido tão horrivelmente ferido, certamente teria sido linchado junto com os outros sobreviventes do seu pelotão.

Brackman vendia réplicas de plástico da fonte que havia no interior da muralha. As réplicas tinham 30 centímetros de comprimento e bombas de água instaladas nas bases, as quais bombeavam a água da tigela grande, localizada na base, lá em baixo, às tigelas pequeninas de cima. Depois, as tigelas pequeninas vertiam água para as tigelas de baixo, que então...

Brackman exibia três delas no balcão. Estavam em pleno funcionamento.

— Igualzinha à fonte lá de dentro, pessoal — disse Brackman. — E essa vocês podem levar para casa. Ponham na janela panorâmica, para que todos os vizinhos saibam que vocês estiveram em Newport. Ponham no meio da mesa da cozinha nas festas das crianças e encham de limonada.

— Quanto custa? — perguntou um caipira.

— Dezessete dólares — respondeu Brackman.

— Minha nossa! — exclamou o caipira.

— É um lugar sagrado, primo — disse Brackman, olhando firmemente para o caipira. — Não um brinquedo. — Então procurou embaixo do balcão e tirou de lá um modelo de nave marciana. — Quer um brinquedo? Aqui está um. Quarenta e nove centavos. Eu só tiro 2 centavos de lucro.

O caipira fez todo um espetáculo para mostrar que era um comprador criterioso. Comparou o brinquedo com o artigo real que deveria representar, uma nave marciana no topo de uma coluna de 30 metros de altura. A coluna e a espaçonave estavam dentro da propriedade dos Rumfoord — no lugar onde ficava a quadra de tênis.

Rumfoord ainda precisava explicar o propósito dessa nave espacial, cuja coluna de suporte fora construída com o dinheiro de crianças do mundo todo. A nave era mantida em constante prontidão. O que supostamente era a maior escada independente da história jazia inclinada contra a coluna e conduzia vertiginosamente à porta da nave.

Na cápsula de combustível da nave, havia o último resquício do suprimento de Vontade Universal Em Transformação do esforço de guerra marciano.

— Uhum — disse o caipira. Então colocou o modelo no balcão. — Se não se importar, vou dar mais uma volta. — Até o momento, a única coisa que ele havia comprado era um chapéu de Robin Hood com uma imagem de Winston Niles Rumfoord num lado, uma imagem de um veleiro na outra e o próprio nome gravado na pena, o qual, segundo esta, era *Delbert*. — De qualquer forma, obrigado — agradeceu Delbert. — Provavelmente eu volto depois.

— Claro que volta, Delbert — disse Brackman.

— Como sabe que meu nome é Delbert? — perguntou o homem, satisfeito e desconfiado.

— Você acha que Winston Niles Rumfoord é o único cara por aqui com poderes sobrenaturais? — retrucou Brackman.

Ouviu-se um jato de vapor de dentro da muralha. Um instante depois, o barulho do grande apito a vapor se abateu sobre as barracas — poderoso, lúgubre e triunfante. Era o sinal de que Rumfoord e o cachorro iriam se materializar em cinco minutos.

Era o sinal para que os concessionários parassem com os gritos irreverentes usados para comercializar suas bugigangas e baixassem as persianas.

As persianas foram baixadas imediatamente.

Para a fila de barracas, fazer isso era como entrar num longo túnel escuro.

O isolamento dos concessionários no túnel tinha uma dose extra de fantasmagoria, já que o túnel abrigava apenas sobreviventes de Marte. Rumfoord insistira nessa questão — os marcianos deveriam ser a primeira escolha para as concessões em Newport. Era seu jeito de dizer "Obrigado".

Não havia muitos sobreviventes — apenas 58 nos Estados Unidos, 316 no mundo todo.

Dos 58 que estavam nos Estados Unidos, 21 eram concessionários em Newport.

— Lá vamos nós outra vez, criançada — alguém disse bem, bem, bem no fim da fila. Era a voz do homem cego que vendia o chapéu de Robin Hood com a foto de Rumfoord num lado e a de um veleiro no outro.

O sargento Brackman cruzou os braços em cima da divisória entre sua barraca e a de Bee. Em seguida, piscou para o jovem Crono, que estava deitado numa caixa fechada de Malachis.

— Vá para o inferno, né, garoto? — disse Brackman a Crono.

— Vá para o inferno — Crono concordou. Ele estava limpando as unhas com o pedaço de metal estranhamente retorcido e perfurado no meio que havia sido seu talismã da sorte em Marte. Ainda era seu talismã da sorte na Terra.

O talismã da sorte provavelmente salvara a vida de Crono e Bee na selva. Os nativos da tribo gumbo tinham reconhecido a peça de metal como um objeto de tremendo poder. O respeito que sentiam por ela fez com que iniciassem os donos do objeto, em vez de comê-los.

Brackman riu afetuosamente.

— Simmm, senhor! Esse é mesmo um marciano! — disse ele. — Não sai de cima da caixa de Malachis nem para dar uma olhada no Viajante Espacial.

Crono não estava só em sua indiferença com relação ao Viajante Espacial. Era um orgulhoso e insolente costume da parte dos concessionários ficar de fora das cerimônias — permanecer no túnel escuro das barracas até que Rumfoord e o cachorro aparecessem e desaparecessem.

Não é que os concessionários sentissem um real desprezo pela religião de Rumfoord. Na verdade, a maioria deles achava que a nova religião era provavelmente algo bom. O que dramatizavam, quando ficavam dentro das barracas de persianas cerradas, era que eles, como veteranos marcianos, já tinham feito mais do que o suficiente pela Igreja do Deus Absolutamente Indiferente.

Dramatizavam o fato de terem sido usados.

Rumfoord encorajava essa atitude — se referia a eles carinhosamente como seus "santos soldados do lado de lá da portinha".

— A apatia que eles sentem... — Rumfoord disse uma vez — é o resultado de uma grande ferida que sofreram a fim de que possamos ser mais alegres, sensíveis e livres.

A tentação dos concessionários de dar uma olhada no Viajante Espacial era grande. Havia alto-falantes dentro da muralha da propriedade dos Rumfoord, e cada palavra que Rumfoord pronunciava lá dentro ressoava nos ouvidos de todos num raio de 400 metros. Ele tinha repetido incessantemente que a gloriosa chegada do Viajante Espacial seria o momento da verdade.

Era um grande momento que deixava os verdadeiros crentes em polvorosa — o grande momento em que os verdadeiros crentes veriam suas crenças ampliadas, esclarecidas e vivificadas dez vezes mais.

E agora esse momento havia chegado.

Do lado de fora das barracas, era possível ouvir a barulheira do carro de bombeiros que trazia o Viajante Espacial da Igreja do Viajante Espacial de Cape Cod.

Os ogros escondidos na escuridão das barracas se recusaram a dar uma espiada.

O canhão rugiu dentro das muralhas.

Rumfoord e o cachorro, então, se materializaram — e o Viajante Espacial passou pela porta no estilo Alice no País das Maravilhas.

— Provavelmente é algum ator falido de Nova York que ele contratou — disse Brackman.

Ninguém respondeu a essa afirmação, nem mesmo Crono, que gostava de se imaginar o maior cínico das barracas. Nem o próprio Brackman levou a sério a sugestão de que o Viajante Espacial era uma fraude. Os concessionários conheciam bem demais o fraco de Rumfoord pelo realismo. Quando ele encenava uma Paixão de Cristo, só usava pessoas verdadeiras, vivendo infernos verdadeiros.

. . .

É preciso enfatizar que, por mais entusiasta de espetáculos que Rumfoord fosse, ele nunca cedera à tentação de se declarar Deus ou algo parecido.

Até seus piores inimigos admitem isso. O dr. Maurice Rosenau, no livro *Fraude Pan-Galáctica ou três bilhões de pessoas tapeadas*, diz:

> *Winston Niles Rumfoord, o fariseu interestelar, o Tartufo, o Cagliostro, precisou se esforçar ao máximo para declarar que não é Deus Todo-Poderoso ou algum parente próximo de Deus Todo-Poderoso, que não recebeu instruções detalhadas de Deus Todo-Poderoso. A essas palavras do Mestre de Newport só podemos dizer amém! E podemos acrescentar que não só Rumfoord está longe de ser um parente ou um agente de Deus Todo-Poderoso como até mesmo qualquer comunicação com o Próprio Deus Todo-Poderoso é impossível enquanto Rumfoord estiver por perto!*

Geralmente as conversas dos veteranos de Marte dentro das barracas fechadas eram animadas — conversavam com uma alegre irreverência, trocavam dicas de como vender produtos religiosos de má qualidade a pessoas tapadas.

No entanto, com a iminência do encontro entre Rumfoord e o Viajante Espacial, os concessionários acharam extremamente difícil não se interessar.

O sargento Brackman levou a mão boa até o topo da cabeça, o gesto característico de um veterano de Marte. Ele tocava a área onde ficava sua antena, a antena que antigamente fazia o trabalho de pensar por ele; sentia falta dos sinais.

— *Tragam o Viajante Espacial até aqui!* — ressoou a voz de Rumfoord das trombetas de Gabriel na muralha.

— Talvez... Talvez a gente devesse assistir — disse Brackman a Bee.

— O quê? — murmurou Bee. De costas para as persianas cerradas, seus olhos estavam fechados; a cabeça, baixa. Parecia estar com frio.

Ela sempre estremecia quando ocorria uma materialização.

Crono pressionava devagar o polegar no talismã da sorte, observando um halo de névoa se formar no metal gelado, em volta do polegar.

— Para o diabo com eles, hein, Crono? — disse Brackman.

O homem que vendia passarinhos mecânicos que cantavam manuseava suas mercadorias com indiferença. A esposa de um fazendeiro o atacara com um forcado na Batalha de Toddington, Inglaterra, deixando-o quase morto.

O Comitê Internacional para Identificação e Reabilitação de Marcianos tinha conseguido identificar o passarinheiro com a ajuda de suas impressões digitais. Era Bernard K. Winslow, um andarilho especialista em identificar o sexo de galinhas que havia desaparecido da ala para alcoólatras do Hospital de Londres.

— Muito obrigado pela informação — dissera Winslow ao comitê. — Agora não me sinto mais perdido.

O sargento Brackman foi identificado pelo Comitê como o soldado Francis J. Thompson, que desaparecera na calada da noite enquanto vigiava uma frota de veículos em Fort Bragg, Carolina do Norte, EUA.

O Comitê ficara perplexo com Bee. Ela não possuía registro de impressões digitais. O Comitê acreditava que fosse Florence White, uma simples e solitária moça que desaparecera em uma tinturaria em Cohoes, Nova York, ou Darlene Simpkins, uma simples e solitária moça que fora vista pela última vez aceitando carona de um homem moreno em Brownsville, Texas.

Passando as barracas de Bee, Crono e Brackman, mais para o fim da fila, havia outras cascas vazias de Marte identificadas como Myron S. Watson, um alcoólatra que desaparecera do seu posto de servente no banheiro do aeroporto de Newark... Charlene Heller, assistente da elaboradora de cardápios da cantina de Stivers High School, em Dayton, Ohio... Krishna Garu, um tipógrafo que tecnicamente ainda era procurado pela polícia sob acusação de bigamia, abandono de filhos e não pagamento de pensão alimentícia em Calcutá, Índia... Como Kurt Schneider, também alcoólatra, gerente de uma agência de viagens falida em Bremen, Alemanha.

— O poderoso Rumfoord... — disse Bee.

— Como? — perguntou Brackman.

— Ele roubou nossas vidas — afirmou Bee. — Ele nos pôs para dormir. Arrancou todas as informações das nossas mentes que nem sementes de uma abóbora de Halloween. Ele nos controlou como robôs, nos treinou, nos obrigou a fazer o que ele queria, acabou com a gente por uma boa causa. — Ela encolheu os ombros. — Teríamos feito melhor se ele nos deixasse controlar nossas próprias vidas? Teríamos nos tornado algo melhor ou pior? Acho que estou feliz por ele ter me usado. Acho que ele teve ideias muito melhores com relação a mim mesma do que Florence White ou Darlene Simpkins ou seja lá quem eu era. Mas eu o odeio mesmo assim — acrescentou Bee.

— Esse é nosso privilégio — disse Brackman. — Ele diz que é o privilégio de todo marciano.

— Há um consolo nisso tudo — disse Bee. — Todos nós já fomos usados. Nunca mais seremos usados por ele.

— Seja bem-vindo, Viajante Espacial — ressoou a voz de tenor de Rumfoord, escorrendo como margarina pelas trombetas de Gabriel na parede. — É tão propício que você tenha vindo até nós no carro vermelho e reluzente do Corpo de Bombeiros Voluntários. Não consigo pensar num símbolo mais inspirador para a humanidade do que um carro de bombeiros criado pelo homem. Diga-me, Viajante Espacial, você vê algo aqui... Algo que o faça pensar que já esteve aqui antes?

O Viajante Espacial murmurou algo ininteligível.

— Mais alto, por favor — pediu Rumfoord.

— A fonte... Eu me lembro daquela fonte — disse o Viajante Espacial, hesitante. — Só que...

— Só que?... — instigou-o Rumfoord.

— Estava seca na ocasião... seja lá qual ela fosse. Está tão cheia agora — disse o Viajante Espacial.

Nesse momento, ligaram um microfone perto da fonte para que o genuíno balbuciar, respingar e gotejar da fonte pudesse ressaltar as palavras do Viajante Espacial.

— Vê algo mais que lhe seja familiar, ó, Viajante Espacial? — perguntou Rumfoord.

— Sim — disse o Viajante Espacial, timidamente. — Você.

— Eu lhe sou familiar? — perguntou Rumfoord, brejeiramente. — Você quer dizer que existe uma possibilidade de que eu já tenha desempenhado um pequeno papel na sua vida?

— Eu me lembro de você em Marte — disse o Viajante Espacial. — Você era aquele homem com o cachorro... Logo antes de partirmos.

— O que aconteceu depois que você partiu? — perguntou Rumfoord.

— Algo deu errado — respondeu o Viajante Espacial. Ele soou apologético, como se a série de infortúnios que tinham se abatido sobre ele tivesse sido de alguma forma sua culpa. — Um monte de coisas deu errado.

— Você considerou a possibilidade — disse Rumfoord — de que tudo tenha dado absolutamente certo?

— Não — respondeu simplesmente o Viajante Espacial. A ideia não lhe ocorrera, não poderia ter lhe ocorrido, já que estava muito além da sua parca filosofia.

— Você reconheceria sua mulher e seu filho? — perguntou Rumfoord.

— Eu... Eu não sei — disse o Viajante Espacial.

— Tragam a mulher e o garoto que vendem Malachis do lado de fora da portinha de ferro — ordenou Rumfoord. — Tragam Bee e Crono.

O Viajante Espacial, Winston Niles Rumfoord e Kazak estavam num andaime na frente da mansão posicionado no campo de visão da multidão. O andaime era parte de um sistema contínuo de passarelas, rampas, escadas, púlpitos, degraus e palcos que levavam a cada canto da propriedade.

O sistema possibilitava a Rumfoord circular livre e espalhafatosamente pelo terreno, protegido das multidões. Também significava que Rumfoord poderia oferecer um vislumbre de si mesmo a cada pessoa que se encontrasse no terreno.

Esse sistema não estava suspenso magneticamente, apesar de parecer um milagre da levitação. O aparente milagre era alcançado por meio de uma hábil pintura. As fundações tinham sido pintadas de um preto absoluto, enquanto as superestruturas haviam sido cobertas com um dourado cintilante.

As câmeras de televisão e os microfones, fixados em hastes, acompanhavam esse sistema em qualquer lugar.

Nas materializações noturnas, as superestruturas do sistema eram destacadas com lâmpadas elétricas coloridas.

. . .

O Viajante Espacial era apenas a 31a pessoa a ser convidada a acompanhar Rumfoord nesse sistema elevado.

Um assistente havia sido despachado para buscar na barraca de Malachis a 32ª e a 33ª pessoas com quem ele deveria partilhar dessa eminência.

Rumfoord não parecia bem. Tinha uma cor doentia. E, apesar de sorrir como sempre, seus dentes pareciam ranger por trás do sorriso. Sua alegria complacente se tornara uma caricatura, traindo o fato de que as coisas, de alguma forma, não iam nada bem.

Mas o famoso sorriso prosseguia. O magnífico esnobe encantador de plateias mantinha o cão Kazak preso pela coleira. A coleira de pregos era torcida, de forma a cutucar a garganta do cachorro em caso de necessidade. O alerta era necessário, já que evidentemente o cachorro não gostava do Viajante Espacial.

O sorriso vacilou por um instante, lembrando à multidão o fardo que Rumfoord carregava por ela — alertando a multidão de que ele não carregaria esse fardo para sempre.

Rumfoord trazia na palma da mão um microfone e transmissor do tamanho de uma moedinha. Quando não queria que sua voz fosse transmitida à multidão, simplesmente fechava o punho sobre a moedinha.

Ele fechava o punho nesse exato momento — e agraciava o Viajante Espacial com lampejos de ironia que teriam deixado a multidão perplexa, caso conseguisse ouvi-los.

— Hoje certamente é o seu dia, não é mesmo? — perguntou Rumfoord. — Você só recebeu amor desde que chegou. A multidão simplesmente o adora. Você adora multidões?

As alegres comoções do dia haviam reduzido o Viajante Espacial à condição de criança — ele não conseguia entender ironia ou sarcasmo. Ele tinha sido prisioneiro de muitas situações em momentos conturbados. Agora era prisioneiro de uma multidão que o achava um prodígio.

— Eles certamente têm sido maravilhosos comigo — ele disse a Rumfoord. — Têm sido formidáveis.

— Oh... Eles são mesmo um grupo formidável — concordou Rumfoord. — Não há dúvidas disso. Tenho vasculhado meu cérebro em busca da palavra certa para descrevê-los e você a trouxe para mim diretamente do espaço. *Formidáveis* é o que são. — A mente de Rumfoord vagava claramente em outro lugar. Ele não estava muito interessado no Viajante Espacial como pessoa. Quase nem olhava para ele. Também não parecia muito empolgado com a chegada da esposa e do filho do Viajante Espacial.

— Onde eles estão, onde eles estão? — perguntou a um assistente lá embaixo. — Vamos seguir logo com isso. Vamos acabar logo com isso.

O Viajante Espacial estava achando suas aventuras tão satisfatórias e estimulantes, tão esplendidamente encenadas, que estava com vergonha de fazer perguntas — tinha medo de que as perguntas o fizessem parecer ingrato.

Ele percebeu que tinha uma enorme responsabilidade cerimonial e que o melhor a fazer seria manter a boca fechada, falar só quando solicitado e dar respostas curtas e simples a todas as questões.

A mente do Viajante Espacial não fervilhava de perguntas. A estrutura básica da sua situação cerimonial era óbvia — tão clara e funcional quanto uma banqueta de três pernas para ordenhar vaca. Ele havia sofrido intensamente, e agora seria recompensado com a mesma intensidade.

A mudança súbita na sorte de uma pessoa é um excelente espetáculo. Ele sorriu, compreendendo o entusiasmo da multidão — fingindo estar no meio dela, partilhar desse entusiasmo.

Rumfoord leu a mente do Viajante Espacial.

— Eles apreciam essa situação tanto quanto a outra, sabe? — disse Rumfoord.

— Outra? — perguntou o Viajante Espacial.

— Quando a grande recompensa vem antes do grande sofrimento — esclareceu Rumfoord. — O que eles gostam mesmo é do *contraste* entre uma e outra. A ordem dos acontecimentos não faz a menor diferença para eles. O que torna tudo emocionante é um *retrocesso rápido*...

Rumfoord abriu a mão, expondo o microfone. Com a outra, acenou pontificalmente. Acenava para Bee e Crono, que tinham sido içados a um afluente do sistema dourado de passarelas, rampas, escadas, púlpitos, degraus e palcos.

— Por aqui, por favor. Não temos o dia todo, sabe? — disse Rumfoord, com o tom de uma rigorosa professora do interior.

Durante essa interrupção, o Viajante Espacial sentiu o primeiro comichão real a respeito de um futuro feliz na Terra. Com todos agindo de forma tão gentil, entusiástica e pacífica, sentia que não apenas seria bom viver na Terra, mas simplesmente perfeito.

O Viajante Espacial já tinha recebido uma roupa nova e uma posição glamorosa, e em questão de minutos sua mulher e seu filho lhe seriam restaurados.

A única coisa que faltava era um bom amigo, e o Viajante Espacial começou a tremer. Ele tremeu, pois sabia em seu coração que o seu melhor amigo, Stony Stevenson, estava escondido em algum lugar da propriedade, esperando a deixa para aparecer.

O Viajante Espacial sorriu, já imaginando a entrada de Stony. Ele subiria correndo uma rampa, rindo, levemente bêbado.

— Anc, seu maldito desgraçado… — Stony iria berrar nos microfones. — Por Deus, eu te procurei em cada maldito *pub* da Terra, e então, que diabos, descubro que você estava preso em Mercúrio o tempo todo!

Quando Bee e Crono chegaram ao local onde estavam Rumfoord e o Viajante Espacial, Rumfoord se afastou. Se tivesse se afastado de Bee, Crono e do Viajante Espacial e permanecido a poucos centímetros de distância, esse distanciamento talvez fosse compreendido. Mas o sistema dourado lhe permitia colocar uma distância respeitável entre ele e os três, não apenas uma distância considerável, mas uma distância tortuosa, caracterizada por variados obstáculos simbólicos em estilo rococó.

Era inegavelmente um grande teatro, apesar da censura feita pelo dr. Maurice Rosenau (*op. cit.*):

> "As pessoas que assistem reverentemente a Winston Niles Rumfoord fazer seu número de dança em Newport, no seu ginásio dourado no meio da selva, são os mesmos idiotas que encontramos nas lojas de brinquedos olhando estupefatos e reverentemente para trenzinhos de brinquedo que passam piuí-piuí-piiiiiuí por túneis de papel machê, ferrovias de palitinho, cidades de papelão e túneis de papel machê novamente. Quem será que vai aparecer de novo, piuí-piuí-piiiiiuí, o trenzinho ou Winston Niles Rumfoord? Oh, *mirabile dictu*!* Os dois!"

Do andaime em frente da mansão, Rumfoord trepou numa escada curvada sobre uma cerca viva de buxo. Subindo

* Locução interjetiva em latim, significando "coisa que contada causa admiração, espanto, surpresa". [N. de T.]

a escada, havia uma passarela que seguia por uns 3 metros até uma faia cujo tronco tinha pouco mais de 3 metros de alto a baixo. Degraus dourados haviam sido fixados com parafusos no tronco.

Rumfoord amarrou Kazak no último degrau, subiu rapidamente e entrou no meio da folhagem, sumindo de vista como João e o Pé de Feijão.

De algum lugar em cima da árvore, falou.

Sua voz, porém, não veio da árvore, mas das trombetas de Gabriel, da muralha.

A multidão desviou o olhar do frondoso cimo para os alto-falantes mais próximos.

Apenas Bee, Crono e o Viajante Espacial continuavam olhando para cima, para o lugar onde Rumfoord realmente estava. Faziam isso mais por constrangimento do que por apego ao realismo. Olhando para cima, os membros dessa pequena família evitavam olhar uns para os outros.

Nenhum dos três tinha motivos para se sentir feliz com aquela reunião.

Bee não se sentia atraída pelo caipira esquelético de barba comprida, que parecia tão feliz nas ceroulas amarelo-limão. Ela sonhara com um livre-pensador alto, arrogante e colérico.

O jovem Crono odiou o intruso de barba pela relação íntima que este mantivera com sua mãe. Beijou o talismã da sorte e desejou que o pai caísse duro, isso se ele fosse mesmo seu pai.

E o próprio Viajante Espacial, por mais que se esforçasse, não conseguia imaginar por que teria escolhido voluntariamente aquela mulher morena, de aparência malévola, e seu filho.

Por acidente, os olhos do Viajante Espacial encontraram o único olho bom de Bee. Algo precisava ser dito.

— Como vai você? — perguntou ele.

— Como vai *você*? — retrucou Bee.

Ambos olharam para a árvore novamente.

— Oh, meus felizes irmãos, plenos de desvantagens — disse a voz de Rumfoord —, devemos agradecer a Deus, esse Deus que aprecia nossos agradecimentos tanto quanto o poderoso Mississippi aprecia uma gota de chuva, por não sermos como Malachi Constant.

A nuca do Viajante Espacial doeu um pouco. Ele baixou o olhar, e seus olhos se fixaram numa comprida e reta passarela dourada, não muito longe dali. Então a seguiram.

A passarela terminava na maior escada independente da Terra. Ela também estava pintada de dourado.

O olhar do Viajante Espacial subiu a escada até chegar na pequena porta da espaçonave no topo da coluna. Ele imaginou quem teria sangue-frio ou motivo suficiente para subir uma escada tão assustadora e dar numa porta tão pequenina.

Em seguida olhou para a multidão novamente. Talvez Stony Stevenson estivesse em algum lugar no meio dela. Talvez estivesse esperando o espetáculo terminar para se apresentar como seu melhor e único amigo de Marte.

11

Temos ódio de Malachi Constant porque...

"Diga-me uma única coisa boa que você fez na vida."

—Winston Niles Rumfoord

E este foi o sermão:

— Temos *nojo* de Malachi Constant — disse Winston Niles Rumfoord do alto de sua árvore — porque ele utilizou os magníficos frutos da sua magnífica sorte financeira para financiar a infinita demonstração de que o homem é um porco. Ele chafurdou numa piscina de bajuladores. Ele chafurdou numa piscina de mulheres desprezíveis. Ele chafurdou numa piscina de lascívia, álcool e drogas. Ele chafurdou em toda forma conhecida de depravação voluptuosa. Com sua boa sorte, Malachi Constant tinha mais dinheiro que os estados de Utah e Dakota do Norte juntos. Ainda assim, ouso dizer que sua moral valia menos que o mais pútrido rato de esgoto de qualquer um desses estados.

“Temos *raiva* de Malachi Constant — disse Rumfoord do alto de sua árvore — porque ele não fez nada para merecer seus bilhões de dólares e porque ele não fez nada altruísta ou criativo com seus bilhões. Ele era tão bondoso quanto Maria Antonieta, tão criativo quanto um professor de cosmetologia num curso de embalsamamento.

“Temos *ódio* de Malachi Constant — disse Rumfoord do alto de sua árvore — porque ele aceitou os magníficos frutos de sua magnífica sorte sem escrúpulos, como se a sorte fosse concedida pela mão de Deus. Para nós, da Igreja do Deus Absolutamente Indiferente, não há nada mais cruel, perigoso e blasfemo do que um homem acreditar que a sorte, boa ou má, esteja nas mãos de Deus!

“A sorte, boa ou má — disse Rumfoord do alto de sua árvore — *não* está nas mãos de Deus. A sorte — disse Rumfoord do alto de sua árvore — é a forma como o vento cria redemoinhos no ar e a poeira assenta as Eras após Deus passar.

“Viajante Espacial! — chamou Rumfoord do alto de sua árvore.”

O Viajante Espacial não estava prestando atenção. Seu poder de concentração era escasso — possivelmente por ter passado tanto tempo nas cavernas, tanto tempo ingerindo bolinhas ou tanto tempo no Exército de Marte.

Ele observava as nuvens. Elas eram adoráveis e o céu no qual vagavam era, para alguém faminto por cores como o Viajante Espacial, de um azul emocionante.

— Viajante Espacial! — chamou Rumfoord novamente.

— Ei, você de roupa amarela — chamou Bee. Então o cutucou. — Acorde.

— Perdão? — disse o Viajante Espacial.

— Viajante Espacial! — chamou Rumfoord.

O Viajante Espacial finalmente prestou atenção.

— Sim, senhor? — E se dirigiu à câmara frondosa no alto. A saudação era ingênua, alegre e cativante. Um microfone preso numa haste balançou e se curvou para ele.

— Viajante Espacial! — chamou Rumfoord, e agora ele parecia incomodado, pois a fluidez da cerimônia estava sendo comprometida.

— Estou aqui, senhor! — gritou o Viajante Espacial. Sua réplica foi aumentada pelos alto-falantes, saindo estridentemente alta.

— Quem é você? — perguntou Rumfoord. — Qual é seu nome de verdade?

— Não sei meu nome de verdade — respondeu o Viajante Espacial. — Me chamavam de Anc.

— O que aconteceu com você antes de voltar à Terra, Anc? — questionou Rumfoord.

O Viajante Espacial exibiu um enorme sorriso. Foi induzido a repetir a simples declaração que havia causado tanta alegria, feito tanta gente cantar e dançar em Cape Cod.

— Eu fui vítima de uma série de acidentes, como todos nós somos — disse ele.

Dessa vez, não houve risos, cantorias e danças, mas a multidão certamente pareceu apreciar a resposta do Viajante Espacial. Queixos se ergueram, olhos se arregalaram e narinas fremiram. Não houve nenhuma comoção, pois a multidão queria ouvir absolutamente tudo que Rumfoord e o Viajante Espacial dissessem.

—Você foi vítima de uma série de acidentes? — perguntou Rumfoord do alto de sua árvore. — De todos esses acidentes — ele disse —, qual você considera o mais significativo?

O Viajante Espacial inclinou a cabeça.

— Eu teria que pensar...

— Vou lhe poupar o trabalho — disse Rumfoord. — O mais significativo acidente que aconteceu a você foi seu nascimento. Você gostaria que eu lhe dissesse como o chamaram quando você nasceu?

O Viajante Espacial hesitou por um momento, temendo estragar uma carreira cerimonial muito gratificante dizendo as palavras erradas.

— Sim, eu gostaria — disse ele.

— Eles o chamaram de Malachi Constant — declarou Rumfoord do alto de sua árvore.

Multidões podem ser uma coisa boa, de vez em quando, e a multidão que Winston Niles Rumfoord atraíra para Newport era uma boa multidão. As pessoas que lá estavam não tinham mentalidade de multidão; continuavam em posse da própria consciência. Além disso, Rumfoord em nenhum momento as convidou para participar de alguma ação — muito menos com aplausos ou vaias.

Quando finalmente compreenderam que o Viajante Espacial era o desprezível, irritante e odioso Malachi Constant, os membros da multidão reagiram com silêncio, suspiros e de várias outras formas — que eram, de modo geral, solidárias. Pesava na consciência deles, em sua maioria decentes, que já haviam, afinal de contas, enforcado Constant em efígie em suas casas e locais de trabalho. E, embora tivessem enforcado alegremente as efígies, poucos achavam que Constant, em pessoa, merecia de fato ser enforcado. Enforcar Malachi Constant em efígie era um ato tão violento quanto enfeitar uma árvore de Natal ou esconder ovos de Páscoa.

E Rumfoord, do alto de sua árvore, não disse nada para desencorajar a compaixão que eles sentiam.

— Você teve o singular acidente, sr. Constant — ele disse, com simpatia —, de se tornar o principal símbolo de iniquidade para uma gigantesca seita religiosa. Você não nos atrairia como símbolo, sr. Constant, se nossos corações, de certa forma, não fossem como o seu. Nossos corações *tinham* que ser como o seu, já que todos os seus extravagantes erros são erros que os seres humanos têm cometido desde o início dos tempos.

"Em alguns minutos, sr. Constant — disse Rumfoord do alto de sua árvore —, você vai caminhar pelas passarelas e rampas até chegar naquela comprida escada dourada, e depois vai subir essa escada, entrar na espaçonave e voar até Titã, uma cálida e fecunda lua de Saturno. Você vai viver em segurança e com conforto, mas exilado de sua Terra nativa. Você fará isso voluntariamente, sr. Constant, para que a Igreja do Deus Absolutamente Indiferente tenha um drama de autopenitência digno de lembrar e ponderar através dos tempos.

"Nós vamos imaginar, para nossa satisfação espiritual — disse Rumfoord do alto de sua árvore — que nesse momento terão passado pela sua cabeça várias ideias confusas sobre o significado da sorte, sobre toda a riqueza e o poder mal aproveitados, sobre todos os seus passatempos repugnantes."

O homem que havia sido Malachi Constant, que havia sido Anc, que havia sido o Viajante Espacial e que agora era Malachi Constant novamente não sentiu grande coisa ao ser declarado Malachi Constant de novo. Talvez pudesse ter sentido coisas interessantes se o *timing* de Rumfoord fosse diferente. Mas Rumfoord lhe disse qual seria sua provação segundos após lhe contar que ele era Malachi Constant — e a provação foi suficientemente medonha para atrair a completa atenção de Constant.

A provação tinha sido prometida não para dali a alguns anos, meses ou dias — mas para dali a alguns minutos. E, como um criminoso condenado qualquer, Malachi Constant começou a estudar imediatamente, esquecendo-se de todo o resto, o aparato no qual estava prestes a desempenhar um papel.

Curiosamente, ele se preocupou, em primeiro lugar, em tropeçar. Achou que pensaria tanto no simples ato de caminhar que consequentemente seus pés iriam parar de funcionar e então ele iria tropeçar nos rodapés de madeira da escada.

— Você não vai tropeçar, sr. Constant — disse Rumfoord do alto de sua árvore, lendo a mente de Constant. — Não há outro lugar para ir, nada mais que possa fazer. Ponha um pé na frente do outro, enquanto observamos em silêncio, e ficará marcado como o mais relevante, memorável e magnífico ser humano desses tempos modernos.

Constant se virou e olhou para as criaturas pardas, sua mulher e seu filho. Eles o encaravam fixamente. Então enxergou no olhar de ambos que Rumfoord havia dito a verdade, que não tinha nenhuma outra direção a seguir, exceto a da espaçonave. Beatrice e o jovem Crono eram extremamente cínicos com relação às festividades — mas não com relação a um comportamento corajoso.

Eles desafiaram Malachi Constant a se comportar bem.

Constant esfregou cuidadosamente o polegar esquerdo no dedo indicador, em movimentos circulares. Observou essa atitude inútil por cerca de dez segundos.

Então deixou as mãos caírem ao lado do corpo, ergueu os olhos e começou a caminhar a passos firmes em direção à espaçonave.

Quando seu pé esquerdo pisou na rampa, sua cabeça foi preenchida por um som que não ouvia havia três anos terráqueos.

O som vinha da antena instalada no topo do seu crânio. Rumfoord, do alto de sua árvore, enviava sinais à antena de Constant por meio de um controle remoto que trazia no bolso.

Ele tornava a longa e solitária caminhada de Constant um pouco mais suportável, preenchendo a cabeça dele com o som da caixa.

O som da caixa tinha isto a lhe dizer:

Tenho uma tenda, uma tenda, uma tenda;
Tenho uma tenda, uma tenda, uma tenda;
Tenho uma tenda!
Tenho uma tenda!
Tenho, tenho uma tenda!

A caixa ficou em silêncio quando a mão de Malachi Constant tocou pela primeira vez o degrau dourado da maior escada independente do mundo. Ele olhou para cima e a perspectiva fez o topo da escadaria parecer minúsculo como uma agulha. Então descansou a testa por um instante no degrau que agarrava.

— Gostaria de dizer algo, sr. Constant, antes de subir a escada? — perguntou Rumfoord do alto de sua árvore.

Um microfone preso numa haste se curvou novamente para Constant. Ele umedeceu os lábios.

— Quer dizer algo, sr. Constant? — repetiu Rumfoord.

— Se você quiser falar alguma coisa — o técnico responsável pelo microfone disse a Constant —, fale num tom de voz normal e mantenha os lábios a cerca de 15 centímetros do microfone.

— Quer nos dizer algo, sr. Constant? — pressionou Rumfoord.

— Provavelmente... Provavelmente não vale a pena falar — respondeu Constant tímido. — Mas eu ainda quero dizer que não entendi rigorosamente nada que me aconteceu desde que cheguei à Terra.

— Você não teve aquele sentimento de participação? — perguntou Rumfoord do alto de sua árvore. — É isso que quer dizer?

— Não importa — retrucou Constant. — Tenho que subir a escada de qualquer maneira.

— Bem — disse Rumfoord do alto de sua árvore —, se você acha que estamos cometendo alguma injustiça aqui, por favor nos diga algo realmente bom que você tenha feito em algum ponto de sua vida e nos deixe decidir se esse ato de benevolência pode salvá-lo do que planejamos para você.

— Benevolência? — perguntou Constant.

— Sim — disse Rumfoord, expansivamente. — Diga-me uma coisa boa que você fez em sua vida... O que você conseguir lembrar.

Constant se esforçou para lembrar. Suas principais memórias tinham relação com suas andanças pelos corredores infinitos das cavernas. Houve algumas oportunidades de fazer algo remotamente semelhante ao bem com Boaz e os harmônios, mas Constant não podia dizer com honestidade que tinha considerado essa oportunidade de ser bom.

Então pensou em Marte, nas coisas que a carta dizia sobre ele. Com certeza entre todos aqueles itens havia algo sobre sua benevolência.

E então ele se lembrou de Stony Stevenson — seu amigo. Ele teve um amigo, e isso certamente era uma coisa boa.

— Eu tive um amigo — disse Malachi Constant no microfone.

— Qual era o nome dele? — perguntou Rumfoord.

— Stony Stevenson — respondeu Constant.

— Só um amigo? — perguntou Rumfoord do alto de sua árvore.

— Só um — confirmou Constant. Sua pobre alma foi inundada de prazer quando ele percebeu que um amigo era tudo de que um homem precisava para ser agraciado com a amizade.

— Sua alegação de benevolência deve ser avaliada, então — disse Rumfoord do alto de sua árvore —, levando em conta quão bom amigo você foi desse Stony Stevenson.

— Sim — concordou Constant.

— Você se lembra de uma execução em Marte, sr. Constant — perguntou Rumfoord do alto de sua árvore —, em que você foi o carrasco? Você estrangulou um homem na estaca na frente de três regimentos do Exército de Marte.

Essa era uma memória que Constant tinha feito o possível para esquecer. Em grande medida, fora bem-sucedido — e a vistoria que fazia em sua mente nesse exato momento era sincera. Ele não conseguia ter certeza de que a execução ocorrera.

— Acho... Acho que eu me lembro — disse Constant.

— Bem... Esse homem que você executou era seu grande e bom amigo Stony Stevenson — informou Winston Niles Rumfoord.

Malachi Constant subiu chorando a escadaria dourada. Ele parou na metade do caminho e Rumfoord o chamou novamente com ajuda dos alto-falantes.

— Agora você sente que tem participação mais vital em tudo isso, sr. Constant? — gritou Rumfoord.

O sr. Constant achava que sim. Agora ele tinha plena compreensão da própria inutilidade e sentia uma amarga simpatia por qualquer um que pensasse em tratá-lo com brutalidade.

E, quando por fim chegou ao topo, Rumfoord lhe disse que não fechasse a câmara de descompressão, pois sua mulher e seu filho subiriam em breve.

Constant sentou-se no umbral da espaçonave no topo da escadaria e escutou o breve sermão sobre a mulher de Constant, a mulher de pele escura, com um único olho e um dente de ouro chamada Bee. Constant não prestou atenção ao sermão. Seus olhos contemplavam um sermão muito mais amplo e reconfortante no panorama da cidade, da baía e das ilhas que se estendiam ao longe.

O sermão do panorama dizia que mesmo um homem sem um único amigo no universo ainda podia achar seu planeta natal um lugar misterioso e dolorosamente lindo.

— Devo lhes falar agora — disse Winston Niles Rumfoord do alto de sua árvore, tão distante de Malachi Constant — sobre Bee, a mulher que vende Malachis do lado de fora do portão, sobre a mulher de pele escura que, junto com o filho Crono, nos olha neste exato momento com tanta raiva. Quando ela estava a caminho de Marte anos atrás, Malachi Constant a tomou à força e ela deu à luz esse filho. Antes disso, ela era minha esposa e a dona desta propriedade. Seu verdadeiro nome é Beatrice Rumfoord.

A multidão gemeu em uníssono. Não era de admirar que as marionetes empoeiradas das outras religiões tinham sido abandonadas pelo próprio público, que todos os olhos se voltavam para Newport. Não apenas o líder da Igreja do Deus Absolutamente Indiferente era capaz de dizer o futuro e de lutar contra a maior iniquidade de todas, a iniquidade da sorte, mas também conseguia provocar em todos um sortimento inesgotável de novas sensações.

Ele era tão habilidoso e tinha um material tão bom para trabalhar que poderia até mesmo deixar sua voz tremer ao anunciar que a mulher caolha com um dente de ouro era sua esposa e que ele havia sido corneado por Malachi Constant.

— Eu agora os convido a desprezar o exemplo de vida dela da mesma forma que desprezaram tão intensamente o exemplo de vida de Malachi Constant — ele disse benignamente, do alto de sua árvore. — Podem pendurá-la ao lado de Malachi Constant nas venezianas das janelas e luminárias, se quiserem. Os excessos de Beatrice Rumfoord foram os excessos da relutância. Quando era mais jovem, por medo de contaminação, ela achava que sua criação primorosa lhe dava direito a não fazer nada e a não permitir que nada fosse feito com ela. Para a jovem Beatrice, a vida era muito cheia de germes e vulgaridade para ser considerada outra coisa que não intolerável. Nós, da Igreja do Deus Absolutamente Indiferente, a condenamos com veemência por se recusar a arriscar sua imaginária pureza e viver normalmente, da mesma forma que condenamos Malachi Constant por chafurdar na imundície. Cada atitude de Beatrice demonstrava que ela se considerava tão intelectual, moral e fisicamente dotada quanto um ser humano criado à imagem e perfeição de Deus, e que o resto da humanidade precisava de mais 10 mil anos na Terra para chegar a seus pés. Novamente temos um caso de uma pessoa totalmente comum e nada criativa cutucando o dedo mindinho de Deus Todo-Poderoso. Dizer que Deus Todo-Poderoso admirava Beatrice pela sua criação cheia de não-me-toques é, no mínimo, tão questionável quanto dizer que Deus Todo-Poderoso queria que Malachi Constant fosse rico.

"Sra. Rumfoord — disse Winston Niles Rumfoord do alto de sua árvore —, eu agora a convido, e seu filho também, a entrar na nave espacial rumo a Titã. Há algo que você queira dizer antes de partir?"

Houve um longo silêncio no qual mãe e filho se aproximaram um do outro e contemplaram, lado a lado, um mundo bastante mudado pelas notícias do dia.

—Você pretende nos dizer algo, sra. Rumfoord? — repetiu Rumfoord do alto de sua árvore.

— Sim — respondeu Beatrice. — Mas não vai demorar muito. Eu acredito em tudo que você disse sobre mim, já que raramente você mente. Mas, quando eu e meu filho subirmos juntos aquela escada, não estaremos fazendo isso por você ou pela sua multidão idiota. Estaremos fazendo isso por nós mesmos, e provaremos a nós mesmos e a qualquer um que queira observar que não temos medo de nada. Não ficaremos de coração partido por deixar este planeta. Sentimos tanto nojo dele como da sua orientação. Não me lembro do tempo em que eu era a dona dessa propriedade, em que eu não podia suportar fazer qualquer coisa ou permitir que fizessem qualquer coisa comigo. Mas eu amei a mim mesma no momento em que você disse que eu era assim. A raça humana é uma coisinha desprezível, assim como a Terra e você também.

Beatrice e Crono andaram rapidamente nas passarelas e rampas e subiram a escada. Passaram por Malachi Constant no umbral da espaçonave sem qualquer tipo de saudação. Desapareceram lá dentro.

Constant os seguiu pela espaçonave e se juntou a eles para analisar as acomodações.

O estado delas foi uma surpresa para todos — e também seria uma surpresa em especial para os administradores da propriedade Rumfoord. A nave espacial, aparentemente inviolável do alto da coluna, dentro dos limites sagrados da propriedade patrulhada por sentinelas, obviamente fora a cena de uma ou talvez muitas festinhas lascivas.

Todos os beliches estavam bagunçados. As camas estavam desfeitas, a roupa de cama torcida, amarrotada e jogada de qualquer jeito. Batom e graxa de sapato manchavam os lençóis.

Por toda a parte, havia mariscos fritos no chão, que estalavam quando eles pisavam nas casquinhas gordurosas.

Uma garrafa e meia de Mountain Moonlight, um *pint* de Southern Confort e uma dúzia de latas de cerveja Narragansett Lager, todas vazias, espalhavam-se pela nave.

Dois nomes haviam sido escritos em batom na parede branca perto da porta: *Bud e Sylvia*. E, pendurado numa saliência no eixo central da cabine, havia um sutiã preto.

Beatrice começou a recolher as garrafas e as latinhas vazias. Em seguida, os atirou pela porta. Pegou o sutiã e o segurou do lado de fora da nave, esperando por um vento favorável para jogá-lo.

Malachi Constant, enquanto suspirava, balançando a cabeça e pranteando Stony Stevenson, usou os pés como uma vassoura, varrendo os mariscos fritos para fora da porta.

O jovem Crono sentou-se num beliche e esfregou o talismã da sorte.

— Vamos logo, mãe — ele disse nervosamente. — Vamos sair logo daqui, por favor!

Beatrice jogou o sutiã. Uma lufada de vento o capturou, e ele saiu voando por sobre a multidão até parar na árvore ao lado da de Rumfoord.

— Adeus, pessoas limpas, sábias e adoráveis — disse Beatrice.

12

O cavalheiro de Tralfamadore

"Falando de maneira pontual, adeus."
—Winston Niles Rumfoord

Saturno tem nove luas, a maior delas é Titã.

Ela é só um pouquinho menor que Marte.

Titã é a única lua do Sistema Solar que possui uma atmosfera. Há bastante oxigênio para respirar.

O ar de lá parece o aroma que sai da porta dos fundos de uma padaria terráquea numa manhã de primavera.

No núcleo, Titã possui uma caldeira química natural que mantém a temperatura uniforme do ar em 19ºC.

Há três mares em Titã, cada um do tamanho do lago Michigan terráqueo. Os três mares têm uma água doce e límpida de tom verde-esmeralda. Os nomes dos três são Mar Winston, Mar Niles e Mar Rumfoord.

Há um agrupamento com 93 piscinas naturais, lagos e um quarto mar incipiente. O agrupamento é conhecido como Piscinas de Kazak.

Três grandes rios se ligam aos mares Winston, Niles e Rumfoord, e às Piscinas de Kazak. Esses rios, assim como seus afluentes, são instáveis — cada um corre ruidosamente à sua maneira, divididos, indiferentes. O humor dos rios é determinado pela selvagem força gravitacional de oito luas companheiras e pela prodigiosa influência de Saturno, que possui uma massa 95 vezes maior que a da Terra. Os três rios são conhecidos como rio Winston, rio Niles e rio Rumfoord.

Há florestas, pradarias e montanhas.

A montanha mais alta é o monte Rumfoord, com quase 3 mil metros de altura.

Titã dispõe da incomparável vista dos anéis de Saturno, uma das paisagens mais incrivelmente belas do Sistema Solar. Essas encantadoras faixas ficam a mais de 100 mil quilômetros de distância e são um pouco mais grossas que uma lâmina de barbear.

Em Titã, os anéis são chamados de Arco-Íris Rumfoord.

Saturno descreve uma volta ao redor do Sol.

Faz isso a cada 29,5 anos terráqueos.

Titã descreve uma volta ao redor de Saturno.

Titã descreve, consequentemente, uma espiral ao redor do Sol.

Winston Niles Rumfoord e seu cachorro Kazak existiam num fenômeno de onda — pulsando em espirais distorcidas com sua origem no Sol e seu final em Betelgeuse. Sempre que um corpo celeste interceptava suas espirais, Rumfoord e o cachorro se materializavam nesse corpo celeste.

Por razões ainda misteriosas, as espirais de Rumfoord e Kazak coincidiam exatamente com a de Titã.

Dessa forma, Rumfoord e o cachorro estavam permanentemente materializados em Titã.

Os dois moravam numa ilha a 1,5 quilômetro da costa do mar Winston. Seu lar era uma reprodução impecável do Taj Mahal, na Índia terráquea.

Tinha sido construído com trabalho marciano.

Por um capricho irônico, Rumfoord chamava seu lar em Titã de *Dun Roamin*.*

Antes da chegada de Malachi Constant, Beatrice, Rumfoord e Crono, havia apenas uma pessoa em Titã. O nome dela era Salo. Salo era velho; tinha 11 milhões de anos terráqueos.

Salo era de outra galáxia, da Pequena Nuvem de Magalhães. Ele tinha 1,40 metro de altura.

A pele exibia a textura e a cor de uma tangerina terráquea.

Salo tinha três pernas compridas e finas como as de um cervo, e os pés apresentavam um *design* interessantíssimo, parecendo três esferas infláveis. Quando inflava as esferas até o tamanho de bolas de batball alemão, ele podia andar sobre as águas. Quando as reduzia ao tamanho de bolas de golfe, podia pular em alta velocidade sobre superfícies muito duras. Quando esvaziava completamente as esferas, seus pés se transformavam em ventosas, e ele conseguia andar nas paredes.

Salo não tinha braços. Salo tinha três olhos e estes conseguiam enxergar não apenas o chamado espectro visível como também o espectro infravermelho e o ultravioleta, além de raios x. Salo era pontual — quer dizer, ele vivia um momento por vez — e gostava de dizer a Rumfoord que preferia enxergar as bonitas cores na extremidade de cada espectro a ver o passado ou o futuro.

---

* Espécie de trocadilho para designar a casa de uma família que finalmente encontrou seu ninho, seu lar. [N. de T.]

Havia um quê de ambiguidade nessa declaração, pois Salo já tinha visto, sendo alguém que vivia um momento por vez, muito mais do passado e do Universo do que Winston Niles Rumfoord. Ele também conseguia reter mais lembranças do que Rumfoord.

A cabeça de Salo era redonda, suspensa por eixos cardã.

A voz saía por uma matraca elétrica e soava como uma buzina de bicicleta. Ele falava 5 mil línguas, sendo 50 delas da Terra e 31 línguas *mortas* da Terra.

Salo não morava num palácio, apesar de Rumfoord ter se oferecido para lhe construir um. Salo vivia ao ar livre, perto da espaçonave que o levara a Titã 200 mil anos atrás. Sua nave era um disco voador, o protótipo usado pela frota de invasão marciana.

Salo possuía uma história interessante.

No ano terráqueo de 483 441 a.C., ele foi escolhido com entusiasmo em uma votação popular telepática como o espécime mais puro, bonito e íntegro do seu povo. A ocasião era o 100 000 000º aniversário do governo de seu planeta natal, localizado na Pequena Nuvem de Magalhães. O nome do planeta era Tralfamadore, e Salo outrora o traduzira para Rumfoord como significando, ao mesmo tempo, *todos nós* e o *número 541*.

A duração de um ano em seu planeta natal, de acordo com os próprios cálculos, era 3,6162 vezes maior que a duração de um ano terráqueo — logo, a celebração da qual ele participara era, na verdade, em honra de um governo com 361 620 000 anos terráqueos de idade. Salo descreveu uma vez essa duradoura forma de governo como uma anarquia hipnótica, mas se recusou a explicar como ela funcionava.

— Ou você compreende de imediato o que isso significa — ele dissera a Rumfoord — ou não há sentido em tentar explicar a você, Skip.

Sua tarefa, quando eleito representante de Tralfamadore, era carregar uma mensagem selada de "Um Extremo do Universo a Outro". Os tralfamadorianos que haviam planejado a celebração não tinham ilusões, sabiam que a rota projetada para Salo não atravessaria o Universo inteiro. A imagem era poética, assim como a expedição de Salo. Ele simplesmente levaria a mensagem o mais longe que a tecnologia de Tralfamadore lhe permitisse.

A mensagem em si era ignorada por Salo. Fora preparada pelo que ele descreveu como: "uma espécie de universidade — só que sem alunos. Não há prédios, não há faculdades. Todos estão nela, mas também não estão. É como uma nuvem, todos dão uma assoprada e borrifada nela, e então essa nuvem pensa por eles. Não estou dizendo que é *literalmente* uma nuvem, mas que *parece* uma nuvem. Se você não entende o que estou dizendo, Skip, não há sentido em tentar explicar. Tudo o que posso dizer é que não existem reuniões".

A mensagem estava numa pastilha selada de chumbo com 5 centímetros quadrados e 9 milímetros de grossura. A pastilha estava numa retícula de malha dourada presa em uma fita de aço inoxidável no eixo do que aparentemente era o pescoço de Salo.

Ele recebera ordens de não abrir a retícula e a pastilha até chegar a seu destino, que não era Titã, mas uma galáxia que começava 18 milhões de anos-luz depois de Titã. Os tralfamadorianos que haviam planejados a celebração na qual Salo tomou parte não sabiam o que Salo encontraria nessa galáxia. Suas instruções eram: dar um jeito de encontrar as criaturas que lá viviam, dominar suas línguas, abrir a mensagem e traduzi-la para elas.

Salo não questionou o bom senso da sua missão, já que ele era uma máquina, como todos os tralfamadorianos. E, como a máquina que era, precisava cumprir o seu dever.

Entre todas as ordens que recebera antes de partir de Tralfamadore, uma havia sido especialmente enfatizada: *durante o trajeto, não abra, em hipótese alguma, a mensagem.*

Essa ordem, enfatizada tão veementemente, se tornou a própria essência do pequeno mensageiro tralfamadoriano.

No ano terráqueo de 203 117 a.C., Salo foi forçado a realizar um pouso de emergência devido a problemas mecânicos; foi forçado a realizar esse pouso de emergência devido à completa desintegração de uma pequena peça na central de energia de sua nave, uma peça do tamanho de um abridor de lata terráqueo. Salo não era um grande especialista em mecânica e tinha apenas uma vaga ideia da aparência da peça que faltava. Como a nave era abastecida com VUET — Vontade Universal Em Transformação —, um mecânico amador poderia consertar facilmente a central de energia.

A nave não ficou completamente inutilizada. Ainda funcionava — mas aos trancos e barrancos, fazia apenas 109 mil quilômetros por hora. Ainda era adequada para pequenos passeios em volta do Sistema Solar, mesmo estropiada, e foi por esse motivo que ordenanças a serviço do esforço de guerra marciano copiaram o modelo da nave estropiada. Mesmo assim, ela era terrivelmente lenta para o objetivo de Salo: transportar seu recado intergaláctico.

Então o velho Salo, preso em Titã, enviou uma mensagem de emergência para casa, para Tralfamadore, avisando sobre seu problema. Enviou a mensagem na velocidade da luz, o que significava que ela levaria 150 mil anos terráqueos para chegar em Tralfamadore.

Ele, então, desenvolveu vários *hobbies* que o ajudaram a passar o tempo. Primeiro, fez esculturas, depois cultivou margaridas titânicas e, por fim, passou a observar várias atividades na Terra.

Salo observava as atividades na Terra por meio de um visor no painel da nave, o qual era suficientemente potente para lhe permitir acompanhar as atividades de formigas terráqueas, se assim o desejasse.

Foi por meio desse visor que recebeu sua primeira resposta de Tralfamadore. Ela foi escrita na Terra em enormes pedras que havia numa planície no que hoje em dia é a Inglaterra. As ruínas da resposta continuam lá, e são conhecidas como Stonehenge. O significado de Stonehenge, em tralfamadoriano, quando visto de cima é: "*Peça de reposição sendo enviada o mais rápido possível*".

Stonehenge não foi a única mensagem que o velho Salo recebeu.

Houve mais quatro, todas escritas na Terra.

A Grande Muralha da China, quando vista de cima, significa em tralfamadoriano: "*Seja paciente. Não esquecemos de você*".

A Casa Dourada do Imperador Nero significa: "*Estamos fazendo o melhor que podemos*".

Quando o Krêmlin de Moscou foi murado pela primeira vez, eis o que ele significava: "*Estaremos aí antes que você perceba*".

O significado do Palácio da Liga das Nações em Genebra, Suíça, é: "*Faça as malas e fique pronto para partir em breve*".

Uma simples aritmética revelaria que todas essas mensagens chegaram em uma velocidade consideravelmente maior que a da luz. Salo havia mandado sua mensagem de emergência para casa na velocidade da luz, e esta levara 150 mil anos para chegar em Tralfamadore. No entanto, ele recebera a resposta de Tralfamadore em menos de 50 mil anos.

É grotesco para alguém tão primitivo quanto um terráqueo explicar como essa rápida comunicação acontece. Basta dizer, em tão primitiva companhia, que os tralfamadorianos são capazes de fazer com que certos impulsos de Vontade Universal Em

Transformação ecoem pela arquitetura abobadada do Universo três vezes mais rápido que a velocidade da luz. E também são capazes de focalizar e modular esses impulsos de modo a influenciar criaturas de lugares muito, muito distantes, e inspirá-las a servir a finalidades tralfamadorianas.

Era uma forma maravilhosa de resolver as coisas em lugares muito, muito distantes de Tralfamadore. E, sem dúvida, o jeito mais rápido de fazer isso.

Mas não era barato.

O velho Salo não estava preparado para se comunicar e resolver as coisas desse jeito, mesmo a curta distância. O aparato e as quantidades de Vontade Universal Em Transformação usados no processo eram colossais e exigiam o serviço de milhares de técnicos.

E mesmo o aparato muito bem abastecido, muito bem tripulado e muito bem projetado de Tralfamadore não era particularmente preciso. O velho Salo tinha visto muitas falhas de comunicação na Terra. Civilizações começavam a florescer na Terra e os participantes passavam a construir estruturas gigantescas que obviamente eram mensagens em tralfamadoriano — e de repente as civilizações ficavam muito cansadas e desistiam sem terminar de escrever as mensagens.

O velho Salo vira isso acontecer centenas de vezes.

O velho Salo contou ao amigo Rumfoord um monte de informações interessantes sobre a civilização de Tralfamadore, mas nunca sobre as mensagens e as técnicas de enviá-las.

Tudo que ele contara a Rumfoord era que tinha enviado uma mensagem de emergência e que esperava a chegada da peça de reposição a qualquer momento. A mente do velho Salo era tão diferente da de Rumfoord que este não conseguia lê-la.

Salo era grato por essa barreira entre seus pensamentos, pois morria de medo do que Rumfoord poderia dizer se descobrisse que o povo de Salo era diretamente responsável por estragar a história da Terra. Como fora infundibulado cronossinclasticamente, era de esperar que Rumfoord tivesse uma mente mais aberta, contudo, Salo descobriu que Rumfoord, curiosamente, ainda podia ser provinciano ao extremo em seu âmago, tanto quanto qualquer outro terráqueo.

O velho Salo não queria que Rumfoord descobrisse o que os tralfamadorianos estavam fazendo na Terra, pois tinha certeza de que Rumfoord se ofenderia — que se viraria contra Salo e todos os tralfamadorianos. Achou que não poderia suportar isso, pois amava Winston Niles Rumfoord.

Não havia nada de carnal nesse amor. Em outras palavras, não era um amor homossexual, nem poderia ser, já que Salo não tinha sexo.

Ele era uma máquina, como todos os tralfamadorianos.

O corpo de Salo era sustentado por contrapinos, braçadeiras como as de mangueiras, porcas, parafusos e ímãs. A pele cor de tangerina, tão expressiva quando ele estava emocionalmente alterado, podia ser colocada ou tirada como um blusão impermeável. Um zíper magnético a mantinha fechada.

Os tralfamadorianos, segundo Salo, fabricavam uns aos outros. Ninguém sabia ao certo quando ou como a primeira máquina fora criada.

A lenda era a seguinte:

Há muito tempo, havia em Tralfamadore criaturas que não eram nem um pouco parecidas com máquinas. Não eram confiáveis. Não eram eficientes. Não eram previsíveis. Não eram duráveis. E essas pobres criaturas viviam obcecadas, pensando que deveria haver um propósito para tudo e que alguns propósitos eram melhores do que outros.

Essas criaturas gastavam a maior parte do tempo tentando descobrir quais eram os seus propósitos. E, sempre que descobriam algo semelhante a um propósito para si mesmas, ele parecia tão desprezível que as criaturas sentiam nojo e vergonha.

Assim, em vez de servirem a esse propósito desprezível, as criaturas criaram uma máquina que fazia isso por elas, deixando-as livres para servir a propósitos mais elevados. No entanto, sempre que encontravam um propósito elevado, este ainda não era elevado o bastante para elas.

Então elas também criaram máquinas para servirem a propósitos elevados.

E as máquinas faziam tudo com tanta habilidade que, por fim, acabaram recebendo a tarefa de descobrir qual seria o propósito elevado das criaturas.

Elas relataram com toda a sinceridade que não era possível dizer com certeza que realmente existisse um propósito para as criaturas.

Depois disso, as criaturas começaram a matar umas às outras, pois odiavam, acima de tudo, não ter um propósito.

E descobriram que não eram lá grande coisa em matança. Então também atribuíram essa tarefa às máquinas, que terminaram o serviço antes que elas pudessem dizer "Tralfamadore".

Utilizando o visor no painel da espaçonave, o velho Salo observava agora a aproximação da nave que trazia Malachi Constant, Beatrice Rumfoord e o filho deles, Crono, a Titã. A nave estava programada para aterrissar automaticamente na costa do mar Winston.

Fora programada para pousar entre 2 milhões de estátuas de seres humanos em tamanho real. Salo havia esculpido as estátuas durante um período equivalente a dez anos terráqueos.

Elas estavam concentradas na região do mar Winston por serem feitas de turfa titânica, a qual é abundante perto do mar Winston, ficando enterrada a apenas 60 centímetros do solo.

A turfa titânica é uma substância curiosa — e bem atraente para um simples e honesto escultor.

Quando escavada, tem a consistência de massa de vidraceiro terráquea.

Depois de uma hora de exposição à luz e ao ar de Titã, torna-se tão dura e sólida quanto gesso de Paris.*

Após duas horas de exposição, fica tão resistente quanto granito, sendo necessário trabalhá-la com um cinzel frio.

Passadas três horas de exposição, nada além de um diamante pode arranhar a turfa titânica.

Salo fez essa grande quantidade de estátuas inspirado pelo jeito pomposo como os terráqueos se comportavam. Não foi tanto o que eles faziam, mas a forma como faziam que inspirou Salo.

Os terráqueos se comportavam o tempo todo como se houvesse um grande olho vigiando-os lá do céu — como se esse grande olho estivesse sedento por distrações.

O grande olho era um glutão no que se referia a um bom teatro. Ele não ligava se os espetáculos terráqueos fossem comédia, tragédia, farsa, sátira, atletismo ou *vaudeville*. Sua única exigência, que os terráqueos aparentemente achavam tão irresistível quanto a gravidade, era que os espetáculos fossem excelentes.

A exigência tinha tanto poder que os terráqueos não faziam mais nada além de representar dia e noite — até mesmo nos sonhos.

O grande olho era a única audiência com que os terráqueos realmente se importavam. As performances mais sofisticadas que Salo já vira tinham sido desempenhadas por terráqueos terrivelmente solitários. O grande olho imaginário era a única audiência que havia.

---

* Material parecido com cimento, comum em esculturas e aplicações artesanais. [N. de E.]

Salo, com suas estátuas duras como diamantes, tinha tentado preservar alguns estados mentais desses terráqueos que representaram os mais interessantes espetáculos para o grande olho imaginário.

Tão surpreendentes quanto as estátuas eram as margaridas titânicas que existiam em abundância nos arredores do mar Winston.

Quando Salo chegou a Titã, em 203 117 a.C., os brotos de margaridas titânicas eram pequenas flores amarelas em formato de estrela, e nem chegavam a 1 centímetro.

Então Salo começou a cultivá-las seletivamente.

Quando Malachi Constant, Beatrice Rumfoord e o filho deles, Crono, chegaram a Titã, só a haste das tradicionais margaridas titânicas chegava a 1,2 metro de diâmetro, os brotos floresciam rapidamente, e, em seu ápice, chegavam a pesar mais de 1 tonelada.

Salo, quando viu a nave espacial de Malachi Constant, Beatrice Rumfoord e o filho deles, Crono, se aproximando, inflou os pés, que ficaram do tamanho de bolas de batball alemão. Ele pisou no mar Winston e atravessou as águas verdes-esmeraldas até chegar no Taj Mahal de Winston Niles Rumfoord.

Ao pisar no pátio murado do palácio, ele esvaziou os pés. O ar saiu assobiando. O assobio ecoou pelas paredes.

O perfil da espreguiçadeira cor de lavanda de Winston Niles Rumfoord, ao lado da piscina, mostrava que ela estava vazia.

— Skip? — chamou Salo. Ele usava o apelido mais íntimo de Rumfoord, o apelido de infância, apesar do desgosto de Rumfoord ao ouvi-lo. Salo, no entanto, não usava o apelido para provocar Rumfoord, mas para afirmar a amizade que sentia por ele

— para testar um pouco essa amizade e vê-la se sair maravilhosamente bem no teste.

Havia uma razão para fazer sua amizade passar por um teste tão juvenil. Ele nunca tinha visto ou ouvido falar de amizade antes de chegar no Sistema Solar. Era uma novidade fascinante para ele. E precisava experimentá-la.

— Skip? — chamou Salo novamente.

Havia um estranho e forte odor no ar. Salo o identificou, hesitantemente, como ozônio, mas não conseguiu explicá-lo.

Um cigarro ainda queimando no cinzeiro ao lado da cadeira de Rumfoord mostrava que ele havia saído fazia pouco tempo.

— Skip? Kazak? — chamou Salo. Era incomum não ver Rumfoord cochilando em sua cadeira, com Kazak ao lado, também tirando uma soneca. Homem e cachorro passavam a maior parte do tempo ao lado da piscina, monitorando sinais dos seus outros eus através do espaço e tempo. Rumfoord geralmente ficava inerte na cadeira, com a mão lânguida em Kazak, os dedos enterrados no pelo do cão, que estava quase sempre gemendo e se contorcendo enquanto sonhava.

Salo olhou para a piscina retangular. No fundo dela, sob a água a quase 3 metros de profundidade, estavam as três sereias de Titã, as três lindas humanas que tinham sido oferecidas ao lascivo Malachi Constant *tanto* tempo atrás.

Eram estátuas esculpidas por Salo em turfa titânica. Dos milhões de estátuas que Salo fizera, apenas aquelas três tinham sido pintadas em cores realistas. Foi necessário pintá-las para que se adequassem ao estilo oriental, suntuoso, do palácio de Rumfoord.

— Skip? — chamou Salo novamente.

Kazak, o cão de caça espacial, respondeu ao chamado, surgindo do edifício cheio de minaretes, abobadado, refletido na piscina. Kazak saiu andando rigidamente por entre as sombras rendadas da grande câmara octogonal que havia lá dentro.

Kazak parecia envenenado.

Kazak estremeceu e encarou fixamente um ponto ao lado de Salo. Não havia nada lá.

Kazak parou e pareceu reunir forças para a dor terrível que outro passo lhe causaria.

E, então, Kazak ardeu e crepitou com o fogo de santelmo.

O fogo de santelmo é uma descarga elétrica luminosa. Qualquer criatura atingida por ele está sujeita a um desconforto tão angustiante quanto ser alvo de cócegas feitas com uma pena. Mesmo assim, a criatura parece arder em chamas, logo, é preciso perdoá-la se parecer um pouco desanimada.

A descarga luminosa em Kazak era horrível de assistir. Ela renovou o odor de ozônio no ar.

O cão não se mexeu. Sua capacidade de se surpreender com esse fantástico espetáculo se esgotara havia muito tempo. Ele tolerava as chamas com um cansaço pesaroso.

A chama morreu.

Rumfoord surgiu sob a arcada. Também parecia desleixado e rígido. Uma faixa de desmaterialização, uma faixa de puro nada com cerca de 30 centímetros de largura percorreu-lhe o corpo, da cabeça aos pés. Ela foi seguida por duas outras faixas, estreitas, com 2 centímetros de distância entre si.

Rumfoord manteve as mãos erguidas e os dedos bem esticados. Raios cor-de-rosa, violetas e verde-claros do fogo de santelmo ardiam na ponta dos seus dedos. Pequenas chamas de um dourado pálido crepitavam em seu cabelo, lhe conferindo algo semelhante a um halo de lantejoulas.

— Paz — disse Rumfoord, pálido.

O fogo de santelmo nele morreu.

Salo estava consternado.

— Skip... — ele disse. — Qual é o problema, Skip?

— Manchas solares — respondeu Rumfoord. Então arrastou os pés até a espreguiçadeira cor de lavanda, recostou o corpo elegante nela e cobriu os olhos com uma mão tão limpa e branca quanto um lenço assoado.

Kazak se deitou ao lado dele. Estava tremendo.

— Eu... Eu nunca o vi assim — disse Salo.

— Nunca houve uma tempestade solar como essa — declarou Rumfoord.

Salo não estava surpreso de ver que as manchas solares afetavam seus amigos infundibulados cronossinclasticamente. Ele já tinha visto Rumfoord e Kazak doentes por causa de manchas solares muitas vezes — porém o sintoma mais grave fora um enjoo passageiro. As faíscas e as faixas de desmaterialização eram novidade.

Enquanto Salo observava Rumfoord e Kazak, eles se duplicaram momentaneamente e ficaram bidimensionais, como figuras pintadas em cartazes ondulantes.

Eles se estabilizaram e voltaram ao normal.

— Há algo que eu possa fazer, Skip? — perguntou Salo.

Rumfoord suspirou.

— Será que nunca vão parar de me fazer essa pergunta pavorosa?

— Desculpe — disse Salo. Seus pés estavam tão desinflados agora que ficaram côncavos, tornando-se ventosas. Faziam um barulho de sucção no assoalho polido.

— Você realmente *tem* que fazer esse barulho? — perguntou Rumfoord, irritado.

O velho Salo quis morrer. Era a primeira vez que o amigo Winston Niles Rumfoord lhe dizia uma palavra dura. Ele não podia suportar isso.

O velho Salo fechou dois dos três olhos. O terceiro examinou o céu, captando dois pontos azuis que passaram como um relâmpago. Os pontos eram azulões titânicos em disparada.

O par havia localizado uma corrente de ar.

Os dois grandes pássaros não moviam uma asa.

Todos os movimentos que faziam eram harmoniosos, nem uma pena estava fora de lugar. Faziam a vida parecer um sonho sublime.

— Tiiiu-tiiiiiu — disse amigavelmente um azulão titânico ao outro.

— Tiiiiiu — o outro concordou.

Os pássaros fecharam as asas simultaneamente e despencaram das alturas como pedras.

Parecia que despencariam para uma morte certa nas muralhas de Rumfoord. Mas se ergueram novamente em alta velocidade, a fim de começar uma nova e fácil subida.

Dessa vez, o céu mostrava um rastro de vapor deixado pela nave que trazia Malachi Constant, Beatrice Rumfoord e o filho deles, Crono. A nave estava prestes a pousar.

— Skip?... — chamou Salo.

— Você realmente *tem* que me chamar assim? — perguntou Rumfoord.

— Não — respondeu Salo.

— Então não chame — retrucou Rumfoord. — Não gosto muito desse apelido... A não ser que alguém com quem eu cresci queira usá-lo.

— Eu pensei que... como seu amigo — disse Salo —, eu teria direito de usá-lo...

— Vamos parar com essa história de amizade? — disse Rumfoord, secamente.

Salo fechou o terceiro olho. A pele do seu torso ficou apertada.

— História? — ele perguntou.

— Seus pés estão fazendo aquele barulho de novo! — exclamou Rumfoord.

— Skip! — gritou Salo. Ele corrigiu sua intolerável familiaridade. — *Winston*... É um pesadelo ouvir você falando assim comigo. Achei que fôssemos amigos.

— Digamos que conseguimos ser de alguma *utilidade* um para o outro, e isso é tudo — afirmou Rumfoord.

A cabeça de Salo balançou gentilmente sob os eixos cardã.

— Achei que havia algo mais além disso — ele disse, por fim.

— Digamos — retrucou Rumfoord, ácido — que encontramos um no outro os meios para os nossos respectivos objetivos.

— Eu... Eu fiquei feliz de ajudá-lo... E espero realmente tê-lo ajudado — disse Salo.

Então abriu os olhos. Precisava ver a reação de Rumfoord. Sem dúvida ele voltaria a ser seu amigo, pois Salo realmente o ajudara de maneira abnegada.

— Eu não lhe dei metade do meu suprimento de VUET? — perguntou Salo. — Eu não o deixei copiar minha nave para seu projeto em Marte? Eu não fui pilotando a nave nas primeiras missões de recrutamento? Eu não o ajudei a descobrir como controlar os marcianos para que não causassem problemas? Não passei dia após dia o ajudando a criar a nova religião?

— Sim — respondeu Rumfoord. — Mas o que fez por mim ultimamente?

— O quê? — perguntou Salo.

— Não importa — disse Rumfoord, bruscamente. — É um trecho de uma velha piada terráquea, que não soa muito engraçada nestas circunstâncias.

— Oh — disse Salo. Ele conhecia muitas piadas terráqueas, mas não aquela.

— Seus pés! — exclamou Rumfoord.

— Desculpe! — exclamou Salo. — Se eu pudesse chorar como um terráqueo, isso é o que eu faria neste exato momento! — Seus pés, magoados, agora estavam fora de controle. Continuavam emitindo os sons que Rumfoord subitamente passara a odiar. — Sinto muito por tudo! Tudo que sei é que tentei de todas as formas ser um amigo leal e nunca pedi *nada* em troca!

— Você nunca precisou pedir! — retrucou Rumfoord. — Você nunca precisou pedir nada. Tudo que precisou fazer foi ficar sentado e esperar cair no seu colo.

— O que eu esperei cair no meu colo? — perguntou Salo, incrédulo.

— A peça de reposição da sua nave — disse Rumfoord. — Está quase aqui. Está a caminho, meu senhor. O garoto de Constant está com ela... Ele a chama de "talismã da sorte"... Como se você não soubesse disso.

Rumfoord se sentou, o rosto esverdeado. Então fez um gesto, pedindo silêncio.

— Vou ficar doente de novo.

Winston Niles Rumfoord e seu cão Kazak estavam doentes de novo — mais violentamente doentes do que nunca. Dessa vez, o pobre Salo achou que eles certamente queimariam até serem reduzidos a nada ou, então, até explodir de vez.

Kazak uivou dentro de uma bola do fogo de santelmo.

Rumfoord ficou de pé, ereto, como uma coluna em chamas, os olhos crepitando.

Esse ataque também passou.

— Perdão — disse Rumfoord com um pudor sarcástico. — Você dizia?...

— O quê? — perguntou Salo, desolado.

— Você dizia algo... ou estava prestes a dizer algo — disse Rumfoord. Só o suor nas suas têmporas traía o fato de que passara por uma situação angustiante. Ele encaixou um cigarro na longa cigarrilha de osso e o acendeu. Jogou a cabeça para trás. A cigarrilha ficou apontando para o céu. — Não seremos interrompidos novamente por três minutos — ele declarou. — Você dizia?...

Salo se esforçou para lembrar o assunto da conversa. Quando conseguiu, ficou mais chateado do que nunca. A pior coisa possível tinha acontecido. Não apenas Rumfoord havia descoberto, aparentemente, a influência de Tralfamadore na Terra como isso o ofendera bastante — aparentemente Rumfoord se via como uma das principais vítimas dessa influência.

De tempos em tempos, Salo tinha a estranha sensação de que Rumfoord estava sob influência de Tralfamadore, mas afastava essa ideia da mente, já que não havia nada que pudesse fazer. Sequer tinha discutido a respeito, pois discutir essa questão com Rumfoord certamente teria arruinado imediatamente a bela amizade dos dois. Salo tentou esmiuçar, de forma bastante fraca, a possibilidade de Rumfoord não saber tanto quanto parecia.

— Skip... — ele disse.

— Por favor! — exclamou Rumfoord.

— Sr. Rumfoord — disse Salo —, você se sente usado por mim de alguma maneira?

— Não por você — respondeu Rumfoord —, mas pelos seus coleguinhas robôs do seu precioso planeta Tralfamadore.

— Hum — disse Salo. — Você... Você acha que... foi usado, Skip?

— Tralfamadore — disse Rumfoord, amargo. — Eles viram quando eu passei pelo Sistema Solar, me pegaram e então me usaram como um simples descascador de batatas!

— Se podia ver no futuro que isso iria acontecer — observou Salo, tristemente —, por que não disse nada antes?

— Ninguém gosta de pensar que está sendo usado — respondeu Rumfoord. — Não quer admitir isso para si mesmo, acaba adiando até o último instante para fazê-lo. — Ele exibiu um sorriso torto. — Pode surpreendê-lo saber que tenho certo orgulho, não importa quão estupidamente equivocado ele possa ser, de tomar minhas próprias decisões por motivos particulares.

— Não estou surpreso — disse Salo.

— Oh, não está? — perguntou Rumfoord, desagradável. — Eu deveria ter pensado que era uma atitude muito sutil para ser compreendida por uma *máquina*.

Isso, certamente, foi o ponto mais baixo no relacionamento dos dois. Salo *era* uma máquina, já que havia sido projetado e fabricado. Ele não escondia isso. Mas Rumfoord nunca tinha usado o fato como um insulto antes, o que definitivamente fazia agora. Através do fino véu que a nobreza o obrigava a vestir, Rumfoord fez com que Salo soubesse que ser uma máquina significava ser insensível, ser pouco criativo, ser vulgar, ser decidido, mas não ter um pingo de consciência...

Salo se sentiu pateticamente vulnerável a essa acusação. O fato de seu amigo saber feri-lo tão bem era um tributo à intimidade mental que ele e Rumfoord um dia haviam partilhado.

Salo fechou dois dos três olhos e contemplou os sublimes azulões titânicos novamente. Os pássaros eram tão grandes quanto águias terrestres.

Ele desejou ser um azulão titânico.

A espaçonave trazendo Malachi Constant, Beatrice Rumfoord e o filho deles, Crono, planou sobre o palácio, aterrissando na costa do mar Winston.

— Eu lhe dou minha palavra de honra — disse Salo — de que não sabia que você estava sendo usado, não tenho a menor ideia do que…

— Máquina — disse Rumfoord, maldosamente.

— Por favor, me diga por que o usaram… — pediu Salo. — Palavra de honra… Realmente não faço a menor ideia...

— Máquina! — repetiu Rumfoord.

— Se pensa tão mal de mim, Skip… Winston… Sr. Rumfoord — disse Salo —, depois de tudo que fiz e tentei fazer em nome da nossa amizade, certamente não me resta nada para fazê-lo mudar de ideia.

— Isso é precisamente o que uma máquina diria — observou Rumfoord.

— É o que uma máquina *disse* — retrucou Salo, humildemente. Então inflou os pés no tamanho de bolas de batball alemão e se preparou para sair do palácio de Rumfoord, andar sobre as águas do mar Winston e nunca mais voltar. Ele percebeu que havia um desafio no que Rumfoord dissera apenas quando seus pés estavam totalmente inflados. Havia uma clara implicação de que o velho Salo podia fazer algo para tentar consertar as coisas.

Mesmo sendo uma máquina, Salo era sensível o bastante para saber que perguntar seria o mesmo que rastejar. E se preparou para fazer isso. Em nome da amizade, ele rastejaria.

— Skip… — ele disse. — Diga o que devo fazer. Qualquer coisa… O que você quiser.

— Em breve — disse Rumfoord — uma explosão vai destruir o terminal da minha espiral. Ela será varrida do Sol, varrida do Sistema Solar.

— Não! — gritou Salo. — Skip! Skip!

— Não... não... Não, piedade! *Por favor*! — exclamou Rumfoord, dando um passo para trás, com medo de ser tocado. — Na verdade, isso é bom. Verei um monte de coisas novas, de criaturas novas. — Ele tentou sorrir. — É cansativo, sabe, ficar preso no monótono mecanismo do Sistema Solar. — Deu uma risada amarga. — Afinal — ele disse —, eu não estou morrendo ou algo assim. Tudo que sempre foi sempre o será e tudo que sempre será sempre o foi. — Ele sacudiu a cabeça rapidamente, rejeitando uma lágrima. — Por mais reconfortante que seja pensar de forma infundibulada cronossinclasticamente, eu ainda gostaria de saber o ponto principal da minha estadia no Sistema Solar.

— Você... Você resumiu isso melhor do que ninguém... Em sua *História concisa de Marte* — observou Salo.

— *História concisa de Marte* não faz nenhuma menção ao fato de eu ter sido poderosamente influenciado por forças que emanavam do planeta Tralfamadore — ele disse, rangendo os dentes. — Antes de sair com meu cachorro estalando pelo espaço como chicote nas mãos de um lunático numa carruagem, eu gostaria muitíssimo de saber qual é a mensagem que você está carregando.

— Eu... Eu não sei — disse Salo. — Está selada. Tenho ordens...

— Contra todas as ordens de Tralfamadore — disse Winston Niles Rumfoord —, contra todos os seus instintos como máquina, e em nome da nossa amizade, Salo, eu quero que você abra a mensagem e a leia para mim agora.

Malachi Constant, Beatrice Rumfoord e o filho selvagem deles, o jovem Crono, estavam sentados, fazendo uma espécie de piquenique amuado à sombra de uma margarida titânica ao lado do mar Winston. Cada membro da família tinha uma estátua à qual se recostar.

O barbado Malachi Constant, *playboy* do Sistema Solar, ainda vestia o brilhante traje amarelo-limão com os pontos de interrogação cor de laranja. Era a única roupa que ele tinha.

Constant se encostava numa estátua de São Francisco de Assis. São Francisco estava tentando fazer amizade com dois pássaros terrivelmente grandes e hostis, aparentemente águias-carecas. Constant foi incapaz de reconhecer os pássaros como azulões titânicos, já que ainda não tinha visto um desses. Ele chegara a Titã havia apenas uma hora.

Beatrice, parecendo uma rainha cigana, olhou com mau humor para o pé da estátua de um jovem estudante de física. À primeira vista, o cientista de jaleco de laboratório parecia o mais perfeito servo da verdade. À primeira vista, qualquer um ficaria convencido de que nada o faria mais feliz do que a verdade que encontraria em seus tubos de ensaio. À primeira vista, qualquer um pensaria que ele estava tão acima das bestiais preocupações da humanidade quanto os harmônios das cavernas de Mercúrio. Lá estava, à primeira vista, um jovem sem vaidades, sem luxúria — e qualquer um aceitaria sem questionar o título que Salo tinha gravado na estátua, *Descoberta da energia atômica.*

Então qualquer um perceberia que o jovem em busca da verdade estava com uma escandalosa ereção.

Beatrice ainda não havia percebido.

O jovem Crono, moreno e perigoso como a mãe, já tinha cometido o primeiro ato de vandalismo — ou pelo menos estava tentando. Crono tentava escrever um palavrão terráqueo na base da estátua à qual se recostava. Ele fazia o serviço com uma ponta afiada do seu talismã da sorte.

A calejada turfa titânica, quase tão dura quanto diamante, é que fez o serviço, arredondando a ponta da peça.

A estátua que Crono vandalizava era de um grupo familiar — um homem neandertal, sua mulher e o bebê de ambos. Uma obra profundamente comovente. As criaturas atarracadas, desgrenhadas e cheias de esperança eram tão feias que chegavam a ser bonitas.

A importância e a universalidade da peça não tinham sido estragadas pelo título satírico que Salo lhe dera. Ele dava títulos horrendos a todas as suas estátuas, como se proclamasse desesperadamente que não se levava a sério como artista, nem por um só instante. O título que dera à família neandertal derivava do fato de que os pais mostravam ao bebê um pé humano assando num espeto rústico.

O título era: *Este porquinho.*

— Não importa o que aconteça, não importa se essa coisa que aconteça seja bonita, feia, triste, feliz ou assustadora — Malachi Constant disse à sua família lá em Titã —, não vou reagir a ela, e maldito seja eu se reagir. Se alguém ou algo quiser que eu faça determinada coisa, eu vou ficar completamente imóvel. — Ele olhou para os anéis de Saturno e torceu os lábios. — Mas que beleza, isso não é lindo demais para se pôr em palavras? — E cuspiu no chão. — Se alguém espera me usar novamente em algum grande plano, vai ficar tremendamente desapontado. Melhor tentar levantar uma dessas estátuas.

Então cuspiu de novo.

— Na minha opinião — disse Constant —, o universo é um ferro-velho, cheio de coisas superfaturadas. Eu cansei de fuçar as pilhas de sucata, procurando por pechinchas. E as tais “pechinchas” estão amarradas com arames bonitos a um buquê de dinamite. — Ele cuspiu de novo.

“Eu me demito — disse Constant.

“Estou fora — disse Constant.

“Eu desisto — disse Constant.”

A pequena família de Constant concordou sem muito entusiasmo. O corajoso discurso dele era algo recorrente. Fizera isso muitas vezes durante a viagem de dezessete meses da Terra à Titã — e era, afinal de contas, uma filosofia rotineira para todos os veteranos de Marte.

De qualquer forma, Constant não se dirigia à sua família. Ele falava num tom bastante elevado para que sua voz fosse levada até certa distância, passasse pela floresta de estátuas e atravessasse o mar Winston. Estava fazendo uma declaração política para benefício de Rumfoord ou de qualquer um escondido por ali.

— Nunca mais faremos parte — disse Constant ruidosamente — de experiências, lutas e cerimônias de que não gostamos e que não entendemos!

— *Entendemos* — repetiu o eco da muralha de um palácio, situado numa ilha a quase 1 quilômetro da costa. O palácio era, é claro, *Dun Roamin*, o Taj Mahal de Rumfoord. Constant não ficou surpreso de vê-lo. Ele o tinha visto quando desembarcara na nave, o tinha visto resplandecendo como a Cidade de Deus de Santo Agostinho.

— O que acontece agora? — perguntou Constant ao eco. — Todas as estátuas criam vida?

— *Vida?* — repetiu o eco.

— É um eco — observou Beatrice.

— Eu sei que é um eco — disse Constant.

— Eu não tinha certeza se você sabia ou não — retrucou Beatrice. Ela foi distante e polida. Tinha sido extremamente decente com Constant, não o culpava por nada, não esperava nada dele. Uma mulher menos aristocrática talvez já o tivesse feito passar por um verdadeiro inferno, culpando-o por tudo e exigindo milagres.

Ninguém fez amor durante a viagem. Nem Constant nem Beatrice estavam interessados. Veteranos marcianos nunca estavam interessados.

Inevitavelmente, a longa viagem aproximara Constant de sua mulher e filho — estavam mais próximos do que tinham sido no sistema dourado de passarelas, rampas, escadas, púlpitos, degraus e palcos em Newport. Mesmo assim, o único amor que existia naquela unidade familiar ainda era o amor entre o jovem Crono e Beatrice. Além do amor entre mãe e filho, havia apenas polidez, certa solidariedade taciturna e uma indignação reprimida por terem sido forçados a se tornar uma família a todo custo.

— Ai ai ai... — disse Constant. — A vida é engraçada quando a gente para pra pensar.

O jovem Crono não sorriu quando o pai disse que a vida era engraçada.

O menino era o membro da família em pior posição de achar a vida engraçada. Beatrice e Constant, afinal, podiam rir amargamente dos acidentes turbulentos aos quais tinham sobrevivido. Mas o jovem Crono não podia rir com eles por ele mesmo ser um acidente turbulento.

Não era de espantar que os principais tesouros do jovem Crono fossem seu talismã da sorte e o canivete.

Nesse momento, o garoto sacou o canivete, puxando a lâmina com indiferença. Seus olhos se estreitaram. Ele se preparava para matar, se assim fosse necessário. Olhava na direção de um bote dourado que zarpara do palácio na ilha.

Quem estava remando era uma criatura cor de tangerina. O remador, claro, era Salo. Embora trouxesse o bote para transportar a família até o palácio, era um mau remador, pois nunca havia remado antes. Agarrava os remos com os pés de ventosa.

A única vantagem que tinha sobre um remador humano era o olho atrás da cabeça.

O jovem Crono ofuscou a vista do velho Salo com o brilho da lâmina do canivete.

O olho atrás da cabeça de Salo piscou.

Ofuscar a vista não era uma simples travessura da parte de Crono, mas uma regra de sobrevivência na selva, uma regra de sobrevivência calculada para incomodar quase todo tipo de criatura dotada de visão. Era uma das milhares de regras de sobrevivência na selva que o jovem Crono e a mãe tinham aprendido no ano que passaram na floresta amazônica.

A mão morena de Beatrice se fechou sobre uma pedra.

— Faça isso de novo — disse suavemente a Crono.

Mais uma vez, o jovem Crono ofuscou a vista do velho Salo.

— Seu corpo parece ser a única parte macia — disse Beatrice, sem mover os lábios. — Se não conseguir acertar o corpo, tente um olho.

Crono assentiu.

Constant ficou arrepiado de ver a eficiente unidade de defesa que sua mulher e seu filho formavam juntos. Ele não estava incluído no plano. Os dois não precisavam dele.

— O que devo fazer? — sussurrou Constant.

— Shhh! — disse Beatrice, rispidamente.

Salo ancorou o bote dourado na praia. Fez isso rapidamente, amarrando, com um nó desajeitado de marinheiro de água doce, a corda do barco no pulso de uma estátua na água rasa.

Era a estátua de uma mulher nua tocando um trombone. Tinha sido chamada, enigmaticamente, de *Evelyn e seu violino mágico.*

Salo sentia-se triste e aturdido demais para se importar com a própria segurança — até para compreender que talvez pudesse parecer assustador para alguém. Ele ficou de pé por um momento ao lado de um bloco de turfa titânica calejada perto de onde ancorara. Seu pé magoado grudou na pedra úmida. Ele conseguiu soltá-lo com um tremendo esforço.

O brilho da lâmina do canivete de Crono ofuscou-lhe os olhos.

— Por favor... — ele disse.

Uma pedra voou em sua direção, vinda do lado do brilho da faca.

Salo se abaixou.

Uma mão agarrou sua garganta magra e o jogou no chão.

O jovem Crono, então, sentou em cima do velho Salo e apontou a lâmina pontiaguda do canivete para o peito dele. Beatrice se ajoelhou ao lado da cabeça de Salo, com uma pedra pronta para lhe esmagar a cabeça.

— Vão em frente... Me matem — disse Salo asperamente. — Estariam me fazendo um favor. Queria estar morto. E, acima de tudo, queria que Deus nunca tivesse me montado e me posto para funcionar. Então me matem, acabem com meu sofrimento e depois corram para vê-lo. Ele está chamando vocês.

— Quem? — perguntou Beatrice.

— Seu pobre marido... Meu ex-amigo, Winston Niles Rumfoord — respondeu Salo.

— Onde ele está? — perguntou Beatrice.

— Naquele palácio na ilha — informou Salo. — Está morrendo sozinho, exceto pelo seu cão fiel. E está chamando você... — disse Salo. — Está chamando todos vocês. E disse que nunca mais quer botar os olhos em mim novamente.

. . .

Malachi Constant observou os lábios cor de chumbo sorverem o ar rarefeito sem um único som. A língua atrás dos lábios estalaram infinitesimalmente. Os lábios de repente se retraíram, mostrando a perfeita dentição de Winston Niles Rumfoord.

Constant também estava mostrando os dentes, se preparando para rangê-los adequadamente à visão do homem que lhe fizera tanto mal. Ele, no entanto, não rangeu os dentes. Para começar, ninguém estava olhando — ninguém o veria fazer isso, ou entenderia esse gesto. Para terminar, Constant se viu desprovido de ódio.

Seus preparativos para ranger os dentes minguaram e ele ficou embasbacado — era o embasbacar de um simplório na presença de uma doença extraordinariamente mortal.

Winston Niles Rumfoord estava deitado de costas, totalmente materializado, em sua espreguiçadeira cor de lavanda ao lado da piscina. Os olhos, fixos no céu, sem piscar, aparentemente não enxergavam nada. Uma de suas graciosas mãos balançava ao lado da cadeira, os dedos flácidos agarravam a coleira de Kazak, o cão de caça espacial.

A coleira estava vazia.

Uma explosão no sol havia separado homem e cão. Um universo piedoso, estruturado em compaixão teria mantido ambos juntos.

O universo no qual viviam Winston Niles Rumfoord e o cão não era um universo piedoso estruturado em compaixão. Kazak fora enviado à frente do seu dono na grande missão rumo ao nada e a lugar nenhum.

O cão havia desaparecido uivando numa nuvem de ozônio, zumbindo como um enxame de abelhas, em meio a uma luz doentia.

Rumfoord deixou a coleira deslizar por entre os dedos. O objeto representava a morte, fez um som disforme e caiu no chão como uma pilha disforme. Uma escrava da gravidade, sem alma, que nascera com a espinha partida.

Os lábios cor de chumbo de Rumfoord se mexeram.

— Olá, Beatrice... Esposa — ele disse, sepulcral.

"Olá, Viajante Espacial. — Dessa vez, havia um tom afetuoso em sua voz. — Que galante da sua parte ter vindo, Viajante Espacial... Arriscar mais uma vez sua sorte comigo.

"Olá, ilustre e jovem portador do ilustre nome Crono — disse Rumfoord. — Salve, ó estrela do batball alemão... Saudações àquele que carrega o talismã da sorte."

Os três a quem ele se dirigia continuaram de pé dentro da muralha. A piscina estava entre eles e Rumfoord.

O velho Salo, que não conseguira cumprir seu desejo de morrer, se lamentava na popa do bote dourado ancorado do lado de fora da muralha.

— Eu não estou morrendo — disse Rumfoord. — Simplesmente estou deixando o Sistema Solar. Aliás, nem isso estou fazendo. No grandioso e atemporal jeito infundibulado cronossinclasticamente de ver as coisas, eu devo sempre estar aqui. Sempre estarei presente nos lugares onde já estive. Ainda estou em lua de mel com você, Beatrice. Ainda estou conversando com você no quartinho embaixo da escada em Newport, sr. Constant. Sim... E brincando de esconde-esconde com você e Boaz nas cavernas de Mercúrio. E Crono... — ele disse. — Ainda estou olhando você jogar batball alemão maravilhosamente bem no *playground* de ferro de Marte.

Então ele gemeu. Era um gemido baixo — e muito triste.

O doce e suave ar de Titã levou o gemido para longe.

— Tudo o que já falamos, amigos, nós ainda estamos falando... Como sempre foi, como sempre é, como sempre será — disse Rumfoord.

O gemido baixo surgiu novamente.

Rumfoord o observou ir embora como se fosse um anel de fumaça.

— Há algo que vocês precisam saber sobre a vida no Sistema Solar — ele continuou. — Sendo infundibulado cronossinclasticamente, eu sei de tudo que há para saber sobre ela. Não obstante, é uma coisa tão doentia que tento pensar nela o mínimo possível. A coisa doentia é a seguinte: *tudo que todos os terráqueos já fizeram foi distorcido por criaturas de um planeta a 150 mil anos-luz de distância.* O nome do planeta é Tralfamadore. Eu não sei como os tralfamadorianos nos controlaram dessa forma, mas sei com que finalidade nos controlaram. *Eles nos controlaram com a finalidade de nos fazer entregar uma peça de reposição a um mensageiro tralfamadoriano que está confinado bem aqui em Titã.*

Rumfoord apontou um dedo para o jovem Crono.

— Você, meu jovem... — ele disse. — Você está com ela no bolso. No seu bolso está o ápice de toda a história terráquea. No seu bolso está o misterioso objeto que todos os terráqueos tentaram, às cegas, tão desesperadamente, tão sinceramente, tão exaustivamente produzir e entregar.

Uma ramificação tempestuosa de eletricidade cresceu na ponta do dedo acusador de Rumfoord.

— O objeto que você chama de talismã da sorte — disse ele — é a peça de reposição que o mensageiro tralfamadoriano espera há tanto tempo! O mensageiro é a criatura cor de tangerina escondida atrás das muralhas. Seu nome é Salo. Tive esperanças de que esse mensageiro desse à humanidade um vislumbre da mensagem que carrega, já que a humanidade lhe deu um apoio tão grande em sua jornada. Infelizmente, ele tem ordens de não mostrá-la a ninguém. Ele é uma máquina e, como uma máquina, não tem escolha a não ser cumprir ordens. Eu pedi polidamente que ele me mostrasse a mensagem, mas ele se recusou, desesperadamente.

A ramificação tempestuosa de eletricidade no dedo de Rumfoord cresceu, formando uma espiral em volta dele. Rumfoord analisou a espiral com um desprezo triste.

— Creio que é isso — disse à espiral.

E era mesmo. A espiral se condensou ligeiramente, fazendo uma mesura. E então começou a girar em volta de Rumfoord, rodopiando como um casulo contínuo de luz verde.

Sussurrava baixinho enquanto girava.

— Tudo que posso dizer — declarou Rumfoord, do casulo — é que tentei ao máximo fazer o bem à minha Terra nativa enquanto servia aos desejos irresistíveis de Tralfamadore. Talvez, depois que a peça for entregue ao mensageiro tralfamadoriano, eles deixem o Sistema Solar em paz. Talvez agora os terráqueos possam ser livres para desenvolver e seguir as próprias inclinações, como não puderam fazer por milhares de anos. — Ele espirrou. — O curioso é que os terráqueos foram tão capazes de dar sentido às coisas quanto os tralfamadorianos — disse. O casulo verde começou a flutuar e pairou sobre o domo. — Lembrem-se de mim como um cavalheiro de Newport, Terra, Sistema Solar — disse Rumfoord. Ele parecia sereno novamente, em paz consigo mesmo e tão igual a qualquer outra criatura que se pudesse encontrar por aí. — Falando de maneira pontual — a voz de tenor glotal de Rumfoord emergiu do casulo —, adeus.

O casulo e Rumfoord desapareceram com um puff!

Homem e cão nunca mais foram vistos.

. . .

O velho Salo chegou no pátio do palácio no exato momento em que Rumfoord e o casulo desapareceram.

O pequeno tralfamadoriano estava enlouquecido. Com um pé de ventosa, ele havia arrebentado a faixa em seu pescoço que trazia a mensagem. Um dos pés ainda era uma ventosa, e nele estava grudada a mensagem.

Salo olhou para cima, para onde o casulo estivera pairando.

— Skip! — gritou em direção ao céu. — Skip! A mensagem! Vou lhe contar a mensagem! A mensagem! Skiiiiiiiiiiiiip!

Sua cabeça deu uma cambalhota em cima dos eixos cardãs.

— Foi embora — ele disse, inutilmente. Então suspirou. — Foi embora.

"Máquina? — perguntou Salo. Ele falava com hesitação, tanto sozinho quanto com Constant, Beatrice e Crono. — Sim, sou uma máquina, assim como meu povo. Fui projetado e fabricado, e não pouparam despesas e habilidades para me fazer confiável, eficiente, previsível e durável. Fui a melhor máquina que meu povo pôde fazer. E provei ser uma máquina assim tão boa? — perguntou Salo. — Confiável? — ele disse. — Eles confiaram na minha capacidade de manter a mensagem selada até chegar a meu destino, e agora eu a abri.

"Eficiente? — ele disse. — Após perder meu melhor amigo de todo o universo, eu fico tão cansado saltando sobre uma folha seca quanto ficaria escalando o monte Rumfoord.

"Previsível? — ele disse. — Depois de observar os seres humanos por 200 mil anos terráqueos, fiquei tão ansioso e sentimental quanto a mais tola das colegiais da Terra.

"Durável? — ele disse, sombriamente. — Isso é o que veremos."

Então colocou a mensagem que vinha carregando havia tanto tempo na espreguiçadeira cor de lavanda vazia de Rumfoord.

— Aí está... amigo — ele disse à memória de Rumfoord. — E que isso lhe traga consolo, Skip. Isso causou muita dor a seu amigo Salo. A fim de lhe dar isso, mesmo sendo tarde demais, seu velho amigo Salo precisou lutar contra sua verdadeira essência, contra a própria natureza de máquina. Você pediu o impossível de uma máquina, e a máquina obedeceu. A máquina não é mais uma máquina. As ligações da máquina foram corroídas, seus rolamentos estão sujos, seus circuitos cheios de curtos e suas engrenagens estão expostas, desprotegidas. A mente fica zumbindo e estalando como a mente de um terráqueo, chiando e superaquecendo com pensamentos de amor, honra, dignidade, justiça, realização, integridade, independência...

O velho Salo pegou a mensagem da espreguiçadeira de Rumfoord. Estava escrita num fino quadrado de alumínio. A mensagem era um simples ponto.

— Você gostaria de saber como eu fui usado, como minha vida foi desperdiçada? — perguntou. — Você gostaria de saber qual é a mensagem que venho carregando há quase 500 mil anos terráqueos? A mensagem que eu deveria carregar por mais 18 milhões de anos?

Ele estendeu o quadrado de alumínio com a ventosa do pé.

— Um ponto. Um único ponto. O significado de um ponto em tralfamadoriano — disse Salo — é... "*Saudações*".

A pequena máquina de Tralfamadore, tendo entregado sua mensagem a si mesmo, a Constant, a Beatrice e a Crono após uma distância de 150 mil anos-luz, saltou abruptamente para fora do pátio, caindo na praia.

Lá, se matou; se despedaçou e atirou os próprios pedaços em todas as direções.

Crono foi sozinho para a praia, vagando pensativamente por entre os pedaços espalhados de Salo. Crono sempre soube que seu talismã da sorte tinha poderes e um propósito extraordinários.

Ele sempre suspeitou que alguma criatura superior eventualmente viria reivindicar o talismã da sorte. Era algo intrínseco na natureza dos verdadeiros e efetivos talismãs da sorte que os humanos jamais chegassem realmente a possuí-los.

Eles apenas cuidavam deles, se beneficiavam deles até que os verdadeiros donos, os donos superiores, viessem buscá-los.

Crono não tinha um senso de futilidade ou desordem.

Tudo sempre parecia perfeitamente em ordem para ele.

E o garoto se ajustava a essa perfeita ordem.

Ele tirou o talismã da sorte do bolso e o atirou sem remorso na areia, o atirou em meio às partes desmembradas de Salo.

Crono acreditava que, cedo ou tarde, as forças mágicas do universo fariam tudo ficar em ordem novamente.

Elas sempre faziam.

Epílogo

Reunião com Stony

"Você está tão, tão cansado, Viajante Espacial, Malachi, Anc. Olhe para a estrela mais fraca, terráqueo, e sinta seus membros ficando pesados."

— Salo

Não há muito mais a contar.

Malachi Constant se transformou num homem velho em Titã.

Beatrice Rumfoord se transformou numa mulher velha em Titã.

Eles morreram tranquilamente, num intervalo de 24 horas um do outro. Morreram com 74 anos.

Somente os azulões titânicos sabem o que aconteceu, por fim, com o filho deles, Crono.

Quando Malachi Constant completou 74 anos, ele era um homem amável, de pele crestada pelo sol e pernas arqueadas. Estava completamente careca e ficava nu a maior parte do tempo, usando apenas um bigode e cavanhaque brancos, muito bem aparados, à moda de Van Dyke.

Ele vivia havia trinta anos na nave espacial abandonada de Salo.

Constant não tentara pilotar a nave. Ele não ousara tocar num só controle. Os controles da nave eram muito mais complexos que os de uma nave marciana. O painel de Salo oferecia a Constant 273 botões, interruptores e teclas, cada qual com uma inscrição ou calibração em tralfamadoriano. Os controles não passavam de um objeto de dominação, cujo objetivo era alegrar alguém que gostasse de controlar as coisas em um universo composto de uma trilionésima parte de matéria para uma decilionésima parte de pura futilidade em veludo negro.

Constant tinha mexido na nave apenas para checar, cautelosamente, se Rumfoord dissera a verdade sobre o talismã da sorte de Crono substituir uma das partes da central de energia.

De qualquer forma, superficialmente o talismã da sorte parecia servir. Uma vez, a porta de acesso à central de energia da nave tinha soltado fumaça. Constant a abriu e descobriu lá dentro um compartimento coberto de fuligem e, embaixo desta, rolamentos manchados e mecanismos que não pareciam relacionados a nada.

Constant tinha conseguido deslizar os buracos do talismã da sorte de Crono nesses rolamentos e entre os mecanismos. O talismã da sorte se encaixou perfeitamente neles e nos espaços adjacentes de tal forma que teria feito a felicidade de um relojoeiro suíço.

Constant tinha muitos *hobbies* que o ajudavam a passar o tempo no clima ameno e salubre de Titã.

O mais interessante era tentar juntar as peças de Salo, o mensageiro desmantelado de Tralfamadore. Constant passou milhares de horas tentando montar Salo, tentando fazê-lo funcionar novamente.

No entanto, até agora não tivera sorte.

Na primeira vez em que Constant tentou reconstruir o pequeno tralfamadoriano, foi com a esperança expressa de que Salo concordasse em levar o jovem Crono de volta à Terra.

Nem Constant nem Beatrice estavam ansiosos para voltar para a Terra, mas ambos haviam concordado que o filho, com muitos anos ainda pela frente, deveria passar a vida entre gente alegre e ativa da sua idade na Terra.

Quando Constant completou 74 anos, porém, levar o jovem Crono de volta à Terra não era mais uma necessidade urgente, afinal o jovem Crono não era mais particularmente jovem. Ele tinha 42 anos. E estava tão mudado, de um jeito tão meticuloso e específico, que teria sido uma tremenda crueldade mandá-lo a qualquer outro lugar.

Aos 17 anos, o jovem Crono fugiu do seu lar palacial para se juntar aos azulões titânicos, as criaturas mais admiráveis de Titã. Crono agora vivia entre eles, partilhando seus ninhos nas Piscinas de Kazak. Ele vestia suas penas, sentava em seus ovos, dividia sua comida e falava sua língua.

Constant nunca via Crono. De vez em quando, tarde da noite, ouvia seus gritos, mas não respondia a eles. Os gritos eram dirigidos ao nada e a ninguém que vivia em Titã.

Eles eram para Phoebe, uma lua passageira.

Às vezes, quando Constant colhia morangos titânicos ou os ovos salpicados e pesados, com quase 1 quilo, da lavadeira* titânica, ele deparava com um pequeno santuário feito de gravetos e pedras em alguma clareira. Crono fazia centenas desses santuários.

---

* Também conhecida como "noivinha", é uma espécie de pássaro que costuma viver perto de lagoas e rios. [N. de T.]

Os elementos dos santuários eram sempre os mesmos. Havia uma pedra maior no meio, representando Saturno. Um arco de madeira, feito com um ramo verde, era colocado em volta dela, representando os anéis de Saturno. E, em volta dos anéis, havia pedras pequenas representando as nove luas. A maior dessas pedras satélites era Titã. E sempre havia uma pena de azulão titânico embaixo dela.

As marcas no solo evidenciavam que o jovem Crono, não mais tão jovem, passara muitas horas arrumando e movendo os elementos desse sistema.

Quando o velho Malachi encontrava um dos estranhos santuários do filho em estado de abandono, ele o arrumava da melhor maneira possível. Arrancava as ervas daninhas e limpava os arredores com um ancinho, e fazia um novo anel de ramo para a pedra que representava Saturno. Ele também colocava uma pena nova de azulão titânico embaixo da pedra que representava Titã.

Arrumar os santuários era o mais próximo que Constant podia chegar, espiritualmente, do filho.

Ele respeitava o que o filho estava tentando fazer, entendia aquilo como uma espécie de religião.

E, às vezes, quando Constant olhava para um santuário renovado, ele também movia experimentalmente os elementos da própria vida — só que em sua cabeça. Nesses momentos, ele em geral refletia melancolicamente sobre dois pontos em particular: o assassinato de Stony Stevenson, seu melhor e único amigo, cometido pelas próprias mãos, e sua conquista, tão no fim da vida, do amor de Beatrice Rumfoord.

Constant nunca descobriu se Crono sabia quem arrumava seus santuários. Ele pode ter pensado que seu deus — ou deuses — tinha feito isso.

Eles eram tão tristes, mas também tão bonitos.

Beatrice Rumfoord vivia sozinha no Taj Mahal de Rumfoord. Seus encontros com Crono eram muito mais angustiantes do que os de Constant. A intervalos imprevisíveis, Crono nadava até o palácio, vestia o robe de Rumfoord, anunciava que era o aniversário da sua mãe e passava o dia falando de maneira indolente, emburrada e razoavelmente civilizada.

No fim desses dias, Crono se enfurecia com as roupas, com a mãe e com a civilização. Então rasgava as roupas, gritava como um azulão e mergulhava no rio Winston.

Sempre que Beatrice era obrigada a passar por uma dessas festas de aniversário, ela espetava um remo na areia da praia mais próxima e pendurava um lençol branco nele.

Era um sinal para Malachi Constant, implorando que ele viesse imediatamente e a ajudasse a se acalmar.

E, quando Constant chegava em resposta a esse sinal de angústia, Beatrice sempre se confortava com as mesmas palavras.

— Pelo menos — ele dizia — ele não é um filhinho da mamãe. Pelo menos ele teve a grandeza de alma de se juntar às criaturas mais nobres e belas que existem.

O lençol branco, o sinal de angústia, esvoaçava nesse exato momento. Malachi Constant entrou num caiaque e se afastou da costa. O bote dourado que ficava no palácio já havia apodrecido e sido consumido pelo tempo.

Constant vestia um velho roupão de banho de lã azul que pertencera a Rumfoord. Ele pegou a roupa no palácio quando o traje de Viajante Espacial ficou completamente esfarrapado. Era sua única roupa, e ele só a vestia quando Beatrice o chamava.

Constant levava com ele no caiaque seis ovos de lavadeira titânica, meio barril de morangos selvagens titânicos, um jarro feito de turfa titânica com três galões de leite fermentado de margaridas, um alqueire de sementes de margarida, oito livros que pegara emprestado da biblioteca do palácio, que contava com 40 mil volumes, uma vassoura e uma pá, ambas feitas por ele.

Constant era autossuficiente. Ele criava, recolhia ou fabricava tudo de que precisava. Isso lhe dava uma enorme satisfação.

Beatrice não dependia de Constant. Rumfoord havia abastecido profusamente o Taj Mahal de comida e bebida terráqueas. Beatrice tinha bastante para comer e beber, e sempre teria.

Constant levava os alimentos nativos para Beatrice porque sentia muito orgulho de suas habilidades como homem da floresta e homem da casa. Ele queria exibir as habilidades de provedor.

Era uma compulsão.

Constant levara a própria vassoura e a pá no caiaque porque o palácio de Beatrice estava sempre uma bagunça, sempre precisando de uma vassoura e uma pá. Como Beatrice não limpava nada, Constant se livrava do grosso do lixo sempre que a visitava.

Beatrice Rumfoord era uma velha senhora caolha, com um dente de ouro e a pele escura — tão magra e dura quanto uma ripa de madeira. Porém, a classe dessa velha senhora avariada, calejada de tanto sofrimento, ainda transparecia.

Qualquer um que continuasse com um senso de poesia, mortalidade e a capacidade de se maravilhar com as coisas acharia a orgulhosa mulher de Malachi Constant, com suas altas maçãs do rosto, tão bonita quanto possível para um ser humano.

Provavelmente ela estava um pouco maluca. Em uma lua em que viviam apenas três pessoas, ela escrevia um livro chamado *O verdadeiro sentido da vida no Sistema Solar*. O livro rejeitava a ideia de Rumfoord de que o propósito da vida humana no

Sistema Solar era fazer com que um mensageiro tralfamadoriano confinado em Titã retomasse sua jornada.

Beatrice começou a escrever o livro depois que seu filho a deixou para se juntar aos azulões. Até o momento, o manuscrito ocupava um espaço de 11 metros do Taj Mahal.

Sempre que Constant ia visitá-la, ela lia em voz alta os últimos acréscimos ao manuscrito.

Ela fazia isso nesse exato momento, sentada na velha espreguiçadeira de Rumfoord enquanto Constant zanzava pelo pátio. Ela vestia uma colcha de chenile branca e cor-de-rosa encontrada no palácio. Gravado nos tufos macios da colcha havia os dizeres *Deus não se importa.*

Tinha sido a colcha pessoal de Rumfoord.

Beatrice lia sem parar, tecendo argumentos contra a importância das forças de Tralfamadore.

Constant não prestava muita atenção. Ele simplesmente desfrutava a voz forte e triunfante de Beatrice. Ele estava enfiado num ralo da piscina, mexendo numa válvula que drenaria a água, que se transformara em algo semelhante a um creme de ervilha com pedaços de algas titânicas. Toda vez que Constant visitava Beatrice, ele lutava uma batalha perdida contra o prolífico véu verde que se alastrava.

— Eu seria a última a negar — disse Beatrice, lendo a própria obra em voz alta — que as forças de Tralfamadore teriam tido algo a ver com as questões da Terra. Contudo, essas pessoas que serviram aos interesses de Tralfamadore o fizeram de forma tão pessoal que podemos afirmar que Tralfamadore praticamente teve pouco a ver com o caso.

Constant, lá embaixo na boca de lobo, pôs a orelha na válvula que acabara de abrir. Segundo o som que ouvia, a água estava sendo drenada lentamente.

Ele praguejou. Uma das informações vitais que tinham desaparecido com Rumfoord e morrido com Salo era como eles haviam conseguido, no tempo em que estavam por lá, deixar a água da piscina tão limpa e cristalina. Desde que Constant assumira a manutenção da piscina, a alga só tinha proliferado. O fundo e as laterais da piscina estavam forrados com um cobertor de limo pegajoso. As três estátuas, as três sereias de Titã, estavam bem no meio disso tudo, embaixo de uma corcunda mucilaginosa.

Constant sabia da importância das três sereias de Titã em sua vida. Ele tinha lido a respeito — em *História concisa de Marte* e na *Bíblia revisada e autorizada de Winston Niles Rumfoord*. Na verdade, as três maravilhosas beldades não significavam mais tanto para ele, exceto para lembrá-lo de que um dia sexo lhe fora importante.

Constant saiu de dentro da boca de lobo.

— Cada vez que venho, ele drena mais lentamente — disse a Beatrice. — Não creio que vou conseguir limpar os canos por muito mais tempo.

— É mesmo? — perguntou Beatrice, levantando os olhos da escrita.

— É mesmo — confirmou Constant.

— Bem... Faça o que achar necessário — disse Beatrice.

— É a história da minha vida — afirmou Constant.

— Acabei de ter uma ideia que preciso inserir no livro — disse Beatrice. — Só preciso me concentrar para que ela não fuja.

— Eu a acerto com a pá se ela tentar fugir — brincou Constant.

— Não diga nada por um minuto — disse Beatrice. — Só quero que ela penetre em minha mente. — Então se levantou e foi para a entrada do palácio, a fim de escapar das distrações de Constant e dos anéis de Saturno.

Ela encarou longamente uma grande pintura a óleo pendurada no *hall* de entrada. Era a única pintura do palácio. Constant a trouxera de Newport.

Era uma pintura de uma garotinha imaculada, de branco, segurando as rédeas de um pônei branco todo seu.

Beatrice sabia quem era a menininha. A pintura tinha uma placa de bronze que dizia: *Beatrice Rumfoord quando criança.*

Era um contraste e tanto — a garotinha de branco e a velha senhora que a encarava.

Beatrice subitamente deu as costas à pintura e voltou para o pátio. A ideia que ela queria acrescentar a seu livro havia penetrado em sua mente.

— A pior coisa que poderia acontecer a alguém — ela disse — é não ser usado por ninguém para nenhum propósito.

Esse pensamento a relaxou. Então ela se sentou na espreguiçadeira de Rumfoord, olhou para cima e contemplou os incrivelmente belos anéis de Saturno — o Arco-Íris de Rumfoord.

— Obrigada por ter me usado — ela disse a Constant —, mesmo eu não querendo ser usada por ninguém.

— De nada — disse ele.

Em seguida, começou a varrer o pátio. A sujeira acumulada era uma mistura de areia, que tinha sido levada pelo vento, cascas de sementes de margarida, cascas de amendoins terráqueos, latas vazias de frango desossado e pilhas e pilhas de papel amassado. Beatrice sobrevivia basicamente de sementes de margaridas, amendoins e frango desossado porque dessa forma não precisava interromper seu trabalho para comer.

Ela conseguia comer com uma mão e escrever com a outra — e, mais do que tudo na vida, ela queria escrever tudo que lhe passava na cabeça.

Com sua limpeza a meio caminho andado, Constant fez uma pausa para ver como ia a drenagem da piscina.

Continuava devagar. A pegajosa corcunda verde que cobria as três sereias de Titã começava a romper a superfície.

Constant se inclinou por cima da boca de lobo aberta, ouvindo o barulho das águas.

Ele ouviu a música dos canos. E também ouviu algo mais.

Ouviu a ausência de um som familiar e amado.

Sua mulher Beatrice não mais respirava.

Malachi Constant enterrou a mulher em turfa titânica na costa do mar Winston, na parte da praia em que não havia estátuas.

Malachi Constant dizia adeus a ela quando o céu se encheu de azulões titânicos. Havia, no mínimo, 10 mil pássaros enormes e majestosos.

Eles escureceram o céu, transformaram o dia em noite, fizeram o ar tremer com a vibração das asas.

Os pássaros não emitiram um só ruído.

E, naquela noite no meio do dia, Crono, filho de Beatrice e Malachi, apareceu numa colina, olhando de cima o túmulo recente. Ele vestia uma capa de penas, que batia como se fossem asas.

— Obrigado, mãe e pai — ele gritou — pela dádiva da vida. Adeus!

E ele se foi, com os pássaros o acompanhando.

O velho Malachi Constant voltou ao palácio com o coração tão pesado quanto uma bola de canhão. O que o levou de volta àquele lugar triste foi o desejo de deixá-lo em ordem.

Cedo ou tarde alguém mais iria aparecer.

O palácio deveria estar limpo, arrumado e pronto para quem quer que viesse depois. O lugar precisava passar uma boa imagem do morador anterior.

Em volta da espreguiçadeira carcomida de Rumfoord estavam os ovos de lavadeira, os morangos silvestres titânicos, o jarro de leite de margarida fermentado e a cesta de sementes de margarida que Constant tinha dado a Beatrice. Eles eram perecíveis. Não iriam durar até o próximo morador.

Constant, então, os colocou de volta no caiaque.

Não precisava deles. Ninguém precisava deles.

No caiaque, enquanto endireitava as velhas costas, ele viu Salo, o pequeno mensageiro de Tralfamadore, andando nas águas em direção a ele.

— Como vai? — perguntou Constant.

— Como vai você? — retrucou Salo. — Obrigado por me montar de novo.

— Não achei que tinha feito certo — confessou Constant. — Você não deu um pio.

— Você fez tudo certo — disse Salo. — Eu só não consegui decidir se dava um pio ou não. — Ele deixou o ar sair do seus pés com um assobio. — Acho que vou dar um passeio por aí — disse.

— No fim das contas, você vai entregar a mensagem? — perguntou Constant.

— Qualquer um que foi até tão longe quanto fui com essa missão imbecil — disse Salo — não tem escolha a não ser defender a honra dos imbecis completando a missão.

— Minha mulher morreu hoje — contou Constant.

— Sinto muito — disse Salo. — Eu diria "Há algo que eu possa fazer?", mas Skip me disse uma vez que essa era a mais estúpida expressão em língua inglesa.

Constant esfregou as mãos. Agora a única companhia que ele tinha em Titã era aquela que sua mão direita fazia para a esquerda.

— Sinto falta dela — ele disse.

— Vejo que finalmente você se apaixonou — observou Salo.

— Apenas um ano terráqueo atrás — disse Constant. — Levamos todo esse tempo para perceber que o propósito da vida humana, independentemente de quem a esteja controlando, é amar quem estiver ao seu redor.

— Se você ou seu filho quiserem uma carona de volta à Terra — disse Salo —, não vão me tirar muito do caminho.

— Meu menino se juntou aos azulões — contou Constant.

— Que bom para ele! — exclamou Salo. — Eu me juntaria a eles também, se me aceitassem.

— Terra — disse Constant, pensativo.

— Poderíamos chegar lá em questão de horas — informou Salo —, já que a nave está funcionando novamente.

— É muito solitário aqui — disse Constant — agora que... — Ele balançou a cabeça.

Na viagem de volta à Terra, Salo suspeitou que tinha cometido um trágico erro ao sugerir que Constant voltasse à Terra. Isso lhe ocorreu quando Constant insistiu em ser levado a Indianápolis, Indiana, EUA.

A insistência de Constant era bastante desanimadora, já que Indianápolis estava longe de ser considerada um lugar ideal para um velho sem-teto.

Salo queria deixá-lo ao lado de uma quadra de *shuffleboard* em St. Petersburg, Flórida, EUA, mas Constant já estava com manias de velho e não pôde ser dissuadido da sua decisão. Ele queria ir para Indianápolis e ponto-final.

Salo presumiu que Constant tinha parentes ou antigos colegas de negócios na cidade, mas revelou-se não ser esse o caso.

— Não conheço ninguém em Indianápolis, e não sei nada de Indianápolis exceto por uma coisa — disse Constant —, uma coisa que li num livro.

— O que você leu no livro? — perguntou Salo, inquieto.

— Indianápolis, Indiana — respondeu Constant —, foi o primeiro lugar dos Estados Unidos da América a enforcar um homem branco por ter assassinado um índio... Esse é o lugar certo para mim.

A cabeça de Salo deu uma cambalhota nos eixos cardãs. Seus pés de ventosa fizeram sons pesarosos de sucção no chão de ferro. Seu passageiro, obviamente, não sabia quase nada do planeta ao qual estava sendo levado com uma velocidade semelhante à da luz.

Pelo menos Constant tinha dinheiro.

Havia alguma esperança nisso. Ele tinha quase 3 mil dólares em vários tipos de moedas terráqueas, tiradas dos bolsos das roupas de Rumfoord no Taj Mahal.

E, pelo menos, tinha roupas.

Ele tinha um terno de *tweed* terrivelmente folgado, porém ainda em bom estado, e uma chave da Phi Beta Kappa que pendia de uma corrente de relógio no bolso da frente do colete.

Salo tinha convencido Constant a levar a chave junto com o terno.

Constant também possuía um bom sobretudo, um chapéu e galochas.

Com a Terra a apenas uma hora de distância, Salo ponderou o que mais poderia fazer para tornar suportável o resto da vida de Constant, mesmo em Indianápolis.

Então, decidiu hipnotizá-lo, a fim de que os últimos segundos da vida do velho fossem, pelo menos, tremendamente agradáveis. A vida dele terminaria bem.

Constant já estava quase em estado hipnótico, olhando para o Cosmos pela janelinha da vigia.

Salo se aproximou por trás dele e falou de forma tranquilizadora.

— Você está tão, tão cansado, Viajante Espacial, Malachi, Anc — disse Salo. — Olhe para a estrela mais fraca, terráqueo, e sinta seus membros ficando pesados.

— Pesados — repetiu Constant.

— Você vai morrer um dia, Anc — disse Salo. — Desculpe, mas é a verdade.

— Verdade — repetiu Constant. — Não precisa pedir desculpas.

— Quando perceber que está morrendo, Viajante Espacial — disse Salo, hipnoticamente —, algo maravilhoso vai acontecer com você. — Ele então descreveu a Constant as coisas felizes que este imaginaria antes de sua vida se esvair.

Seria uma ilusão pós-hipnótica.

— Acorde! — disse Salo.

Constant estremeceu, deu as costas à vigia.

— Onde estou? — perguntou.

— Em uma espaçonave tralfamadoriana que partiu de Titã em direção à Terra — respondeu Salo.

— Oh — disse Constant. — É claro — ele acrescentou, um momento depois. — Devo ter cochilado.

— Tire uma soneca — sugeriu Salo.

— Sim... Acho que vou mesmo — concordou Constant. Então se deitou em um beliche e começou a dormir imediatamente.

Salo pôs o cinto no Viajante Espacial adormecido em seu beliche. Depois se sentou no seu lugar perto dos controles e pôs o cinto em si mesmo. Mediu três mostradores, checando duas vezes a leitura em cada um. Apertou um botão vermelho e brilhante.

Ele se recostou de novo. Não havia mais nada a fazer. De agora em diante, tudo seria automático. Em 36 minutos, a nave aterrissaria perto de um ponto de ônibus nos arredores de Indianápolis, Indiana, EUA, Terra, Sistema Solar, Via Láctea.

Seria três horas da madrugada lá.

Também seria inverno.

A espaçonave pousou em 10 centímetros de neve fresca num terreno baldio no lado sul de Indianápolis. Ninguém estava acordado para vê-la pousar.

Malachi Constant saiu da nave.

— É aqui que seu ônibus vai parar, velho soldado — sussurrou Salo. Era necessário sussurrar, pois um chalé de dois andares, com as janelas abertas, localizava-se a apenas 3 metros de distância. Salo apontou para um banco coberto de neve na rua. — Você terá que esperar uns dez minutos — sussurrou. — O ônibus vai levá-lo ao centro da cidade. Peça ao motorista que o deixe perto de um bom hotel.

Constant assentiu.

— Vou ficar bem — ele sussurrou.

— Como você se sente? — sussurrou Salo.

— Quente como uma torrada — sussurrou Constant de volta.

A reclamação confusa de alguém que dormia e foi perturbado saiu pela janela aberta:

— Ei, você aí — o dorminhoco reclamou —, *uff.... uááá... sim... huuummmmm.*

— Você está realmente bem? — sussurrou Salo.

— Sim. Ótimo — sussurrou Constant. — Quente como uma torrada.

— Boa sorte — desejou Salo aos sussurros.

— Não falamos isso por aqui — sussurrou Constant.

Salo piscou.

— Eu não sou daqui — sussurrou de volta. Então olhou ao redor, para o mundo imaculadamente branco, sentindo os beijos molhados dos flocos de neve, pensando em significados ocultos nos postes de luz amarelos-pálidos que brilhavam naquele mundo tão brancamente adormecido. — Lindo — ele sussurrou.

— Não é? — sussurrou de volta Constant.

— *Uooorgh*! — gritou o dorminhoco, ameaçadoramente, a quem perturbava seu sono. — *Vou descer, hein! Aaah! Mas qual é o problema? Humf.*

— É melhor você ir — sussurrou Constant.

— Sim — sussurrou Salo.

— Adeus — despediu-se Constant sussurrando. — E obrigado.

— De nada, o prazer foi meu — sussurrou Salo de volta. Então retornou para a nave e fechou a câmara de descompressão. A nave levantou voo com o som de um homem assoprando o bocal de uma garrafa. Misturou-se à neve que caía, rodopiante, e, no momento seguinte, desapareceu.

— Fuuuuuuu — ela disse.

A neve estalou quando os pés de Malachi Constant o levaram até o banco. Ele passou a mão, tirando a neve espalhada, e se sentou.

— *Minha nossa!* — gritou o dorminhoco, como se subitamente tivesse compreendido tudo. — *Que horror!* — Ele não gostava nem um pouco do que de repente compreendera. — *Eu vou é... ungh* — disse, explicando em termos incertos o que iria fazer a respeito. — *Floof!* — ele gritou.

Os conspiradores presumidamente haviam fugido.

Mais neve caiu.

O ônibus que Malachi Constant esperava chegou duas horas mais tarde naquela manhã — por causa da neve. Quando chegou, já era tarde demais. Malachi Constant estava morto.

Salo o hipnotizara para que ele imaginasse, enquanto morria, que via seu melhor e único amigo, Stony Stevenson.

Enquanto a neve se empilhava em Constant, ele imaginou que as nuvens se abriam e deixavam passar um raio de sol, um raio de sol só dele.

Uma nave espacial dourada incrustada de diamantes surgiu planando no raio de sol, e pousou na neve intocada da rua.

De dentro, saiu um homem robusto e ruivo com um grande charuto na boca. Ele era jovem. Vestia o uniforme da Infantaria de Assalto de Marte, a antiga roupa de Anc.

— Olá, Anc — ele disse. — Entra aí.

— Entrar? — perguntou Constant. — Quem é você?

— Stony Stevenson, Anc. Não me reconhece?

— Stony? — surpreendeu-se Constant. — É você mesmo, Stony?

— E quem mais acompanharia o seu maldito ritmo? — perguntou Stony. Então riu. — Entra aí — disse.

— E aonde vamos? — perguntou Constant.

— Ao paraíso — respondeu Stony.

— Como é o paraíso? — quis saber Constant.

— Todo mundo é feliz para sempre — disse Stony —, ou pelo menos enquanto o maldito universo existir. Entre aí, Anc. Beatrice já está lá, esperando por você.

— Beatrice? — perguntou Anc, entrando na nave.

Stony fechou a câmara de descompressão, apertou o botão *ligar*.

— Nós... Então nós vamos ao paraíso? — perguntou Constant. — Eu... Eu vou conseguir entrar no paraíso?

— Não me pergunte por quê, meu velho — disse Stony —, mas alguém lá em cima gosta de você.

TIPOGRAFIA: Bembo Std - texto
Austin News Text - entretítulos
PAPEL: Ivory Slim 65 g/m² - miolo
Ningbo Fold 250 g/m² - capa

IMPRESSÃO: Rettec Artes Gráficas e Editora
Janeiro/2025